初恋の記憶はバラの香り

戻ってきた御曹司に思い切り甘やかされています

沢渡奈々子

ILLUSTRATION
茉莉花

蜜夢
MITSU
YUME

CONTENTS

MITSU YUME

イラスト／茉莉花

初恋の記憶はバラの香り

戻ってきた
御曹司に思い切り
甘やかされています

第1章　思いがけない再会

「あ、梅原《うめはら》さん。三十分くらい前、ＫＨＤの本社ビルに大型トラックが突っ込む事故があったんだって」

「え、大変じゃないですか！」

美織《みおり》が出社するなり、課長の並河《なみかわ》が、おにぎり片手に自席のＰＣとにらめっこしながら話しかけてくる。

いつもなら並河は、始業時間まで社内のカフェで朝食がてら新聞を読んでいるはずだ。この時点で普通ではないと、美織は感じていた。

なんだか今日は朝から社内がざわめいているなと思ったら、これだ。

しかも聞かされた内容は、予想よりも大事《おおごと》だった。

「それで総務から連絡が来て、各部でＫＨＤに出張している人がいないか確認してくれ、って。まぁ元々うちは出張少ないけど、万が一にも巻き込まれた人がいないとも限らないし、始業時間になったら、課内の出勤状況確認して僕に報告してもらえる？」

「はい、分かりました」

「おはようございまーす！」

同期で同じ部署の、高槻菜摘《たかつきなつみ》が弾んだ声とともに出社してきた。美織は早速、彼女に話を振る。

「菜摘、ＫＨＤで事故があったの、知ってる？」

「そうそう！　トラックが突っ込んだやつでしょ⁉　ここに上がってくる時もエレベーターで噂《うわさ》になってた！　結構な被害で、救急車が何台も来たって！」

「そうなんだ。すごいことになってるね」

朝からテンションを上げる菜摘を尻目に、美織は自席のＰＣを立ち上げ、ブラウザを開く。

「――もうＳＮＳに写真アップしてる人いる。んーと……ケガをした人もいたけど、みんな比較的軽傷っぽい。今のところは……亡くなった人はいないみたいね。よかった」

美織がディスプレイを指差す。そこには事故現場を写した画像が投稿されていた。

「――うわ、エントランスぐちゃぐちゃじゃない。これでよく死者出なかったわね。不幸中の幸い」

美織の肩越しに聞こえた声は、菜摘のものではなかった。振り返ると、先輩社員の瀬戸《せと》佐津紀《さつき》が、眉をひそめて立っていた。

「おはようございます、佐津紀さん」

「おはよう。なんだか騒ぎになっちゃってるわね」

「みたいですね。結構大きい事故ですし、ビルの修復大変そう」

椅子の背もたれに身体を預け、美織は大きく息をついた。

梅原美織が勤務する、海堂《かいどう》インフォテック（ＫＩＴ）は、海堂グループホールディングス（ＫＨＤ）を持株会社とするＩＴ企業だ。国内に数ヶ所の事業所を展開しており、本社は東京副都心にある。

ＫＨＤ傘下のエレクトロニクス及びＩＴ企業の一部を集めた二十五階建て自社ビルの内、ＫＩＴが入居しているのは八階から十一階。

美織は九階にある人事部人事課に所属していた。担当は人事異動に関する事務で、配置転換に際しての人事情報を収集してまとめたり、社内通達をネットワークにアップしたり、上司が下した査定評価の資料を作成するのが主な仕事だ。

筆記試験の監督や学生たちの案内など、採用試験の手伝いをすることもある。

今朝事故があったのは、親会社のＫＨＤ本社。通勤する従業員で賑わう中での出来事だったそうだ。

ＫＨＤとＫＩＴは、普段から業務で密接に関わっているわけではないが、時折出張者が行き来してはいる。

並河に言われたとおり、美織は人事課の出勤状況をチェックし、全員の無事を確認した。

他部署には、出張に行って危うく事故に巻き込まれかけた者もいたらしい。情報は総務部に集められているが、そこここで噂は飛び交っていた。

それは昼休みになっても同じだった。

社員食堂もきっと、その話題で持ちきりだろう。けれどそれは、美織たちの耳には入らない。

「それにしても新年度早々事故なんてね～。新入社員、びっくりしてるんじゃない？」

「新人じゃなくたって驚くわよ、菜摘ちゃん」

昼休みはいつも、同じ部署の菜摘や佐津紀と一緒に昼食を取っている。

三人とも基本的にはお弁当持参なので、部署の隣にある小会議スペースで済ませている。社食だと食後はすぐに席を空けないといけない雰囲気なので落ち着かないけれど、ここだと誰に邪魔されることなくゆっくりできるのだ。

食べ終わった後、残りの休み時間でこうしておしゃべりに花を咲かせるのが、三人のささやかな楽しみでもある。

新年度に変わってまだ十日弱しか経っていない。ちょうど新入社員研修まっただ中の頃だろう。

緊張と期待に胸をふくらませながら入社した途端、大きい事故に遭遇するなんて、運が悪い。

「入社してすぐこんな光景目撃したら、不安になっちゃうよね。気の毒に」

美織はスマートフォンで事故の続報を確認しながら呟《つぶや》いた。その時、床に目を留めた佐津紀が、そのまま上半身を下に折り曲げた。

「……あ、鍵落ちてる。美織ちゃんのじゃない？」

佐津紀が手にしているのはたしかに美織の鍵だ。さっきバッグからスマートフォンを取り出した時に、落ちてしまったのだろうか。まったく気がつかなかった。

「あっ、すみません。ありがとうございます」

家の鍵がつけられたストラップを受け取ると、釣られたように目を留めた菜摘が指差した。

「そのストラップ、可愛いけどだいぶ古いね」

「うん。……かれこれ十年は持ってる」

それは何色かのクリスタルを組み合わせて作ってあるチェーンストラップだが、チェーンのメッキには細かい傷が見受けられ、剝《は》げている部分もあった。見るからに年季が入ったものだと分かる。

けれど美織にとっては、どんな宝石よりも価値のあるものだ。

「元カレからのプレゼントとか～？」

「そうじゃないけど……大事にはしてるんだ。持ちすぎて傷ついちゃってるけど」

菜摘の問いに薄く笑うと、美織はストラップをぎゅっと握った。

美織がこの会社で働くようになって四年目だ。誕生日はまだ来ていないが、今年二十六歳になる。

出世が望めるほど優秀ではないけれど、仕事は自分なりに一生懸命、真面目にこなしていると思う。周囲とのコミュニケーションも比較的円滑に行えているはずだ。ルックスは……皆が振り返るような美女では決してない。かといって、特に醜悪でもないとは思う。

要するに梅原美織は『ザ・普通の女の子』なのだ。

あえて普通ではないところを挙げるならば、帰国子女だということくらいだろうか。中学二年生から三年間、父の赴任に帯同し、アメリカで生活していた。

高校二年生の夏に帰国すると、翌年、帰国子女入試を経て大学に入学した。そして卒業後、ＫＩＴに入社したというわけだ。

その英語力を買われ、海外の同業他社が発信しているウェブ記事の翻訳を頼まれたりすることもある。

結婚はしていないし彼氏もいないけれど、平和で充実した生活を送っていた――はずなのに。

まさか今の穏やかな日々ががらりと様変わりしてしまうなんて、思ってもみなかった。

＊＊＊

「ＫＨＤから出向者……？　この時期に？　珍しいですね」

並河から人事情報を聞かされた美織は、疑問の声を上げた。ＫＩＴでは、管理職でもない一般社員が親会社から出向することなどあまりないからだ。しかもきりのいい時期ではなく、新年度を一ヶ月以上過ぎた五月半ばのことだ。

「うん、あちらさんの経営戦略対策部に所属している社員なんだけど、テコ入れのために系列各社を回るんだって。うちには二人来るんだけど、内一人は、ＫＨＤの副社長のご子息らしいよ」

「へぇ……」

並河の言うことが本当なら、その社員はおそらく将来の役員候補生ということになるのだろう。そんなＶＩＰであれば、きっと下にも置かない扱いをされること間違いない。

ＫＨＤ副社長は社長の弟だ。その息子なら、社長の甥ということになる。

「所属はね……営業部と広報部に別れて配属されるって。副社長のご子息は、広報部かな」

「なるほど……」

広報部に配属されるのなら自分に直接関係してはこないので、あまり仕事には影響しない。特に気をつけておくことはないだろう。

「とりあえず、来週の二十一日づけでの異動になるから。いつものように情報整理と発信よろしく。総務から来た通知、転送するから」

「分かりました」

自分の机に戻った後、ＰＣを開くとちょうど、並河から出向者の情報ファイルが添付されたメールが来た。内容をチェックした美織は、思わず声を上げそうになる。

「……っ、」

（海堂……衛司《えいじ》……）

添付ファイルには出向してくる社員の従業員番号、氏名、旧所属、そして新しい配属先が記載されている。そこにあった名前の一つを見た瞬間、スクロールする手が固まってしまった。

心臓が逸《はや》り、皮膚がピリピリと痺《しび》れを覚える。

（名字が……違う……）

心の中で呟いた後、ほぅ、とため息をつく。

十一年前から愛おしく思ってきた名前を久しぶりに目にしたので、図らずも心がざわついてしまった。すぐに別人であると認識し、無事心の平穏を取り戻したけれど。

きっとこの人物が、並河が言っていたＶＩＰなのだろう。『海堂』という名字からしても明らかだ。

（それにしても、同じ名前を見ただけで動揺するなんて……）

自分がまだまだ昔の出来事に囚われていることの証拠だ。いい加減、忘れてもいい頃なのに。己を鼓舞するため、美織は握りこぶしを作る。

「もう、修行が足りない！」

「お、向上心の表明か。結構結構」

ごくごく小さな声でつぶやいたつもりが、なかなかの音量だったようだ。

並河から上機嫌な口調で返されて、美織は恥ずかしくなり小さく頭を下げた。

「めちゃくちゃイケメンらしいわ」

佐津紀の言葉に、美織は首を傾げる。

「？　誰がです？」

今日の三人は社員食堂で昼食を食べていた。週に一度、金曜日だけはお弁当を持たずに会社へ来ることにしているからだ。

社食は十二階にある。ビル内にある関係会社共通の設備だ。

元々このビルに入居している会社には、混雑緩和のために二パターンの勤務形態、三パターンの昼休み時間が割り当てられている。

ＫＩＴの勤務時間は八時半から五時半、昼休みは十二時四十分から一時間だ。同じ昼休み時間を共有しているのは他に二社ほどあるのだが、場所が場所だけに大した交流は期待できないのが残念だ。

美織は和食系のA定食、菜摘は日替わり麺類であるとんこつラーメン、佐津紀は洋食系のB定食をそれぞれ食べている。

「来週から来る、ＫＨＤからの出向者。……ほら、副社長の息子だっていう」

「へぇ、そうなんですか」

「向こうに出向してる同期に聞いたんだけどね。仕事もできるし、全身から自信が満ちあふれてて、こう、漫画に出てきそうな俺様御曹司って感じの男らしいよ」

「うわぁ、いかにもですね～。これは配属されてからの女子の反応が見ものだな～」

菜摘がニヤニヤしながら、ラーメンを口に運ぶ。彼女がこんなに『高みの見物』を決めた態度でいられるのは、彼氏がいるからだ。しかもつい最近つきあい始めたばかりなので、蜜月よろしくそこかしこへハートマークを飛ばしている。

佐津紀にいたっては先月結婚したばかりの新婚で、こちらこそ正真正銘、蜜月真っ盛り。

夫も彼氏もいないのは美織だけだ。

二人ののろけ話をたびたび聞かされ羨《うらや》ましくは思うものの、焦《あせ》る気持ちはさほどなかった。

学生時代もＫＩＴに入社してからも、チャンスがなかったわけではないが、どうしても乗り気になれなかった。

彼氏イナイ歴は十年以上にもなる。

「どう？　美織。狙ってみる気なぁい？　上手くいったら玉の輿だよ？」

「そうよ、彼氏いないんだからさ」

菜摘と佐津紀が二人して、美織の腕を突いてきた。

「いやー……そんなすごい人なら、受付の江口《えぐち》さんとか、総務の島原《しまばら》さんとか広報の日室《ひむろ》さんレベルの美人じゃないとつりあわないでしょ」

美織は苦笑しつつ、数人の名前を挙げる。いずれも男性社員に人気のある、華やか美女たちだ。

「そうかなぁ？　美織みたいな清楚《せいそ》な感じの子もなかなかイケるんじゃないかと思うけどなぁ、私は。……ま、実際に本人を見てみないと分からないけど」

普段からきゃっきゃと無駄にはしゃいだりしない美織は、清楚に見えることもあるらしい。特別に育ちがいいわけでも、おとなしいわけでもなく、ごく普通に振る舞っているだけなのに。

とはいえ、今はこんなに落ち着いている美織も、昔は年相応にはしゃぐ女の子だったのだけれど――。

「それに私、そういう目立つ感じの人、苦手で……」

「あー、でも分かる。美織ちゃんは優しくて誠実な好青年タイプが好きだもんね。ほら、永嶋雅紀《ながしままさき》みたいな」

佐津紀がとある男性芸能人の名前を口にする。好青年を絵に描いたような爽やかなルックスと、テレビ番組で見せる穏やかな物腰で、若い女性のみならず、年上からの支持も厚い人気俳優である。

以前、三人で好みのタイプの話をしたことがある。その時に美織は「優しくて爽やかな人がいいな」と話した。佐津紀はそのことを覚えていてくれたのだろう。

「あ……うん。まぁまぁ好き、かも？」

確かに美織は芸能人では永嶋が割と好きだった。でも熱狂的ファンというわけではない。あくまでも芸能人の中では気に入っている方、という程度だ。

そしてその理由は、彼がどことなく――。

（すごく似てる、というわけじゃないけど……でも……）

ことあるごとにこうして思い出してしまう人がいる限り、次のステージになんて進めない。

彼氏なんてできるはずがないのだ。

＊＊＊

その日、社内の雰囲気がいつもと違うなと、美織は肌で感じていた。ざわざわしていて、慌ただしくて――そして、どこか空気がポップでピンクだ。

「やっぱあれだな、ＫＨＤの若様がやって来たからだろ」

その言葉に振り返ると、三年先輩の岡村宏幸《おかむらひろゆき》が紙袋を持って立っていた。彼は佐津紀の同期でもある。

「岡村さん」

「よぅ梅原。これよかったら、高槻と一緒に食べなよ。昨日仕事で銀座に行ったから」

「あー。それ、アンリ・ベルトワーズのトリュフじゃないですか。いいな～」

菜摘がひょっこりと二人の間に割って入ってきた。岡村が買ってきた高級洋菓子店のチョコレートに、興味津々な様子だ。

「だから高槻と一緒に食べな、って言ったろ?」

彼が菜摘の頭にポン、と手を置く。ともすればセクハラになるこんなスキンシップが許されるのは、岡村が菜摘の彼氏だからに他ならない。

会社ではいつも軽口で言い合っているが、本当はとても仲睦まじいのを、美織は知っている。

「岡村さん、さっき言ってた『KHDの若様――』って、どういう意味ですか?」

チョコレートの入った袋を一旦机に置いてから、岡村に尋ねる。

「あぁ、今日やたら社内の女性たちがそわそわしてる理由、な。今日から来てるだろ? 海堂家のお坊ちゃんが」

「あ、私、さっき総務行った時に見たよ~。めちゃめちゃイケメンだった。クールビューティ、って感じだけど、キラッキラしてた」

「早っ。もう見たの? 菜摘」

美織が目を丸くすると、菜摘が忙しなく手を振る。

「たまたま総務に用事があったからよ。異動手続きしてたからさすがに女の子には囲まれてなかったけど、周りの子たちみんな凝視してたわ。……っていうか、見とれてた」

KHDの系列各社では、社員が異動するとまずは総務課で手続きをする。異動元で発行された諸書類を提出したり、異動先のＩＤカードを受け取ったりなどの事務処理だ。

「へぇー……そんなにカッコイイの？」

「そんじょそこらの芸能人じゃ、太刀打ちできないくらいのセレブオーラが見えたわ。佐津紀さんが言ってたとおり、無敵御曹司感がすごいの！」

菜摘が鼻息を荒くしているので、美織はクスクスと笑った。

「菜摘、彼氏の前でそんな風に他の男の人、褒めていいの？」

「あー、梅原、いいいい。高槻はいつもこんなだから」

岡村が苦笑する。諦めたような口調ではあるけれど、その実、菜摘のことを信頼しているのが見て取れる。

彼らは恋人同士になったのは最近なものの、つきあい自体は美織たちが人事部に配属されてからなのでもう三年になる。お互いの性格などはもう分かっているのだろう。

二人の間に流れる空気が温かいし、それにやはりハートマークが飛んでいる。

(二人とも、幸せそう)

美織は彼らを見て口元を緩ませた。

「美織も見てきたら？　若様」

「えー、私はいいよ、別に興味ないし」

「――梅原さん、高槻さん。申し訳ないんだけど、それ、広報部に返してきてくれないかな？」

菜摘の勧めに消極的な美織の後ろから、並河が声をかけてきた。振り返ると、彼が机の上に山と積まれた広報誌のバックナンバーを指差していた。少し前に資料として借りてきたものだ。

「並河課長、部下を使うの上手ですね〜」

岡村があははと笑って言う。

「いやいや、大義名分を作ってあげたんだから優しいと思わないかい？」

「いやもう、神上司です！　美織、半分持って。私一人じゃ無理だから！」

「……もう、分かったよ。しょうがないなぁ」

待ってましたと、広報誌の半分を持った菜摘が目配せをしてきたので、美織ははぁ、と息をついて立ち上がった。

二人はフロアを階段で移動し、一階下の広報部へ向かう。

「え……ちょっと何あれ」

菜摘が前方を見て驚きの声を上げる。広報部の前に人だかりができているではないか。

「もしかして……もしかする？」

「だろうね。あそこにいるの、全員女性だし」

(みんな例の人目当て？)

美織と菜摘は目を見合わせると、やれやれといった様子で人の壁に近づいていく。邪魔だなぁとは思うものの、自分たちだって似たような理由でここに来ているので、文句も言えない。

「すみませーん」

仕事でここに来ているのよ、という体で、持っている広報誌の山を強調しながら、二人で人をかき分けて広報部室内に入っていく。

「失礼しまーす。お借りしていた広報誌を返却しに来ましたぁ。どこに置いておけばいいですか～？」

わざとらしいくらい大きな声を出す菜摘の後に続き、美織はおとなしく入室した。

部内は慌ただしさに満ちていて、美織たちにかまっている暇もなさそうだ。近くにいた社員が「そこの空いているスペースに置いといてください」と、通りすがりに告げてきた。

言われたとおり、二人はそばにあったデスクの空きスペースに持っていた広報誌を積んだ。

用事が終わるや否や、菜摘が美織に耳打ちをする。

「ほら、あそこで人に囲まれてるのが例の若様」

「あー……」

広報部は第一課から三課まであり、第一課はＩＲ広報、第二課は社外広報、そして第三課は社内広報を担当している。

海堂衛司は第二課に配属されているので、席はおそらく室内の中ほどの島にあるのだろう。菜摘が指し示した辺りに人だかりがあり、真ん中に頭一つ抜けた男性がいた。遠目なのでよく見えないが、それでも美形であるのは分かる。

どこか冷えた美貌と威風堂々としたセレブなオーラは、美織にも伝わってきた。

遠くからでもそこが輝いているのが分かる。

(確かに、めちゃくちゃモテそうな感じ……)

佐津紀や菜摘が言うとおりの人なのだろうと、美織は思った。

「菜摘、もう行こう」

長居は無用とばかりに、美織は菜摘の背中を押した。

その刹那——。

「っ！」

遠くから強烈な視線を受けた気がして、美織は思わず振り返る。けれど誰とも目が合うこともなく、しばらくキョロキョロしていた。

「？　美織、帰らないの？」

菜摘に言われてハッと我に返り、美織は目をぱちくりと瞬かせる。

(気のせいかな……？)

美織は、菜摘に「ごめん」と告げ、広報部を後にした。

午後になっても社内はやはり落ち着かない様子だった。それはＶＩＰ従業員の出向によりＫＩＴの管理職の面々が漂わせている緊張感と、独身イケメンセレブの登場に沸き立った女性たちが放つ熱気が、複雑に混じり合って異様な空気を醸しているからだ。

あまりの若様フィーバーぶりに、さすがの菜摘や佐津紀も初日にして「みんなどれだけ飢えてるのよ」と呆《あき》れていた。美織は我関せずを通した。

しかし、そんな騒ぎとは関係なく、海堂衛司は配属初日から広報部で早速その手腕を発揮しているそうだ。

ＫＩＴはかつては海堂グループホールディングス系列の会社を相手に、ソフトウェアやインフラを提供していた。百パーセント、グループ間取引のみの企業だった。

業務をグループ外へ拡張し始めたのは二十年ほど前だったが、それでもいわゆる国内向けＢtoＢ企業なため、広報活動も業界向けや、専門誌の編集部向けなどがメインだった。

衛司は配属されるなり、プレスリリースについての改善を提案した。

「――国内での利益が頭打ちなら、海外進出も視野に入れてみては？　すぐには開拓できなくとも、今後発信するプレスリリースは外国人でも読めるよう、数ヶ国語で出した方がいいでしょう。英語はもちろんのこと、中国語、ヒンディー語、それにできればＩＴ先進地域の北欧の言語でも。それすら難しいのであれば、まずは自動翻訳を意識した平易な日本語で発信するのが望ましいと思います」

保守的な上層部を前にしても堂々とした態度で説明を続ける彼に、皆感心したものの、次に彼の口から出た言葉に、一同血の気が引いたそうだ。

「――こんなことは、本来なら何年も前に施行されていないとおかしいんですけどね。たとえば、こちらと同じ時期に創業したグループ企業の海堂ロジスティクスなんかは、とっくの昔に海外進出しています。プレスリリースは八ヶ国語に翻訳しているし、流通技術を活かした事業を時流を読みながらいくつも立ち上げている。昨今のEC市場の成長に上手く乗る形で国内外の小売業と提携し、独自の配送ルートを確立して売り上げは好調です。……さてその間、ここの広報部や営業部、企画部は何をしていたんですか？」

冷たい口調でそう問い糾《ただ》した衛司に、反感を持つ者もいたようだが、言っていることは全て正論なので、誰も反論できない。中には『海堂家の威光を笠に着て、役員にも言いたい放題』などと、口さがなく陰口を叩《たた》く社員もいるそうだが、本人は大して気にしていないらしい。

また、当然と言ってしまえばその通りだが、配属初日から彼には数多くの女性社員が言い寄っている。もちろん『海堂衛司の恋人』という光り輝く肩書きが目当てだろう。

さすがに仕事中にべったりと張りつく社員はいないものの、定時後は我先にと彼の元に女性たちがやってきては群がっている。

あからさまな意図を持って迫ってくる女性には慣れているのか、あしらい方も実にスマートで。初日から、女性同士が揉《も》めないよう上手くさばいている姿が見られた。

また、都度違う女性を伴ってレストランで食事をする姿も、たびたび目撃されている。全員、広報部の女性社員だったようだ。

何かにつけて誰かしらが彼の噂をしているので、そういった派手な話題は否が応にも美織の耳に飛び込んでくる。

毎日のように女性をホテルに連れ込んでいるだとか。

一晩過ごしたら飽きて捨ててしまうだとか。

本当は資産家の婚約者がいる身だが、それでも気にしない女性たちが彼にアプローチをしてきて、彼女たちにも手を出しているだとか。

とにかく、海堂衛司は仕事はできるが冷たい男で、女にはこの上なくだらしがない――これが、多くの社員の共通認識だった。

美織はといえば、時々遠くに彼の姿を認めることがあったが、興味もないので必要以上に視界に入れたりしなかった。

自分とはまったく違う世界の男性《ひと》なのだし、誰と何をしようが関係ない。

そう思っていたのだけれど――。

期せずして、海堂衛司のプライベートにつま先をほんの少しだけ踏み入れる出来事が起こったのは、彼が赴任して一週間ほどが経ったある日のことだった。

午前中、役員室に用事があり、九階から十一階に行かなければならなかった。人事部からはエレベーターを使うよりも階段を利用する方が早いので、美織はいつもそうしている。

今日も階段を上って目的地へ向かい、用事を済ませた。途中、運悪く話し好きの女性社員に捕まってしまい、立ち話につきあわされた。なんとか五分ほどで切り上げてもらえたので、さっさと部署に帰ろうと、行きと同じようにスチール製のドアを開け、少し薄暗い階段を下りていく。

九階に差しかかろうとした時のことだった。

「――好きなんです」

可愛らしい女性の声が聞こえたのだ。美織は思わず足を止めた。

十階と九階の間にある中間踊り場に、二人の人物がいた。海堂衛司と、おそらく女性社員だ。

（こ、これは……）

どう見ても、告白シーンだ。美織は十一階から下りてきた途中の、十階の折り返し位置でストップし、慌てて姿を隠した。

（サンダル履いててよかった……のかな？）

美織は基本的に外回りや接客のない部署にいるので、職場にいる時はローヒールのオフィスサンダルを履いている。しかも静音タイプなので靴音が響かない。

それがよかったのか悪かったのか……。美織がいるとバレていないのは助かるが、逆を言えば、人が階段を下りてきたと分かればこの女性だって告白なんて一旦中止したはずだ。

（まいったなぁ……）

このまま引き返すべきか悩む。知らない時は何も考えずに歩いていたのに、存在を意識してしまうと、もうだめだ。少しでも動けばバレてしまうかもと、心臓が痛くなる。関節が鳴る音でさえ、大音量で響きそうで怖い。

下の踊り場では、衛司がちょうど美織から見える位置に立っていて、彼女から見ると身体を右側に向けている状態だ。女性社員は、踊り場の一番奥に立って衛司と向かい合っているようだ。

つまりは、美織からは女性の顔どころか姿も見えていない。声も聞き覚えがない。おそらく知らない社員だ。

（う、動きづらい……）

「私、本当に海堂さんのこと、好きで！」

女性は懸命に気持ちを伝えているようだ。彼のことがよほど好きなのだろう。姿は見えなくとも、必死な様子は伝わってくる。

この告白に、彼は一体どう答えるのだろうか。なんとなく気になって階段の手すりからほんの少しだけ顔を出し、覗いてしまった。その時——。

（……っ）

背筋がゾクリとした。

一瞬……ほんの一瞬だけ、衛司の目が鋭く細められたから。

多分、彼の前に立つ女性は気づかなかっただろう。今の衛司はもう、普通の表情に戻っている。

「……申し訳ありません。気持ちは本当に嬉しいのですが、私には大切な人がいるので」

それはとても誠実な受け答えに聞こえた。相手をなるべく傷つけまいとする気遣いが、穏やかな彼の声には込められていた。

けれどさっき美織の視界に映った彼の横顔は……酷く冷たくて。氷の壁を周囲に巡らせ、何もかもを拒絶しているように見えた。

（寒い……）

身体の中に氷を詰め込んだみたいに、お腹の底がジンジンと冷えた。

美織は下腹部を押さえながら、彼らから見えない場所で腰を下ろした。

それからすぐ、二人が遠ざかる足音が聞こえたかと思うと、辺りは静寂に包まれた。

息を詰めていた美織は、はぁ、と、大きく呼気を吐き出す。

（変なところに、居合わせちゃったなぁ……）

しかも、滅多に見せないだろう表情を覗き見て、なんだか彼の秘密を知ってしまった気になった。

「あんな冷たい顔をする人だったんだ……」

小声でぽつりと呟く。

彼に興味があるわけではないが、女性から告白をされた男性があんな表情をするなんて――どういう解釈をしたらいいのか。

確か噂では『来る者拒まず』だと聞いていたのに、この状況は話とは違う。ずいぶんとちぐはぐな印象を受ける。

「……まぁ、私には関係ないけど」

この短い時間でどっと疲れた美織は、階段に座ったまま膝の上につっぷしたのだった。

それからも毎日、海堂衛司の話は多少内容は違えど、耳に入ってきた。よく噂話が尽きないなぁ……と、美織は感心するけれど、そんなことは正直どうでもよかった。

ここ最近、たびたび誰かの視線を感じることがあり、美織にとってはそちらの方がよほど問題だ。

誰の視線かは分からないので、初めは気になって仕方がなかった。けれど何日経っても実害はなかったし、後をつけられている様子もないので放っておいた。

そんな状況が地味に続き……衛司が配属されて十日ほどが経った木曜日のこと。

仕事を終えた美織は、神奈川県桜浜《さくらはま》市内にある自宅に向かっていた。会社の最寄り駅から私鉄の各駅停車で三十五分の北名吉《きたなよし》。そこから自宅までは歩いて十五分ほどだ。

駅前から続く商店街を抜け、夜の静かな住宅街を進む。あと五、六メートルでマンションのエントランス、というところで、来客用駐車場に見慣れない大きな車が停まっているのが見えた。

「わ、すごい車……」

それは国産車ではあったけれど、有名な高級セダンだ。きれいに磨かれたパールホワイトのボディが、暗がりの外灯の下でピカピカに輝いていて、明らかにその場にはそぐわない豪奢《ごうしゃ》な雰囲気を放っている。

場違いな光景を尻目にそばを通り過ぎようとすると、いきなり運転席の扉が開き、黒服の男性が降りてきた。

一瞬ギョッとするものの、自分には関係ないだろうと、素知らぬ顔で通り過ぎる。

そしてエントランス内に設置されている郵便受けの前で立ち止まり、ダイヤルを回した。解錠して扉を開こうとすると、何故か開かない。郵便物が詰まっているようだ。無理矢理開ければ破れてしまうかも知れないと思うと、力任せに引っ張るのを躊躇《ためら》ってしまう。

どうしようかと思案していると――。

「手伝おうか?」

背後からのその声に、タイムスリップしたような感覚が肌の上を駆け抜ける。ゾクリと全身が総毛立ち、首筋が痺《しび》れた。

「っ!」

弾かれたように振り返ると、先ほどの運転手とは別の男がいた。

エントランスの扉付近は蛍光灯が届かない暗がりなので、立っている彼の顔はよく分からない。それなのに、何故かキラキラと輝いているように見えた。背がスラリと高く、たたずまいが上品で、どこか力強さを感じさせる人だ。

そんな彼が、黒っぽいバラを一輪だけ手にして、見るからに仕立てのよさそうなスーツ姿で、まっすぐこちらを見据えて立っている。

（だ、誰……？）

美織が訝しげに身構えると、その男はゆっくりとこちらへ歩み寄ってきた。そして、凛々しい目元をわずかに緩め、こう言ったのだ。

「――美織、だいぶ遅くなったけれど、迎えに来た」

「……はい？」

何を言われているのか分からなくて、美織は眉根を寄せる。

「――十年……正確に言えば十一年ぶりか」

（十一年……？）

いきなりのことで驚いてしまい、誰なのかを認識するのが遅れてしまったけれど、彼は――。

「……あ」

「思い出してくれたか？」

「あー……、先週から出向してらっしゃる海堂さん……ですよね？」

毎日必ず話題になる彼だ。一度だけ、あの階段で見かけたことはあるけれど、普段は遠くからしかその姿を目にすることはなかった。こうして間近で見ればその美貌に圧倒され、気後れしてしまう。

引き締まった面差しを華やかにきらめかせ、他にたとえようのないセレブな雰囲気を醸し出している。

しかし彼は美織の言葉にきょとんとした表情になった。

数呼吸の後、海堂衛司はフッと笑ったかと思うと、静かに口を開いた。

「……マイオリ、と呼ばれていたよな、アメリカでは」

「っ‼」

そのひとことを聞いた瞬間、美織は目を思いきり大きく見開いた。

記憶と目の前の光景があまりにも乖離していて、頭の中が混乱し、めまいがした。身体もふらつく。

（うそ……そんなはず、ない……）

薄暗くてその顔をきちんと確認することができないけれど、あの人はもっと……。

「ひ、人違いです……っ」

慌てふためいた口調でそう告げると、美織はバッグをぎゅっと握り、それからエレベーターを待つのももどかしく、郵便受けの裏手にある非常階段を駆け上る。郵便を取り出すことなど、すっかり忘れていた。

住まいのある三階まで一気に上がると、玄関の鍵を解錠し、振り返りもせずに部屋の中に飛び込んだ。もちろん、ドアをロックするのも忘れない。

「うそうそうそ……っ、絶、対、違う……っ」

息を切らしながらそう呟くと、ゆっくりと靴を脱いで部屋の奥へと入り、ベッドに腰を下ろした。

それから少しして、スマートフォンのメール受信音が鳴った。美織はバッグからスマートフォンを取り出し、確認する。

差出人の名前は『KAIDO Eiji』となっていた。

（海堂さん……？）

「どうして私のメアドを……」

今メールを受信したアドレスは、十一年前に渡米した時に作ったフリーアドレスだ。いくつか持っているものの一つで、これは一番長く使っている。

（もしかして……エイジくんなの……？）

疑念が真実に少しずつ浸食されていくのを感じながら、美織はメールを開く。そこにはこう書かれていた。

『ドアの外に渡したいものを置いておく。チェーンをかけたままでも取れるようにしたから』

「な、何……？」

その文言のとおり、美織はチェーンをかけたまま恐る恐るドアを開く。近くに誰かの気配などないことを確認した後、ドア横の壁を覗くと、そこには先ほどの彼が手にしていたバラが一輪立てかけてあった。

「これ……青いバラ？」

さっきは黒っぽくしか見えなかったが、部屋の明かりの下で見てみれば、それは紛うことなき青いバラだった。

「初めて見た……きれい……」

少し前まではこの世に存在していなかった青いバラだが、遺伝子組み換えが成功して、今は市場にも出回っている。

セロファンに包まれて、薄い水色のリボンをかけられているそれには、小さな封筒が添えられていた。

バラを持ったまま再びベッドの縁に座ると、美織は封筒を開けた。そこには折りたたまれた紙が封入されていた。四つ折りになっていたそれを開くと、何行もの文字が印刷されている。

「バラの……花言葉？」

紙にはバラの花言葉が色別、本数別に書かれている。

「これで意味を調べてみろ、ってこと……？」

美織は青いバラと一覧表を見比べた。

青いバラの花言葉は――。

「『夢かなう』、『奇跡』……」

青いバラというのは長い間不可能の象徴とされ、花言葉も文字どおり『不可能』だったし、Blue Roseという英語にも同じ意味があった。

しかし実際に青いバラがこの世に登場したことにより『不可能』という花言葉は消滅し

たのだ。

しかもバラは他の花とは違い、本数にもそれぞれ意味がある。彼が美織に送ったバラは一本――。

「……『あなたしかいない』」

これは……彼から美織に向けてのメッセージなのだろうか。

『バラの花と一緒に登場する予定だから――』

遠い昔に聞いた言葉を思い出し、美織はくしゃりと顔を歪《ゆが》めた。

「どういうこと……？」

この何日もの間、会社で耳にしてきた海堂衛司の人となりが、頭に浮かぶ。

――手当たり次第に女性に手を出す。

――飽きれば冷たく捨てる。

――婚約者がいるのに平気で浮気をする。

美織は、先日見かけた彼の表情を思い出した――こちらが凍えてしまいそうな、冷えた光を孕《はら》んだ瞳。

私が好きだったのは、そんな節操のない人じゃない。女性をないがしろにする人じゃない。冷たい表情をする人じゃない。

私が好きだったのは、もっと笑顔が柔らかくて、穏やかで、優しくて――。

第2章　異国での出逢いと初恋

美織が父親の仕事の関係で渡米したのは、中学二年生の夏のことだ。中西部のとある町で新生活を始めた彼女は、学区内のハイスクールへ編入した。

アメリカは日本より半年早い九月が始業、しかも日本の小中高が六・三・三年制なのに対して、美織が住んでいた州は五・三・四年制だ。つまり日本の学年で言えば、中二の秋には高校一年生＝九年生《フレッシュマン》となる。

英語に慣れていない日本人の子女は、一学年下げて編入することも多いが、幸いにも美織は両親の「英語は将来絶対役に立つから！」というポリシーのもとに、幼い頃から英会話をみっちりと習っていたので、少なくとも日常会話にはまったく困らなかった。

だから学年を下げることなく九年生に編入したのだが、やはり慣れない英語の授業は大変で、数ヶ月は学業に関する専門用語などを含めた学生英語の勉強を徹底して行った。

美織が通っているのはツイン・レイクス・ハイスクール（ＴＬＨＳ）という公立高校《パブリックスクール》だ。アメリカ国内外の大手企業の従業員が数多く住む閑静な住宅街の中にあり、そこは教育水準も高い地域とされていた。

それを裏づけるのが全米の学校格付けサイトだ。ＴＬＨＳは学校の格付けランキング十段階のうち、公立では非常に珍しい最高ランクの十を獲得するほどの名門公立高校《パブリックスクール》として有名だった。

当然ながら授業の質も高い。それゆえ、ついてゆけずにドロップアウトする学生も中にはいた。しかし美織はアメリカ人の友人や教師にも助けられ、二月に差しかかった頃には学生生活も安定したのだ。

彼と出逢ったのは、そんな頃だった――。

「あれ？　おっかしいなぁ……」

美織は自分のロッカーのダイヤルを回しながら、ブツブツと呟いていた。

アメリカの中学・高校は日本と違い、クラスの教室がない。仕組みで言えば大学に近いだろうか。教科担任が詰めている教室に生徒が移動して授業を受ける。だからロッカーはすべて廊下に設置されていて、そこにテキストや私物を入れておく。

一時間目が終わり、美織は今、そのロッカーのダイヤルと格闘している真っ最中だった。

半年も使っているロッカーが、何故か開かない。朝、荷物を入れたばかりなのに。

「どうしよう……」

何度数字を合わせても開かないので途方に暮れる。中には次の授業で使うテキストが入っているので、取れないと話にならない。

ＴＬＨＳは名門高校と言われるだけあり、遅刻や忘れものにはとても厳しい。休み時間は五分しかないので、その間に荷物を取って教室移動をしなければならない。周囲の生徒は次の授業に向けてどんどんロッカーからテキストを出して離れていく。

（はー……もう諦めて、教科書取れなかったって素直に言おうかな）

ため息をついてその場を離れようとしたその刹那――。

「手伝おうか？」

（え、日本語……？）

確かに日本語で声をかけられた。

「……っ」

「ロッカー、開かないんだよね。手伝った方がいい？」

振り返ると、そこにはスラリと背の高い黒髪の青年が立っていた。表情を優しげに緩めて笑っている。

自然に整えられた眉、切れ長の澄んだ瞳、きれいに通った鼻梁、つやつやした薄めのくちびるが、卵形の輪郭の中に整然と配置されている。

まさに『眉目秀麗』という言葉が相応しい、隙のない美貌を湛えた顔立ちなのに、柔らかくてキラキラでみずみずしい空気に包まれている。

（こんなにきれいな男の人……見たことない）

美織は彼から目が離せなかった。

「……」

言葉も出せずにその顔を見つめていると、彼が不思議そうに首を傾げる。

「あれ、君、日本人だよね？　日本語でひとりごと言ってたし」

「……あ、はい、そうです」

訝しげに問われ、ハッと我に返った美織がこくこくとうなずくと、彼はホッとしたように笑った。

「コンビネーションは？」

暗証番号はコンビネーションと呼ばれ、三組の数字から成り立っている。それを左右に回して数字を合わせた後、扉の取っ手を中のレバーを押しながら引いて開けるのだ。

これが意外と難しい。ダイヤルが無段階調整タイプなので数字を合わせるのにコツが要る。だから小学校から中学校に進学する時には、学校でロッカーを開く練習をする生徒も多い。美織も編入する前日に、何度も何度も練習してコツを覚えたのだ。

「あー……えっと、32、11、46、です」

「ＯＫ、32……11……46……と」

彼はするするとダイヤルを回し合わせ、それからロッカーの取っ手を摑《つか》むと力任せに引いた。すると、扉はガッという鈍い音を立てて開く。

「あ、開いた！」

美織は思わず歓喜の声を上げた。

「これ、暗証番号《コンビネーション》のせいじゃなくて物理的に扉が歪んでるよ。誰かが何かをぶつけたんだろうね。たまにあるんだよ、こういうこと」

言われてよく見てみれば、扉の縁とロッカーのフレームが若干歪んでいた。

「ほんとだ……」

「うん、ロッカーを修理してもらうか、替えてもらった方がいいね。君のカウンセラーは？」

アメリカの中学・高校は基本的にクラス担任がいないので、各生徒の手続き等の担当になる職員が必ず設定される。それがカウンセラーだ。

「あ……ミセス・ローズウッドです」

「あぁ、僕と同じだ。じゃあ一緒に行ってお願いしてあげるよ。ミセス・ローズウッドには気に入られているから、僕が言えば今日の遅刻も多少大目に見てもらえるかも知れないよ。おいで」

彼は悪戯《いたずら》っ子のように笑って歩き出し、美織に手招きをした。

二人は事務局を訪ね、事情を話してロッカーの変更を依頼し、そしてTardy Slipと呼ばれる遅刻届の用紙をもらった。これに遅れた理由を書いて担当教諭に渡すのだ。

彼は事務局を出る時に、美織の教科担任に連絡を入れて事情を話してもらえるようカウンセラーに頼んでくれた。

そして彼女の教室まで送ってくれたのだ。

「ありがとうございました。すみません、私のせいであなたまで遅刻してしまって」

「気にしないで。同じ日本人なんだから、こういう時は助け合わなくちゃ。……あ、名前言ってなかったね。僕は京条《きょうじょう》衛司。十二年生《シニア》だよ」

衛司がふんわりとした笑みで自己紹介してくれた。

「あ、私、梅原美織、です。九年生《フレッシュマン》です」

「ミオリ、だね。よろしく。……僕はこっちだから、じゃあまた」

頭を下げた美織に、衛司は手を挙げて、それからきびすを返した。

（エイジ……さん）

美織は口の中でその名前を呟くと、駆けていく彼の背中をしばらく見つめていた。

その次に衛司に会ったのは数日後、学校の駐車場で、朝のスクールバスに乗れず母親の車で登校した時だ。

ハイスクールの登校時間は早い。何せ、その学区の小学校から高校まで、同じ会社がスクールバスの運行をしているのだ。高校生を乗せた後は中学生、その後は小学生を乗せて町中を走り回る。

美織の乗り場にバスが来るのは朝の六時半頃だ。毎日五時半には起きて準備をするのだが、その日はいろいろ手間取り、遅れてしまったというわけだ。

母を見送り校舎に入ろうとすると、彼とばったり出くわした。

「あ……」

「おはよう、ミオリ」

「おはようございます！　この間は、本当にありがとうございました。先生にも怒られずにすみました」

　美織は深々と頭を下げた。あの日の教科担任に事情を説明すると、カウンセラーから電話が行っていたようで『エイジがフォローしてくれてよかったね』とニコニコしていた。特におとがめもなかったので、彼が言っていたとおりだと美織は感心したのだった。

「ならよかった。ミオリは車登校なの？　……って、免許持ってないだろうけど」

「今日はバスに乗り遅れちゃったので、母に送ってもらったんです。……エイジさんは車ですか？」

「エイジでいいよ、アメリカなんだし」

　アメリカでは日本人同士も呼び捨てで呼び合うことが多い。特に現地校の場合はそうだ。でも美織はどうしてもそれに慣れなかった。同学年ならともかく、三歳も年上の衛司を呼び捨てになど恐れ多くてできない。それを伝えると、彼はクスクスと笑って「じゃあ『くん』でいいよ」と言ってくれた。

「じゃあ……エイジくん」

「うん。……あぁ、僕は車登校だよ。十六になってすぐライセンスを取ったんだ。うちは母子家庭で母親が働いているから、移動とかできるだけ自分でしたいしね。それに、車の運転も好きなんだ」

十六歳になると自動車の免許を取って、自家用車通学をする生徒も多い。大都市部ならともかく、アメリカの大抵の町は徹底した車社会なので、遊びに行くにしても、自分で運転するか親に送迎してもらわなければならないのだ。

「すごいですね。私なんて、親に甘えてばかりです」

「子供なんだから甘えて当然だよ」

二人並んで校舎に向かって歩いている間も、中に入ってからも、衛司は周囲の学生からよく声をかけられていた。そのたびに彼は愛想よく返事をする。

彼ほどではないが美織も声をかけられた。その中で時々、

「ハイ、マイオリ！」

そう呼ばれることがあった。それを聞いた衛司がクスクスと笑う。

「ミオリってやっぱり初見だとマイオリって呼ばれるんだね」

「そうなんです。『mi』の発音をマイって読まれちゃうんですよね」

二重母音の法則などで『i』を『アイ』と発音することが多いが、美織の『Miori』も病院や学校ではよく『マイオリ』と読まれていた。最初の内はいちいち「『ミオリ』です」と訂正していたが、きりがないので近頃は大切な場面以外ではそのままにさせている。

「分かるよ、僕もよく『アイジー』って呼ばれるからね。ほらアインシュタインのスペルも『ei』で始まるし、それと同じだよ」

衛司が笑顔のまま肩をすくめた。

「『ei』も『アイ』って発音するのが不思議ですよね。……あ、私、こっちなので」

ロビーの別れ道で、美織は自分が行く方向を指差した。

「僕はこっち。……あ、ミオリ、よければ連絡先教えてほしいから、今日ランチ一緒に食べない？」

「は、はい、喜んで」

「じゃあ、後でカフェテリアで」

昼休み、約束通りカフェテリアで落ち合った二人は、昼食を食べながら連絡先を交換した。この時はまだスマートフォンを持っている高校生はほとんどいなくて、美織も衛司もフィーチャーフォンを使っていた。なので電話番号とメールアドレスを交換する。

TLHSには日本人の生徒が少ない。というより、衛司と美織しかいない。彼らが住んでいる地域に、在米日本人が極端に少なかったのが大きな要因だ。

だからなのか衛司はとても優しくて、何かと美織に手を差し伸べてくれた。勉強で分からないところがあれば懇切丁寧に教えてくれたし、この町やアメリカについてもたくさん教えてくれた。

美織にだけでなく誰にでも親切な衛司は、その優しさや細身の外見からは想像できないが、幼い頃から空手をやっていて有段者だった。放課後にはボランティアで子供に空手を教えているそうだ。

「空手はね、アメリカでは割と人気のある習いごとなんだよ。だからあちこちに空手教室があるんだ。でも月謝が払えない子供もいるからね、僕でよければ、と思ってボランティアで教えてるんだ」

笑ってそう言う衛司を、美織が好きになるのに時間はかからなかった。

いや、初めて会った日にはもう、恋に落ちていた——これが美織の初恋だった。

彼を好きだと自覚してから、アメリカでの生活が何倍も楽しくなった。衛司も頻繁に美織に声をかけてくれたし、アメリカ人の友人との集まりに誘ってくれたりもした。

四月の衛司の誕生日には友人たちとショッピングモールへ繰り出し、フードコートで簡単なバースデーパーティをした。

みんなで示し合わせて用意したクロスやパーティーグッズでテーブルを飾りつけ、食べ物と飲み物はフードコートで買ったものを並べた。

ケーキはもちろん、カラフルなバタークリームたっぷりのスクエアタイプを、洋菓子店で予約しておいた。上には『Happy Birthday EIJI』と書かれている。

みんなで歌を歌い、衛司の誕生日を祝った。

日本だとフードコートでパーティなんて、ただの迷惑行為だ。けれどアメリカだとこういうのもありで、さすが自由の国だなぁと、美織は驚いたものの、とても楽しかった。

最後に全員で写真を撮った時、みんなが衛司を囲んだが、美織は出遅れてしまった。端っこにちょこんと立っていたら、衛司が「ミオリ、おいで」と、自分の隣にスペースを空けてくれたのだ。

普段友人たちが一緒にいる時、衛司は美織に対しても英語で話しかけてくる。それがマナーだと彼は言う。

けれどこの時だけは、何故か日本語で。優しい笑みから紡がれた「おいで」という言葉に、美織は特別なものを感じ、嬉しくてとろけそうになる。

初めて出逢った日、ロッカーを交換しにいく時にもかけてくれた言葉だ。

おずおずと隣に腰を下ろして衛司を見ると、今度はクスクスと笑いながら「あっちを見て」と小声で言ってきて、カメラを指差したのだった。

解散した後は二人で話をしながらぶらぶらし、モールのエントランスの外に置かれたベンチに座る。

改めて美織個人からのプレゼントを渡した時の衛司の笑顔は、本当に嬉しそうだった。

「ミオリが作ってくれたんだ？　すごいね、ありがとう」

彼に贈ったのは、自分で作ったキーリング。男性用のメタルキーホルダーにクリスタルで作ったクロスモチーフをつないだものだ。

高価なものは買えないけれど、自分のお小遣いを貯めて予算内では一番質のいい材料を揃えて頑張って作った。

少しでも衛司が喜んでくれたら嬉しいと思い、心だけはめいっぱい込めて。

「実は私もおそろいでストラップ作ってみたの」

美織は照れくさそうに言いながら、衛司の目の前にストラップを掲げた。同じモチーフを使いつつも、女の子らしい可愛らしさを演出してみた。

「ミオリらしいね。可愛いよ」

「ほんと？　嬉しい」

衛司から褒められ、美織はふにゃりと顔を緩めて喜んだ。

「……僕も、好きな子からのプレゼント、すごく嬉しいよ」

「……え？」

衛司の突然の言葉に、美織は目をぱちぱちと瞬かせた。

「ミオリのことが、好きだよ」

「エイジくん……」

「初めて会った時からいい子だなと思ってた。一生懸命ロッカーと格闘している姿が、その……小動物みたいで可愛いなって」

「しょ、小動物って……！」

褒められているようには思えなくて、思わず声を上げてしまう。でも嬉しくて、面映くて……うつむいてストラップをいじった。

「褒めてるつもりだけど……気を悪くしちゃったらごめん」

きまり悪げに謝られおずおずと顔を上げると、そこには甘さにあふれ、それでいて少しの不安を帯びた表情が待ち構えていた。

「あ……わ、私も、エイジくんのこと、好き」

頬を染めながら本心を告げると、衛司の顔がぱぁっと明るくなった。

「よかった。卒業前にミオリに告白したかったんだ」

安堵《あんど》の表情を浮かべる衛司をよそに、美織の顔は逆に翳《かげ》りを見せた。

「……そっか、衛司くん卒業したら、日本に帰っちゃうんだもんね」

六月に卒業を迎える衛司は、その後は本帰国して日本の大学を受験することになっている。少し前にそれを聞かされた美織は、泣きそうになるのを堪えた。

「そんな顔しないで。日本でミオリのこと、ちゃんと待ってるから」

衛司は穏やかな声音で告げると、不安げな美織に顔を近づける。

「っ」

一瞬……キスをされるのかと思ってドキリとした――いや、キスはされた。でもくちびるではなくて、額にだった。柔らかくて温かい感触が額に移ったのを感じた。

心臓の鼓動が自分の耳にまで届きそうで。

潤んだ瞳で衛司を見つめる。

「――ミオリが日本に帰ってきたら、ちゃんとしたキスをしよう」

彼はそう言って微笑み、彼女の頭を撫《な》でてきて。

（……くちびるにしてほしかったかも）

ほんのりと熱を残した額に触れながら、美織は少し残念に思った。

二人の関係には『彼氏彼女』という名前がついたものの、つきあい自体は今までとそう代わり映えしなかった。ハイスクールの生徒とは言っても、美織は日本で言えばまだ中学三年生だ。日本語補習校だって、日本の教育制度に準拠しているので、中等部に通っている。

衛司の方が気を遣ってくれ、あくまでも清い交際しかしていなかった。

「キスくらいしてほしい……」

先日は額にしかキスをしてもらえなかったことを、不満に思っていた美織。どこか恨みがましくぼそりと口走ると、彼は目を丸くし、それから苦笑いを浮かべて言った。

「じゃあ……ミオリの十五歳の誕生日にしようか」

「誕生日って、まだ一ヶ月半もある！　……けど、うん」

いささか不服そうな表情を見せつつも、美織は頬を染めてうなずいた。彼女の誕生日は六月だ。まだだいぶ先だが、誕生日プレゼントにくちびるへのキスをしてもらうのも悪くはないと思い直した。

恋人らしいことができないその代わりに、二人はたくさん話をした。お互いについてはもちろん、家族にも言えないような話も衛司になら言えた。

彼は美織のことをとても大切にしてくれた。プレゼントしたキーリングには自宅と車の鍵をつけていつも持ち歩いてくれたし、そしてやっぱり彼も自分の心の内を美織には打ち明けてくれたのだ。

衛司の父は彼が幼い頃に亡くなり、その後母親は衛司とともに旧姓に戻ったそうだ。

「僕の母方の実家はかなりの資産家でね。でもあくまでも当主は母の弟であり、僕は傍流でしかない。だからいつか自立できるよう、自分でできることは自分でしろと、僕は母から躾けられているんだ」

衛司の母親の実家は、日本でも有数の大企業である京条グループだそうだ。総帥は衛司の叔父で、いずれは叔父の息子である従弟が後を継ぐという。

衛司の母親は京条グループ傘下の化学企業で役員をしていて、今はこちらにあるオフィスの副社長として駐在しているらしい。

「エイジくんのお母さんもだけど、エイジくんもすごいね。自分の力で生きてる、って感じがする」

「そんなことないよ。自分の力で生きてるなんて、烏滸《おこ》がましいこと言えない。母や叔父のおかげで僕は何不自由なく生活できているんだよ。だから母には感謝しているし、心配させたくないからこうして真面目に生きているけど……優等生でいることに疲れることもあるんだ。もっと自分を解放して生きたいと思ったりもするよ。……でも父方の祖父のこともあるし、なかなか難しいかな」

「エイジくん……」

実は二人の交際は周囲には秘密にしていた。それはつきあい始めた時に、衛司からそう頼まれたからだ。

『僕の父方の祖父は元官僚で、今もかなり厳しい人なんだ。だから僕の友人関係一つとっても、ものすごく干渉してくる。母もそれが嫌でわざわざ戸籍を抜いて旧姓に戻った上に、アメリカでの仕事を選んでくれたんだけど、それでも監視してきてね。以前、女の子とつきあっていた時は、日本から手を回してその子の親の仕事にまで圧力をかけてきたから。だから、美織には迷惑かけたくないし、僕たちの仲を壊されたくないんだ』

衛司の父親は生家の教育方針や家風に馴染めず、一族のはみ出し者扱いされていたそうだ。

大学の文学部を卒業して数年後、大きな文学賞を受賞して作家になった。その授賞式で、衛司の母親と出逢ったという。

それからは母親が働きながら父親を支え、生活をしていった。幸い、母親は京条家の一員で個人資産もかなりあったため、経済的に困窮することはなかった。

しかし衛司が小学校低学年の頃、父親は病気で亡くなったそうだ。

その頃から、衛司の父方の祖父より「衛司を跡取りにするので養子縁組をしたい」とたびたび申し出があったのだが、母親は首を縦に振らなかったらしい。

それでもなお、祖父や親戚がたびたび干渉してきては、現在に至るそうだ。

切なげな表情で語る衛司に、美織は自分が泣きそうになった。

美織の父も、世間では一流企業と呼ばれている会社で管理職をしているが、あくまでも従業員でしかない。

それに由緒正しい家柄などでもなく、ただの庶民だ。

彼女自身も、アメリカでの生活に多少の不自由は抱えているものの、両親は揃っていて美織を可愛がってくれているし、この先どんな道を選ぼうと自由だ。

衛司とは置かれている立場も家の格も、まったく違う。

この時十四歳だった美織に、衛司の立場の大変さなど理解できるはずもない。それでも子供なりに、彼の気持ちに寄り添いたいと思った。

「エイジくんの人生はエイジくんのもので、絶対誰にも奪えないんだよ。それに、たとえどんな生き方を選んでも、私はずっとずっとエイジくんが好きだから」

そう言って笑ってみせると、衛司は一瞬、息を呑み、目を大きく見開いた。その後、つられたように笑ってくれた。

「ありがとう。ミオリに話したら気持ちが軽くなった。……君のそばにいると本当に癒される」

「私もエイジくんに癒されてるから、おあいこ」

「そっか嬉しいよ。……あ、そうだ。来月のプロム、一緒に行ってくれる？　プロムなら他の友達も一緒だし、堂々と女の子を誘っても怪しまれないと思うから」

「あ……」

美織は目を見張る。プロムのことを忘れていたからだ。

プロムとは、学校で年度末近くに開催される、ダンスパーティのことだ。基本的には、男子が女子を誘って参加するものとされているが、近年では同性の友達同士で誘い合わせて行くことも多い。

ダンスパーティと銘打ってはいるものの、ＤＪを呼んで盛り上がったり、さまざまな催しが詰め込まれたイベントだ。

中でも一番盛り上がるのが、その年に一番活躍をした男子女子を選ぶキングとクイーンの選出だ。

実は昨年度のキングには衛司が選出された。成績やクラブ活動やボランティア活動、その他総合的な要素を元に投票などで選ばれるのだが、ＴＬＨＳで日本人がキングに選ばれたのは衛司が初めてだった。

美織は初めてのプロムなので不安でたまらなかったが、衛司が誘ってくれたのが嬉しくて、心の中で舞い上がっていた。

「わ、私でいいの？」

「ミオリがいいんだよ。……僕のパートナーになってくれる？」

「うん！　……エイジくんのフォーマル姿、楽しみにしてる」

「僕もミオリのドレス姿、楽しみだ」

アメリカの高校の卒業式は、アカデミックドレスと呼ばれるローブと帽子をまとったフォーマルな服装で臨む。

その反面、普段の通学時はカジュアルな服装が多い。中には半袖短パンにビーチサンダル、というラフな生徒もいる。
そんな生徒たちが、皆一様におしゃれに気合いを入れるのがプロムだ。男子はスーツやタキシード、女子はドレスで参加するのが習わしとなっている。

美織も来月頭にはショッピングモールで適当なドレスを選ぼうと思っていたのだが、衛司と一緒に行くとなれば話は別だ。

少しでも可愛く見せたいと、その日から週末は親にあちこちのモールに連れて行ってもらった。

ドレスを取り揃えている店を何軒も回り、さすがに母から「そろそろ決めてほしいわ……」と呆れられた頃、結局最初に気に入ったものが一番だと分かり、それに決めた。

薄い水色にピンクの刺繍《ししゅう》が入った、ふわふわしたショートドレスだ。あまり肌の露出がなく可愛らしいイメージで、一目見て「これがいい！」と思った。

念のため時間をかけて他の店も見て回ったものの、最終的にこれを選んで大正解だった。ずっと見ていても飽きないくらい、気に入っている。

（エイジくん、可愛いって言ってくれるといいな……）

美織は部屋でドレスを抱きしめた。

プロム前日、衛司から電話が来る。

『明日、車で迎えに行くから、家で待ってて。バラの花と一緒に登場する予定だから』

「うん、バラと一緒に来てくれるの、待ってるから」

含み笑いを滲《にじ》ませた彼の言葉に、美織もクスクス笑いながら返した。バラの花――というのは、もちろん冗談だとお互い分かっている。

少し前に、タキシードと言えば何故かバラの花のイメージがあると話したばかりなのだ。それを受けての衛司のジョークだった。

美織は何日も前から、プロムのための準備を入念に行った。友達や母にメイクの仕方を教わって、ドレスに合うよう練習した。

靴もドレスに合うヒールを買ってもらい、何回か履いて慣らした。

涙ぐましい努力が実を結んだのか、当日仕上がったのは、見違えるような自分だった。

「いいじゃない、美織」

母も褒めてくれた。

(なんだか私じゃないみたい……)

髪を結い上げて、アクセサリーをつけて――お姫様みたいなドレスを身にまとった鏡の中の自分を目にした美織は、おとぎ話の住人のような気分になる。

(エイジくん、気に入ってくれるかな……?)

他の誰より、衛司に褒めてもらいたかった。

それなのに――。

衛司はその日、迎えに来てはくれなかった。

第3章　十一年越しのファーストキス

「うわっ、美織目が腫れてるじゃない。どしたの？」

朝、出勤するなり菜摘がギョッとしたような声を上げた。

「ん……昨日眠れなくて」

「何かあったの？」

「そういうわけじゃない、けど」

言葉尻を濁《にご》らせる美織を訝しく思ったのか、菜摘はさらに突っ込んできた。

「失恋でもした？」

正解では決してないのに、何故かギクリとしてしまう。まるで後ろめたいことでもあるかのように、慌てふためいてしまった。

「ち、違うよ！　失恋なんてしてないから！」

（何慌ててるの？　私ってば……）

明らかに様子がおかしいのは側《はた》から見ても分かるのに、菜摘はそれ以上は触れないでいてくれた。

美織が何も話せないのを分かってくれたのだろう。

「ならいいけどさ。寝不足で倒れないようにね。……今日金曜だけど、社食やめて会議スペースでお昼食べる？　そしたら少しでも昼寝できるし」

「大丈夫だよ、コーヒー飲むし！」

美織が力強くサムズアップしてみせると、菜摘がクスクスと笑った。

「顔の様子とポーズが合ってないから。……まぁ、何か困ったことがあったら私とか佐津紀さんが相談に乗るからね」

「ありがとう。その時にはがっつり頼るから」

「おはよう〜……って、何美織ちゃん、まぶた腫らして。失恋でもしたの？　今日社食やめとく？　愚痴なら聞くわよ？」

佐津紀までもが美織の顔を見るなりそんなことを言ってきたので、二人とも噴き出してしまった。

菜摘や佐津紀が気を利かせて言ってはくれたが、せっかくの金曜日なので、昼食はいつもどおり社員食堂へ赴いた。

美織はあまり食欲がなかったけれど、ただでさえ寝不足なのでせめてエネルギーは摂取せねばとB定食を頼む。佐津紀や菜摘に心配をかけたくなかったのもあった。

「そういえばさ、例の彼、広報部の女子に手を出しまくってるって噂あったじゃない？　それがこの二日ほど、怖いくらいおとなしいらしいわ」

佐津紀が切り出すと、菜摘が目を丸くした。

「へぇ～、そうなんですね。……こんな言い方下世話だけど、広報部コンプリートしちゃったからかなー」

「ちょっ、コンプリートって菜摘ちゃん、ゲームじゃないんだから。でもね、広報部の同期に聞いたんだけど。あんなに噂が広まってたのに、実際に彼に手を出された人はいないんじゃないか、って」

佐津紀が言うには、『海堂衛司は女ぐせが悪い』という噂だけがやたらに一人歩きしているものの、実際に彼とホテルに行っただとか、やり捨てされただとか、そういう具体的な話をする女性は誰一人いないそうだ。

「いや、でも普通はそういうプライベート中のプライベートな話を喜んで広める女子なんていないですよ」

菜摘が鼻で笑っている。

「だけどその私の同期がね、海堂さんから誘われて食事に行ったけど、微塵《みじん》もそういう雰囲気にはならずに、ほぼ職場の話しかしなかった、って言ってたのよ」

「へぇ……それってただの親睦会ですよね。変なの」

「しかも食事する相手のことより、職場の人間関係とか噂話に興味津々だった、って。彼もなかなかに俗っぽいわ」

「うーん……若様の意図が分からないけど。結局のところ、今までの噂は全部ガセだった、ってことですか？」

佐津紀の話を聞いて、菜摘は訝しげに眉をひそめた。

「そうかも。むしろ手を出すどころか、言い寄ってくる女の子たちをことごとく振ってるみたい。これも確かな情報」

「へぇ……資産家の婚約者がいるって噂は本当なのかな。だから軒並み振ってるのかも？」

「……」

美織は言葉に詰まっていた。どう反応したらいいのか分からないまま、二人の会話を聞き続けている。

「？　どうしたの？　美織ちゃん」

「な、なんでもないよ」

美織が黙り込んでいるので、佐津紀が心配そうに顔を覗いてくる。慌てて手を振って何事もないようによそおう。すると今度は菜摘がとんでもないことを聞いてきた。

「実は美織も若様に振られた内の一人だったりする？　そのせいの寝不足？」

それは的外れなのか鋭すぎるのか判定しづらい質問だった。けれど美織をあたふたさせるのには十分で。

「っ、そ、そんなわけないでしょ⁉　彼に近づいたことすらないんだから！」

小さな声だったが、きっぱりとそう告げた。実際には昨日会って話をしてはいるのだが、彼女から近づいたりしていないのは確かなので、嘘をついたことにはならないだろう……多分。

「だよねぇ……あの人、永嶋雅紀風じゃないもんねぇ」

「あのね……私別に、永嶋雅紀そんなに大好きってわけじゃ……」

「あ、噂をすれば」

やたら永嶋にこだわってくる菜摘に、特に彼の大ファンというわけではないと伝えようとしたが、佐津紀の声に、二人とも会話を止めた。

佐津紀の目線を追うと、食堂の入り口に人だかりが見えた。その中央には、今話題にしていた人物が。

（っ！）

数人の男女とともに姿を現した海堂衛司は、昨夜よりもさらに輝きを増している。まるで薄皮一枚剝いだかのようだ。

落ち着きと自信に満ちたセレブな立ち居振る舞いに、美織はそっとため息をつく。

（あの人がエイジくんなの……？　名字が違うし、顔も……よく見たら似てるかも知れないけど、雰囲気が全然違う。誰かが私を騙《だま》そうとしてる？　なんのために？　……もう、何がなんだか分からないよ）

今、視界に入っている男と、美織の記憶に残っているエイジのイメージが、どうしたって重ならない。

美織は無言でかぶりを振り、視線をB定食に戻した。

その刹那――。

「……?」

従業員で埋まっている社食の遠くから、強烈な視線を感じた。顔を上げると、彼がこちらを見ている。

(つ、な、何……?)

明らかに自分を捉えている眼差しに気圧され、慌てて目を逸らしてしまう。

「あ、若様がこっち見てる」

「知ってる人でもいるのかしらね」

菜摘がスパゲティをフォークで巻き取りながら、弾んだ声で言うと、佐津紀が鯖《さば》の味噌《みそ》煮に箸を入れて答える。

もう一度だけ顔を上げると、また彼と目が合った。次の瞬間、射抜くような目がフッと緩んだ。甘さを含んだ眼差し、上がった口角――確かに彼は笑った。

普通の女性なら、それだけで黄色い声を上げてしまうくらいの破壊力がある笑顔だった。実際、食堂の一部からはどよめきが起こったほどだ。

しかしその表情がたった一人に向けられたものだと知ったら、女性たちは別な色の声を上げるに違いない。

(……今まで感じてた視線は気のせいじゃなくて、もしかして……。いやいやいや！　偶然偶然！)

あくまでも他人事にしたかった美織は、何も言わずに顔を伏せ、食事に集中したのだった。


社内に激震が走ったのは、その日の午後のことだった。

社員による横領が発覚したのだ。

ＫＩＴ役員と広報部の女性社員、発注先の広告代理店がグルになった犯行だという。

さらに驚くことに、その横領を白日の下に晒《さら》したのは、先週配属された衛司たちＫＨＤからの出向者と、彼らが手配した調査会社だった。

役員は代理店からキックバックを受け取っていたのだが、手口が巧妙で、なかなか尻尾を掴ませなかった。

そこで衛司たちが内偵に入り、一気呵成《かせい》に調べ上げて不正の証拠を掴んだ。

つまり彼らは『テコ入れ』という名目で、ＫＨＤから送り込まれた調査グループだったというわけだ。

当然、ＫＩＴ社内は騒然とする。

「横領の金額自体は、五千万円くらいだって。月に数十万円ずつ、っていうのも絶妙な金額で長い間気づかれなかった原因みたい」

「広報部の中川《なかがわ》さんって、宇崎《うざき》取締役の愛人だったらしいよ」

「えー、愛人に横領の片棒を担がせたってこと？　エグいなぁ……」

「広告宣伝費に数十万上乗せされてても、事業部長兼取締役の承認さえ通っちゃえば、周りは何も言わないもんね……」

人事部も事件の話で持ちきりだ。

皆、表向きは仕事をしていても、自分の会社での不祥事に興味津々な口調で仕入れた情報を交換し合っている。

「それにしても、海堂さんってすごいわ。あれだけ女子たちとの噂を振りまいておきながら、陰ではしっかり仕事をしていたわけでしょ？」

「もしかして、女子たちとの親睦会って、調査の一環だったんじゃないかなぁ」

「だとすると結構な役者ね、あの人」

「……」

佐津紀と菜摘が感心しながら会話をしている傍らで、美織はまたしても言葉に詰まる。

彼のことを考えると、今はどうしても頭の中がこんがらがってしまう。

ニュースや噂でざわめいたまま、終業時間まであと三十分となった時――。

「――失礼します」

その声が聞こえた瞬間、人事部の面々が一斉に息を呑む音がした。

（うっそ……）

振り返った美織の目には、たった今、彼女たちの話題に上っていた、海堂衛司が映っていた。

人事部人事課員たちの視線は、一斉に彼に注がれる。

衛司は昼休みに見た時よりも、さらにキラキラが増しているように見えた。近づくのに臆してしまうほどだ。

(ど、どうしよう……)

美織の心臓が瞬く間に心拍数を上げた。まさかとは思うが、自分に会いにきたのでは……と、心配になる。

衛司は室内に足を踏み入れて辺りを見回した後、一番近い席にいた美織に目線を据えた。

人事部のドアを開くと、デスク八台からなる島が廊下に平行するように置かれている。それが四つほど奥に向かって並んでおり、ドアを背にして島の左側に課長席がある。

美織のデスクは、ドアに一番近い島の手前側の真ん中だ。一番声をかけられやすい位置ではあるが……。

「岡村くん、いますか?」

「は?　え?　……あ、岡村さん……は、今日は人事セミナーに、行っています……」

まさか彼の目当てが岡村だったなんて、予想もしていなかった。意表を突かれたおかげで、怪しいくらいしどろもどろだ。目もあちこち泳ぎまくっている。自分でも恥ずかしい。

「そうですか。では、これを渡しておいてください。……今回、岡村くんにはいろいろ世話になったので」

衛司が有名デパートの紙袋を差し出してきた。

「は、はい」

美織は言われるがまま、おずおずとそれを受け取った。扱いに困り、その体勢のまま固まってしまう。

そんな彼女を見て、衛司はクスリと笑った。

「――岡村くんによろしくお伝えください。……お邪魔しました」

色気のある声音で言い残し、人事課から出ていった。

「ねぇ……海堂さんって、岡村くんと知り合いなの？」

佐津紀が小声で菜摘に尋ねている。

「知らないですよ、そんなの！　……あとで岡村さんに聞かなきゃ」

二人の会話をよそに、美織は手にしていた紙袋を岡村のデスクへそっと置いた。

（ビックリさせないでよ、もう……）

皆の前でプライベートな話をされるのではないかと、ヒヤヒヤしてしまった。昨日の今日だ、警戒してしまうのも仕方がない。

（心臓に悪いよ、もう……）

美織ははぁ、と大きく息を吐き出し、仕事に戻った。

終業のチャイムが鳴る直前、岡村が帰社してきて、菜摘を初めとする人事課のメンバーに問い糾される。

「あー……俺と海堂は、大学の同級生だった……んだよ。今回の件でいろいろ世話をしたから、それで礼を言いに来たんだろうな」

女性社員たちの勢いに圧倒された岡村は、口元を引きつらせて仰け反った。

「それはいいとして、どうして言ってくれなかったんですか？　岡村さん！　若様と知り合いだって！」

「そういう反応をすると思ったからだよ……」

菜摘が鼻息荒く詰め寄ると、岡村は、ははは……と乾いた笑いを漏《も》らした。


「はぁ……疲れた。もう土日は寝て過ごす！」

今日が金曜日でよかったと、美織はしみじみ思いながら最寄り駅で電車を降りた。

家までの途中にあるスーパーで、夕飯の買い物をする。

昨日から今日にかけて、思いがけず精神を削られる出来事があったので、疲労がいつもの三割増しだ。無事に一日を終えたことに、レジの前で安堵《あんど》のため息が漏れる。

図らずも海堂衛司と接触してしまったけれど、何事もなく済んで本当によかった。

本来なら横領事件の方がおおごとだが、美織にとっては彼との邂逅《かいこう》の方がよほど事件だ。

あの初日の異様な人だかりを見ただけでも、彼が本当に特別な人であることが分かる。

並みの女性では話しかけるのも許されない雰囲気がプンプンと漂ってくるのだ。

（……精神衛生上よくないわ、アレは）

とはいえ、彼のことが気になって仕方がないのも事実だ。今さら目の前に現れたのは何故なんだろう？　「迎えにきた」ってどういうこと？　――知りたくないと言えば嘘になる。

それに部屋に帰れば帰ったで、彼から贈られた青いバラが美織を出迎える。あれからすぐに一輪挿しに生けて、部屋のローテーブルに置いておいた。

（夢じゃないし、忘れられないよね……）

花にはなんの罪もないが、思わずつん、と、花びらを指先で突いてしまう。

どこか神秘的で華麗な花姿の青いバラが、わずかに揺れた。

「……夜ご飯作ろうっと」

美織はショッピングバッグから、鶏の手羽元とセロリとにんじんを取り出す。

今日の夕飯はバッファローウイングにすると決めていた。

バッファローウイングはニューヨーク発祥のアメリカ料理で、鶏の手羽を素揚げにして辛いソースを絡めたものだ。ソースには基本的にカイエンペッパーや酢、溶かしバターなどが使われている。

美織は在米時代からこのチキンが大好きで、頻繁に食べていたし、自宅でも母親に作ってもらっていた。

そのレシピを教えてもらい、今では自分でアレンジも加えて作っている。美織のソースはペッパーソース、ケチャップ、ニンニク、溶かしバターを混ぜたものだが、なかなか本場の味に近いものができる。

また現地では、野菜スティックを添えるのが定番で、特にセロリとにんじんは欠かせない。ランチドレッシングにブルーチーズなどを混ぜたディップにつけて食べる。

美織は手に入りやすいシーザードレッシングに粉チーズを混ぜたものを、ディップにしている。

アメリカから帰国して九年近く経つ。もうすっかり日本食ばかりを食べているけれど、バッファローウイングだけは未だに手作りしてでも食べたい。

日本でもこれを出してくれるレストランが増えればいいのに、と思っている。

できたてのチキンと野菜スティック、軽くトーストしたバゲットをテーブルに並べ、ペットボトルの炭酸水をグラスに注ぐ。

それからスマートフォンのラジオアプリを立ち上げ、アメリカ時代によく聞いていた局に合わせる。

英語を忘れないために、毎日食事の時には聴くようにしている。住んでいた州のローカル局なので、懐かしい町の情報なども入ってきて、一石二鳥なのだ。

「いただきます」

パーソナリティの軽快な英語をバックに手を合わせると、美織はチキンにかぶりついた。

「ん～、からいけど美味しい」

一本食べ終わると、ティッシュで手を拭う。

バゲットを小さくちぎり、余ったバッファローソースをつけて食べた。

「……そういえば、エイジくんとも一緒に食べたっけ、これ」

昔のことを思い出し、ぽつりと呟く。

アメリカのフードコートでチキンを頼んだ時、エイジが笑っていた。

『ミオリはほんとバッファローウイング好きだね』

『だって、美味しいもん』

『そっか。ミオリが美味しそうに食べるのを見てると、僕も楽しくなるよ』

優しく笑ってくれたあの頃のエイジを思うと、切なくなった。

食事を終えると、美織はシャワーを浴びて歯磨きをして、ベッドに横になりながらスマートフォンをいじる。メッセージアプリに友人からメッセージがいくつか入っていたので、それに返信を送った。

そんなことを繰り返している内に、うっすらと眠気が来た。落ちてしまう前におやすみの挨拶を送った後、スマートフォンを手放した。

目を閉じながら思い出すのは、やっぱり昨日今日の出来事だ。

（もう……気になるじゃないっ）

眠いはずなのに、ごちゃごちゃと考えてしまって眠れない。

図らずも間近で見るはめになった海堂衛司の姿を思い浮かべる。確かに、面差しはあの頃のエイジと似ていると思う。けれど、オーラというか面構えというか、何かが違うのだ。

（少なくとも、私の知ってるエイジくんじゃない……）

十年も経てば人は変わるものだが、それにしたって限度があるだろう。

ピカソの絵画で例えるなら、青の時代とキュビズム時代の作品と同じくらい、美織の中で彼の印象は乖離している。

それに加えて、彼にまつわる数々の噂……アメリカ時代のエイジなら考えられない言動ばかりだ。

もし、海堂衛司が本当に彼女の知るエイジだとしたら——一体何が彼をああさせたのだろうか。

そんなことを悶々と考えていたら、いつの間にか眠りに落ちてしまったようで——次に気がついたのは、遠くでチャイムが鳴った時だった。

「んー……」

うっすらと目を開け、壁掛け時計を見ると、もう午前十時を回っていた。

「うわぁ……十時間以上寝てたぁ。一昨日あまり寝られなかったし、仕方ないや」

誰にともなく言い訳をしながらベッドの縁に座り、腕を上げて伸びをする。

その時、インターフォンのチャイム音が鳴る。先ほど眠りの中で聞いたのもこれだったと美織は思い出した。

「……誰かな。宅配便？」

美織は呟きながら立ち上がり、壁に設置されているモニターの応答ボタンを押す。

「はい？」

『――寝坊だな、美織』

張りのある低音が、彼女の耳に飛び込んできた。小さなディスプレイに映っていたのは
――。

「……あ」

ここ二日間、美織を惑わせてきたその姿を起き抜けに見て、頭が一気に覚醒した。

どうしようかと逡巡《しゅんじゅん》した末、あえて警戒心を隠さない言葉を絞り出した。

「な、なんですか……？」

『話がしたい。出てきてもらえないか？』

「……あの、あなたは一体、誰なんですか？」

後ろめたいことなど何一つないのに、何故か舌がもつれてしまう。それでも猜疑《さいぎ》心たっぷりの言葉を投げかけると、向こう側で嘆息する音が聞こえてきた。

『十年以上放っておいたのは、本当に申し訳ないと思ってる。けど、俺が京条衛司だということは、もう分かってるんじゃないのか？』

「で、でも！　……あなたは海堂さん、ですよね？」

『だからその件で話がしたい。とりあえずチェーンをつけたままでいいから、顔を見せてほしい。証明するから』

「しょ、証明……？」

『俺が京条衛司だと信じられないと言うなら、証明するしかないだろう？　ドアを開けてほしい』

余裕のある口調にわずかばかりの必死さが感じられ、美織は困惑した。

（証明って、どうやって……？）

一体何をしてくるのかと気になって、ひとまずチェーンをかけているからいいかと、美織は抜き足差し足でドアへ近づく。そうする必要もないのに滑稽だと気づいたのは、ドアまで辿《たど》り着いた時だ。

この向こう側に彼がいる。

はぁ、と息を吐き出し、意を決すると、美織はゆっくり解錠しカチャリとレバーハンドルを捻《ひね》った。

「っ、え……？」

チェーンをかけたままドアを十センチほど開いたその時、にゅっと握りこぶしが隙間から突き出された。

「――これでも人違いだと言うのか？」

きっぱりとした声と同時に、こぶしからシャランと音を立ててぶら下がったのは――。

「そ、れは……」

傷がついてだいぶ古くなってはいたけれど、それは紛れもなく美織がエイジにプレゼントしたキーリングだった。

懐かしさで胸が一瞬、苦しくなる。

「これで証明できたろ？　……とにかく話をさせてくれないか。……美織だって知りたいんじゃないのか？　十一年前に何があったのか、どうして俺が今になって君の前に現れたのか」

「……っ」

確かに知りたい。

あの日以降、一体何があったのか。

衛司は何故、美織との関係を絶ってしまったのか。

今ドアの向こうにいる彼への複雑な感情と、過去を知りたいと願う好奇心が、美織の中でせめぎ合う。

勝ったのはもちろん――。

美織はチェーンを外し、躊躇《ためら》いがちにドアを開いた。気まずさと恥ずかしさが入り交じった顔を見せながら。

すると衛司はクスリと笑い、こう言ったのだ。

「その表情……昔とちっとも変わってないな」

外で話がしたいと言う衛司に、二十分ほど待ってもらった。支度をするためだ。

髪をブローした後に軽くメイクをし、服を着替える。ただ話をするだけだし、おしゃれなんてする必要はないと初めは思った。けれど衛司がそれなりの服装だったので、少しは気を遣うべきかと考え直した。

通勤で着ている服に着替え、バッグを持って外へ出た。ドアの前で待ち構えていた衛司は、彼女を見てフッと笑う。

「寝起きの美織はたとえようもなく可愛かったけれど、そうやって身ぎれいにしているのもまたいいな。可愛いよ」

いきなり平然とそんなことを言うものだから、頬が熱くなってしまうのも仕方のないことだ。

（こういうところ……ちょっとエイジくんっぽい……）

アメリカ時代の衛司も、よく美織に臆面もなく「可愛いね」と言ってくれた。照れくさかったけれど、嬉しくて舞い上がっていたものだ。

彼の後についてマンションのエントランスを出ると、例のパールホワイトの高級セダンが停まっていた。すぐそばには黒服の男性が立っている。

「俺の専属運転手の新島《にいじま》だ」

衛司が手で指し示しながら紹介してくれた。

「新島と申します。よろしくお願いいたします」

「あ、私、梅原美織、です」

新島は衛司と同じくらいの上背だが、見た目は少し若い。美織と同い年くらいだろうか。なんらかの訓練を受けているのか、笑顔を見せてはいるものの、所作に無駄がなく隙のない感じがした。

そんな新島が、後部座席のドアを恭しく開けてくれたので美織は恐縮してしまった。

車に乗った後、同じく後部座席に乗り込んだ衛司が話してくれた。新島は彼が個人的に契約している運転手で、セダンは衛司の自前の車だそうだ。

「給料も全部俺の金から出しているから、この空間は完全にプライベートだ。誰に遠慮することもない」

彼が笑って言った。

（……ＫＨＤのお給料って、そんなにいいの？）

個人的に人ひとり雇えるほどもらえるのだろうか――美織は一瞬、そんなことを思ったが、そんなはずないとかぶりを振った。

（まぁ、どうでもいっか）

「美織はこの後、予定はあるか？　もしなければ、少し早いけどランチにしよう」

週末は家でゆっくりするつもりだったので、予定らしい予定はない。それを伝えると、衛司は新島に目的地を告げて車を出すように指示をした。

到着したのは、美織のマンションから二十分ほど行ったところにある、高級フレンチレストランだ。店に入って通されたのはシックな個室だった。

「ここって……」

美織が少しばかり居心地悪そうに室内を見渡すと、衛司が言った。

「京条系列のレストランだから、予約なしでも入れるんだ。気がねなく料理を楽しめばいい」

『プリュム』という名のこのレストランは、グルメレビューサイトで高評価を得ていて、予約を入れるのも一苦労らしいということは美織も知っている。それなのに、突然訪れたにもかかわらずあたりまえのように個室に通された。

京条系列ということは、エイジの母方の実家が経営しているということになるが……。

「あの……本当にエイジくん……なんですか？」

美織はおずおずと顔を覗き込むように尋ねた。すると衛司はクッと笑う。

「まだ信じてくれてないのか。往生際が悪いな、美織」

「で、でも、名字が……」

さっきも指摘したが、自分が知っているのは『京条』衛司であって、『海堂』衛司ではない。だから未だに信じきれないでいるのだ。

「それなら答えは簡単だ。母が九年前に海堂グループホールディングス社長の弟、海堂義《よし》彦《ひこ》と再婚し、俺も名字が変わった。それだけだ」

「お母様、再婚されたんですか」

「幸い、今でも夫婦仲睦まじく暮らしている。本人同士も仲がいい上に、京条と海堂の間に太いパイプもできて万々歳だ」

京条グループはホテルを初めとする不動産、金融、外食産業、化学、化粧品事業などを扱っている。

一方、海堂グループホールディングスはＩＴ関連をメイン事業とする一方で、アミューズメントパーク運営や映画製作と配給、学校経営なども手がけている。

分野の違う企業同士が提携すれば、お互いの弱点を補え業務の幅も広がるという目論見もあるのだろう。

美織もこの二社の提携は知っていたが、あまり深くは考えないようにしていた。

まさか衛司の両親がきっかけだったなんて。

美織は改めて海堂衛司をうかがい見る。

美しい顔の造作は、確かに昔の面影を覗かせている。

しかし美織の知るエイジは、美形なのに人懐っこくて、男性でありながらたおやかで奥ゆかしい雰囲気すら持っていた。

目の前に座っている彼からは、あの頃の儚《はかな》げな優しさを見て取ることができない。その瞳はキリリと引き締まっていて、大企業の御曹司にふさわしい気概を宿している。

男性として理想的な体軀《たいく》であるのはあの頃からだ。けれど、昔よりも体格がよくなった。

アメリカにいた時は、筋肉をまとってはいても細身だった。現地の友人たちから『エイジはもっと食った方がいいぜ』なんて言われていたほど。

けれど今は成熟した大人の身体に見える。堂々とした見た目は、海外の優秀なビジネスマンとも対等に渡り合えそうな風格がある。

実際、会社でたまに見かける衛司は、都度、上質なスーツを華麗に着こなしている。所作も洗練されていて、見苦しい言動など無縁そうだ。

彼の一挙手一投足に目をハートにする女性社員を、何人も見てきた。

しかしこうして間近で衛司を見ても、どうにもピンと来ない。

純朴で繊細な品があった青年が、ここまで泰然とした隙のない男性に変貌してしまうなんて。

本人だと言われたところで、すぐには信じられないのも無理はない。

「それで、その、お話って……」

「まぁ、まずはこれを」

メニューを差し出され「好きなものを頼むといい」とにこやかに言われたけれど。悠長に食事できるような気分ではなかった……はずなのに。

「食欲なんてありませ――」

その瞬間、ぐぅ～とお腹が鳴ってしまった。

（っ、は、恥ずかしい……！）

昨夜以降、何も口にしていなかったので、空腹なのは当然だ。けれども、彼の目の前で盛大にお腹の虫が鳴ってしまうなんて、恥ずかしいことこの上ない。

美織の様子を見た衛司はクスクスと笑う。それは彼女を馬鹿にしている風ではなく、懐かしんでいるように見えた。彼は軽く身を乗り出し、美織の手元にあったメニューを覗き込んでくる。

「俺はオススメのプレミアムランチコースにするけど、美織は何にする？」

含みのある笑みでそう問われ、「同じもので」と答えた。

メニューを見たら確かに美味しそうで、空腹感が増していくのが自分でも分かる。そんな美織を満足げに眺めた衛司は、傍らでスタンバイしていたギャルソンにオーダーを告げ、メニューを閉じた。そして改めて美織に向き直る。

「──それはそうと。話というのは、もちろん、十一年前のことだ」

「十一年前……」

「あの時、プロムに行けなかったばかりか、一度も連絡をしなかったこと、本当に申し訳なかった」

衛司はすんなりと頭を下げた。一見「他人に頭を下げるなどプライドが許さない」と考えていそうな雰囲気を持っているのに、なんだか意外だった。

「──プロムに来られなかった理由は分かってます……」

美織は小声でそう呟き、うつむいた。

＊＊＊

あの日、時間になっても衛司が現れず、不安と心配で何度も電話をした。けれど応答はまったくなくて。一緒に行く予定だった友人に聞いてみても理由は分からなかった。

別の友人が迎えに来てくれたのでプロムには参加できたけれど、衛司が心配でまったく楽しめない。

結局、最後まで彼が会場に姿を見せることはなかった。

彼に関する一報が入って来たのは、眠れない夜を過ごした翌日だった。

「どうもエイジが交通事故に巻き込まれたようだ」

彼の近所に住んでいるアメリカ人の友人から、そう聞かされた。

慌てて彼の携帯に電話をしてみたけれど、何度かけてみても呼び出し音が鳴るだけだった。

(事故に巻き込まれたから、電話に出られないのかな……)

それならばメールだけ残して彼からの連絡を待った方がよさそうだと、衛司のメールアドレスにメッセージを送る。

『心配しています。もしメールできるようになったらお返事ください』

遅くとも一週間以内には返事が来るだろう――この時の美織は、まだ前向きな気持ちでいた。

けれど、一週間どころか半月経っても返事は来なかった。友人知人から伝え聞くのは、入院が長引いているらしいということだけ。

しかも一切の見舞いや面会を辞退しているようで。親しい友人がどれだけ連絡を取ろうとしても、なしのつぶてだったらしい。

だから彼についての情報がほとんど入ってこなくて、美織は不安で仕方がなかった。

日本語補習校でエイジと同じクラスだった生徒に聞いてみても、担当していた教師に尋ねてみても、やはり事情はまったく分からないということで、手の打ちようがなかったのだ。

そんな不安な日々を過ごして一ヶ月弱、ハイスクールは年度末を迎え、夏休みに突入した。アメリカの夏休みは長い。六月中旬から九月の第一月曜日の祝日『レイバー・デー』までが休みとなる。

最終登校日、美織は学校のカウンセラーに尋ねてみた。衛司はあの日以来登校はしていなかったけれど、単位はすでに足りていたので卒業扱いになったそうだ。

学校には彼の母親から状況の説明はあったらしいが、個人情報なので教えることはできないと言われてしまった。

美織は美織で、夏休みには一時帰国を予定していた。六月の終わりには日本へ向かい、元々通っていた中学校に体験入学をすることになっていたのだが――。

(帰りたくないけど……ダメだよね)

交際をひた隠しにしていたため、両親に前から決まっていた予定を反故《ほご》にしてほしいと頼むわけにもいかず。美織は後ろ髪を引かれる思いで帰国をした。

日本での生活は楽しかったし、友達とも会えて嬉しかった。けれど、心の半分くらいは衛司で占められていて。毎日毎日メールをチェックしたけれど、やっぱり連絡はない。

共通の友人からも、新しい情報は入ってこなかった。

そうして八月の半ばに再び渡米した美織を待っていたのは――。

「エイジは日本に本帰国したらしい」

彼の友人の悲しいひとことだった。

＊＊＊

ランチを注文した後、謝罪の言葉を口にした衛司は一旦話題を止めた。すぐにコースが始まったからだ。

「わぁきれい……美味しそう」

五分ほど経った頃、目の前に前菜の盛り合わせがサーブされ、美織は目を輝かせた。

何種類ものオードブルがガラスの皿に盛りつけられている。その周りには小さく切り揃えられた数種の野菜と、さらに小さく崩してあるジュレがきれいに散らされ、彩りを添えている。

キラキラ輝いていて、どれもが美味しそうで目移りしてしまう。

（せっかくだから食事を楽しもう！）

話の続きが気になって仕方がなかったものの、目の前のごちそうには抗えない。衛司に上手く乗せられてしまった気がして少し悔しかったけれど、美織は開き直る。気分を切り替えて「いただきます」と手を合わせ、フォークとナイフを手に取った。

まずは、手前にあるパパイヤの生ハムのせから。

「んー……、美味しい。生ハムメロンは食べたことありますが、パパイヤは初めて……」

「プレミアムランチは、材料のほぼすべてが国産なんだ。パパイヤは宮崎産、生ハムは豚肉を鹿児島から取り寄せて作った、ここの自家製だ」

「そうなんですか……じゃあ、このポワレも？」

次に美織は、帆立貝のポワレにナイフを入れる。添えられたバジルソースが香り高く、バターで焼かれた帆立はふっくらとして柔らかだ。

「帆立は主に三陸産。……このスモークサーモンは、北海道産の天然もの」

そう言って衛司はサーモンを口に運ぶ。

「サラダも美味しい。……このジュレがドレッシングなんですね」

サラダには契約農家が有機栽培しているラディッシュ、パプリカ、オクラ、トマトが使われているそうだ。それに、シーフードとクリームチーズのテリーヌは舌の上でとろけてたまらないし、カニのキッシュは旨味が出ていて香ばしい。

前菜だけで食べ歩きをした気分にさせてくれて、これだけでも美織は満足だ。

するとと衛司はまた笑った。

「まだオードブルなのに、もう満足なのか？　メインはこれからなのに」

「あ……そうでした」

カトラリーを皿の上に揃えて置き、美織はナプキンで口元を拭く。

スープはかぶのポタージュで、クリーミーでまったりとコクがあって美味しかった。一緒に来たパンも、ハードとソフトの二種類がサーブされて、どちらも焼きたてだった。

メインディッシュは——。

「和牛フィレ肉の低温ロティ、ソースペリグーでございます」

ギャルソンがサーブした料理を、美織はじっと見つめた。

（ソースペリグー……って、何？）

白いプレートの上には、ローストされた厚みのある牛肉に温野菜が添えられている。その周りには濃いブラウンのソースが敷かれていた。

肉の上には粗挽きの黒い粒がパラパラと散らされている。

「この黒い粒は……トリュフ、ですか？」

「そう。ソースペリグーというのは、赤ワインとフォンドボーベースに黒トリュフやマッシュルーム、それにマディラ酒を使ったソースで、元々はペリゴール地方の名産の黒トリュフを使ったことから、ペリグーという名前がついているんだ」

「なるほど……」

「発酵バターも使われているから、すごく味わい深くて美味しい。とにかく肉もソースも絶品なんだ。美織にも気に入ってもらえるといいけど」

「いただきます……」

メイン用のカトラリーを手に取り、牛肉にナイフを入れる。

（わ！　柔らかい！）

ほとんど抵抗なく、スッとナイフが入っていくのに、美織は驚く。ちょうどよい加減に火の通った肉の断面からは、肉汁がじゅわっと滲み出た。

口に運んで、また驚く。

「んんっ」

思わず唸《うな》ってしまった。

とりあえずそのひとくちを十二分に舌で味わい、美織はほぅ、と息をつく。

「――この牛肉、とってもジューシーで柔らかいです。それにソース、本当にコクがあって香りもよくて、舌触りがなめらかで、すごくすごく美味しい」

「低温でローストしているから、肉汁が閉じ込められてみずみずしく、それに柔らかく仕上がる。おまけに焼きムラも出ない。フィレだから脂肪が少ないし、濃厚なソースがよく合うんだ」

衛司がしてくれる説明に、美織はうんうんとうなずく。

「こんなに柔らかくて美味しいお肉、初めてかも……」

しみじみと呟いて、彼女はロティをきれいに平らげた。

(ランチでこんな豪華な食事いただいてもいいのかな……)

そんなことを考えてしまうほど、贅沢《ぜいたく》なひとときだった。


「——そろそろ本題に入ろうと思う」

デザートのフランボワーズムースは、パリパリのクラクランがあしらわれていて、甘酸っぱくて、これもまた美味しいのひとことだった。

(甘いものはやっぱり別腹)

ムースを舌に乗せるたびに幸せな気持ちになり、口元が緩んでしまった。

ひとくちひとくちを大事に食べた。最後のクラクランのかけらを食べ終わり、コーヒーを口にした頃、衛司が切り出す。

「は、はい」

いよいよかと、彼女はカップをソーサーに置く。背筋を伸ばして彼の次の言葉を待った。

「——あの日、俺が事故に遭ったことは聞いているな?」

「はい。……何台もの車が巻き込まれて、死者も出たくらいの大事故、でしたよね」

事故の概要は友人から教えてもらった後、ローカルニュースを観たり、ネットで調べたりしたので、大体は把握していた。

「美織を迎えに行く途中、ハイウェイで制限速度を大幅にオーバーしている車がいて、トラックに激突したんだ。そのトラックが俺の車に突っ込んできた」

事故を起こした車は、速度超過と蛇行を繰り返した末に、制御不能になってしまった。前方を走っていたトラックに衝突した後、別の車にも突っ込み、最終的には七台を巻き込んだ玉突き事故となる。

きっかけとなった車は大破し、ドライバーは死亡したそうだ。検死の結果、遺体からは薬物反応が出たらしい。

トラックに追突された衛司の車は、側道の草むらに乗り上げて止まった。

その時に頭を強く打った衛司は、意識を失って救急搬送された。幸い、骨や内臓には異常はなかったが、打ちどころが悪かったのか、長い間目覚めなかった。

「……」

あの時、事故の酷さを聞いた美織は血の気が引いた。もしかして衛司はそのせいで最悪な事態になったのでは、と。

改めて当時の状況を思い出すと、事故の大きさに美織の頬は強張ってしまう。

「――俺が目を覚ましたのは、それから一ヶ月が過ぎた頃だった」

「一ヶ月……」

あの日から一ヶ月と言えば、ちょうど美織が日本へ一時帰国した頃だ。

「意識のなかった間にハイスクールは卒業になっていたし、母親が日本へ帰国する準備も進めていてくれた」

「目覚めた後、どうして連絡をくれなかったんですか……？　もしかしたら、夏休みの間に日本で会えたかも知れないのに」

そう言う美織の声は苦しげだ。しかし次に紡がれた衛司の言葉には、それを上回る苦悩を孕《はら》んでいるように感じられた。

「――目が覚めた時、美織や友人のことを何一つ覚えていなかった。……俺は、記憶障害を起こしていたんだ」

「記憶障害……」

「携帯電話もＰＣも事故の衝撃で壊れてしまったし、メールアドレスのパスワードも思い出せないし、共通の友人すらも忘れてしまった。母にも交際を秘密にしていたから、美織という存在を認識できないまま日本へ帰国してしまった」

自分の名前や年齢、家族やこれまでの生い立ちなどは覚えていたのに、友人たちに関する記憶だけがごっそりと抜け落ちてしまったそうだ。

医師からは解離性健忘だと診断されて、それから現在に至るまで定期的に心療内科とカウンセリングに通っているらしい。

（そんなことって……）

衛司の口から聞かされる十一年前の真実。美織は信じられない思いでいっぱいだった。

記憶障害だとか記憶喪失なんて、ドラマや映画の世界でしか見聞きしたことがなかったから。現実に、しかも自分の身近でそれが起こるなんて、想像できるはずもない。

「日本に帰ってからもまったく思い出せず、友人関係もほぼ一から構築することになった。そもそも、帰国した時点で日本に友達なんてほとんどいなかったけどな」

「……って、で、でも、どうして今になって私の前に現れたんですか？　思い出した、ということですか？　何かあったんですか？」

十年以上も経ってから記憶が戻るなんて、衛司の中で何が起こったのだろうか。美織は真実を知りたくて身を乗り出す。

衛司は残ったコーヒーを飲み干してから、静かに切り出した。

「――先月、海堂グループホールディングス本社で、エントランスにトラックが突っ込んだ事故があったのを知っているか？」

「あ、はい」

もちろん覚えている。当時はＫＩＴでも騒ぎになっていた。結局、巻き込まれた十数人が病院搬送されたらしいが、幸い死者は出なかった。

「俺はあの事故を間近で目撃した。その衝撃で十一年前のことがフラッシュバックして……倒れてしまったんだ」

衛司は苦々しい表情で、ぼそりと呟くように告げた。

彼自身はトラックに接触もしなかったし、瓦礫がぶつかったわけでもない。しかし頭痛と貧血のような症状に襲われてしまったそうだ。

周囲の人間は、衛司が事故に巻き込まれたものと勘違いし、大慌てで救急車を呼んだ。

「――病院で目が覚めた時、アメリカで失っていた記憶をすべて思い出した」

衛司が美織の目をじっと見つめて言った。

「すべて……？」

「そう……目覚めて一番初めに口にしたのが、美織、君の名前だった」

「っ！」

ドキリとした。衛司が記憶を取り戻して一番初めに思ってくれたのが自分のことだったと聞かされて、ドキドキしないはずがない。

でも、目の前のこの男性《ひと》が本当にあの『エイジ』なのか……キーリングを目にしても、事故の話を聞いても、まだ完全には確信が持てずにいた。

自分でも往生際が悪いと分かっている。けれど、十一年だ。この長い間に幾度となく思い出しては苦しんで、今でも後を引いている失恋の痛みは、そう簡単に癒えるはずもない。

「すぐにでも美織に連絡を取ろうとしたけど、同じメールアドレスを使っているか分からないし、何より、もう結婚しているんじゃないか、つきあっている男がいるんじゃないかと思うと、さすがの俺もなかなか踏み切れなくて」

そう語る衛司の美しい面差しに、ほんの少しの翳りが差していた。

「だからまずは美織が今どこにいるのか、どんな生活をしているのか、調べようと思って……アレックスと連絡を取ったんだ」

「アレックスと？」

アレックスとは、アメリカ時代の二人の共通の友人だ。元々は衛司の同級生だったのだが、美織にも親切にしてくれた。衛司が消息不明になった時も、状況を調べてくれた。分かった頃にはもう、衛司は帰国してしまっていたけれど。

アレックスはすでに結婚していて、美織は数年前にアメリカに夫妻を訪ねたことがある。未だにメールやカードのやりとりをする仲だ。

「アレックスはびっくりしていた。十年以上も何をやっていたんだ、って」

「でしょうね……」

「事情をすべて話して……それから美織が今何をしているか聞いたんだ。それで――」

衛司はそこで言葉を切った。静寂《しじま》が二人の間を流れていく。黙り込んだ彼が気になり、美織は怖々尋ねた。

「あ、の……どうしたんですか……？　具合でも悪くなったんですか？」

彼はフッと笑い、天を仰いだ後、それから美織をまっすぐ見つめる。そして、先ほどまで帯びていた翳りをはね除けた、晴れやかな表情で言い放った。

「――アレックスから、君が海堂インフォテックに勤務していると聞いた時、俺がどんなに嬉しかったか、分かるか？」

「え……」

美織はアレックスを訪ねた時に、彼に名刺を渡したことを思い出した。表面には日本語が書かれているが、裏面は英語だ。それを見て、アレックスは衛司に社名を伝えたのだろう。

「――それに、未婚で現在つきあっている男もいない……俺は初めて、神はこの世に存在するんだ、って実感した」

「……あの」

美織は、衛司の言葉が一区切りしたタイミングで手を挙げた。

「何？」

「どうしてそこまでして、私を探したんですか？」

彼が今さら会いにくる理由が、どうしても美織の中で見つからない。十一年前にほんのわずかな間だけ、しかもままごとのようなつきあいしかしなかった女を、手間暇かけて探し出すメリットはどこにあるのか。

――自分はそのままごとのようなつきあいを、長い間引きずっていたのだけれど。

「どうして？　会いたかったからに決まってる」

なんの躊躇いもなくあっさりとそう言われてしまい、美織の中に小さなささくれができた。

「も、もし！　……もし、私がこの十一年の間にとんでもなく性悪な女になっていたら？　それでも会いたかったなんて、言えますか？」

「そんなｉｆなんてどうでもいい。実際の美織は、ちっとも変わっていない。それどころか……昔よりもきれいになった。性格だって、人間そうそう変わるものじゃない。……そうだろう？」

その台詞で、なんだか行き場のない憤りがこみ上げてきた。

美織だって、ずっとずっと会いたくて仕方がなかったのに、それは叶わなかった。連絡が取れないもどかしさや、会えない恋しさが募ったのも一度や二度じゃない。胸が潰れそうなほどの痛みに苛まれ、涙を流したことだってあった。

いっそ京条グループに問い合わせて、エイジに会わせてほしいと直訴してみようかと考えたこともある。けれど、狂った女だと冷たく突き放されてしまったらと思うと、身がすくんでしまいできなかった。

その苦しみを、歯がゆさを、目の前の彼にぶつけるのは理不尽だと理解はできる。

しかし美織の十一年間を『どうでもいい』のひとことで片づけられた気がして。

長い間音信不通だったくせに、記憶が戻ればすんなり美織の居所を突き止めていきなり現れて……美織の心に波風を立ててくるなんて酷すぎる——そんな風に思ってしまうのだ。

美織は震える声を上げた。

「……あなたがエイジくんなのは信じることにします。でも、あなたに『変わっていない』なんて言われたくない！　私は、エイジくんと音信不通になってしまってからすごくつらくて、立ち直るのに長い時間がかかりました。……今も、完全には癒えていないです。それは事故のせいだから、仕方がなかったのは分かります。でも、私にとっては絶望でしたから。……それに海堂さん、現にあなたはあの頃とは違う人に……っ、」

「――『海堂衛司は、配属先の広報部の女全員に手を出しては冷たく振っている』、『仕事はできるが、女にはこの上なくだらしがない』、『海堂家の威光を笠に着てやりたい放題』――そんなところか」

言いかけて口を噤《つぐ》んだ美織の言葉を継ぐように、衛司は言葉を並べ立てる。すべて職場で噂される『海堂衛司』像だ。

自分が会社でどう言われているか、よく分かっているらしい。

しかしその内容を自ら口にしている本人は、悪評に対して憤るでもなく、むしろ愉快そうに笑みさえ浮かべている。

美織は大きく目を見開いた。そう、あの頃の衛司は人目を引く存在ではあったけれど、穏やかで、精巧なガラス細工のように繊細な優しさを持った人だった。

少なくとも、今列挙された内容が当てはまるような、派手好きで浮ついた男性ではなかった。

「っ。……ど、どうしちゃったの……？　どうして……」

こんなにも変わってしまったのか――美織は絞り出すように尋ねた。

うろたえる彼女とは対照的に、衛司は極めて冷静な声音で言い放つ。

「……あの噂を流したのは、俺だ」

「……え？」

「海堂衛司は女癖が悪く、冷たく不遜な男だ、という噂を流したのは、俺なんだ」

一体何を言っているのだろう——美織の頭の中は混乱するばかりだ。

「どういう……こと、ですか？」

「ＫＩＴで横領事件が疑われたのは、実は去年からだった。でも、役員が絡んでいた上に手口が巧妙で、なかなか証拠がつかめなかった。そこで俺は調査メンバーの一人として出向したんだ。でも調査していることを周りに悟られるわけにはいかなくて——」

衛司はカモフラージュのために、わざと自分の不名誉な噂を派手に流したそうだ。そうすることで、広報部の女性社員を誘う大義名分ができ、一対一で探りを入れても怪しまれなかった。

集めた噂話から、衛司は情報を精査集約して他のメンバーに共有した。

衛司が派手に陽動したため、彼と一緒にＫＩＴに派遣されたもう一人はずいぶんと動きやすかったらしい。

「じゃあ……あの噂は全部嘘《うそ》、なんですか？」

「嘘だ。もし信じられないというなら、岡村に聞いてみるといい。あいつが噂を広めてくれた張本人だからな」

「岡村さんが？」

自ら噂を流すわけにもいかず、衛司は岡村に一肌脱いでもらったそうだ。

『大学時代からカンペキイケメンで通ってきたおまえの悪口を本人公認で吹聴できるなんて、こんな楽しいことってあるか？』

岡村はそう言って、嬉々として衛司の言うとおりに触れ回ってくれたらしい。

(だからうちの課にお礼しに来たんだ……)

衛司が昨日、突然人事課に姿を現したことを思い出す。

「噂が嘘なのは分かりました。でも……」

美織はチラリと衛司を見る。

悪評が真実ではなかったとしても、衛司の見た目や話し方が昔と確実に違うのは間違いない。少なくとも、アメリカ時代のエイジのような繊細さとは無縁にしか見えないのだ。

美織の言いたいことを察してくれたのか、衛司はフッと笑うと、凪いだ水面《みなも》のように柔和な声音で尋ねた。

「あの頃、父方の祖父がとても厳しい人だったと話したのを覚えてるか?」

「……はい」

「実はあの後、祖父は亡くなったんだ。……俺が事故の昏睡状態から目覚めて十日後に」

衛司の祖父に知られないために、二人の交際は秘密だった。当時の過干渉さえなければ、十一年間は空白にならずに済んだのかも知れないと思うと、複雑な気持ちになる。

「亡くなったんですか……」

「――だから俺は、大したリハビリもしていない状況で帰国しなければならなくて、ほぼ病み上がりの状態で告別式に出た。そして最後に祖父の遺影を見ていたら……いつの間にか倒れてしまっていたんだ」

リハビリを始めたばかりの時期に長距離移動せざるを得なかった。その疲れや、時差ボケによる寝不足などが主な原因だったようだが、どうやらそれだけではなかったらしい。

「病院で目が覚めたら、景色が今までと明らかに違っていた。目の前がぱぁっと鮮やかになって、気分がすごくよくて……その精神状態のまま生活していたら、こんな俺ができあがっていた」

（そんなことってあるの……？）

美織は訝しく思ったが、数瞬後、なんとなくその理由が分かった気がした。

「それって……」

「……多分、祖父や親族から解放されたというのが一番大きかったんだと思う」

（やっぱり……）

当時、衛司は祖父のことを簡単に話してはくれていたものの、子供だった美織はあまり深くは考えていなかった。『秘密の交際』を、半ば楽しんでいた節もあった。

二人だけの秘密、というのが、なんだかくすぐったくて嬉しかったくらいだ。

けれど、衛司にとってはその後の人生を左右してしまうほど、祖父の存在というのが大きな枷になっていたのだと……たった今、理解した。

「その時は記憶は戻らなかったけど、これだけは……ずっと持っていた。十一年間、肌身離さず。心のどこかで大切なものだと理解していたんだと思う」

衛司は美織に例のキーリングを見せた。それを見つめる彼のまなざしは、とても優しげで。

美織の胸は痛くなった。

「……」

「――これが、美織を傷つけた事態のすべてだ。あの交通事故と祖父の死が……俺をこんな風にした。美織は困惑していると思うけど、これが今の俺だ」

衛司は確かに以前「自分を解放して生きてみたい」と言っていた。その潜在意識が、祖父の死によって解き放たれたのだろう。

一人称が『僕』から『俺』に変わってしまうほど、生前の祖父は彼の自我を押さえつけ、殺していたのだと、美織は思った。

今の衛司は、濃い天然色の世界で自由に泳ぎ、いきいきとしているように見える。それがあの頃の彼とはどうしても合致しなくて不可解だったのだが、理由が分かってしまえば割とすんなり納得がいった。

美織はしばらくの間黙っていた。頭の中、心の中でごちゃごちゃになっていた衛司に対する複雑な感情を整理していく。

そして、うん、とうなずいた。

「十一年前のことはすべて理解しました。……記憶をなくしてしまったことは、とても大変だったと思いますし、エイジくんがあの事故で最悪な事態になったりしなくて本当によかったです。それに、エイジくんが私を捨てたわけじゃない、って分かって安心しました。……わざわざ私を探し出してお話ししてくれて、ありがとうございました」

美織は本心からの言葉を告げて、衛司に頭を下げる。

彼女の頭の中にずっとかかっていた霧が、たった今、晴れた。

(これでやっと……前に進める気がする)

長い間自分の奥底で拗《こじ》らせてきた初恋に、ようやくピリオドが打てそうだ。

せっかく衛司が道を開けてくれたのだから、この際気持ちをリセットして、新しい恋を見つけて、人生をリニューアルしよう。

──そんな前向きな決意が表情に出ていたのか、衛司が美織を見てクスリと笑った。

「長年の悩みが解決してすっきりした、という顔をしているところ申し訳ないけどな。……実は本題はここからなんだ」

「……え？」

「そもそも俺が美織に会いに来たのは、君に次の恋を見つける手伝いをしてやるためじゃない」

「？　どういう意味ですか？」

彼の言いたいことが分からず、美織は眉をひそめる。ふとうつむくと、ナプキンを膝に置いたままなのが見えたので、軽く折りたたんでテーブルに置いた。

「……こんなにもあからさまな俺の行動を見ても目的が分からないなんて、さすがに鈍感すぎやしないか？　美織」

「ひ、人を鈍感だと言う前に、分かりやすく伝えてください……っ」

衛司が堪えきれない様子で笑い出すと、美織はかぁっと頬を熱くした。

「分かった、はっきり言う。俺は今でも君のことが好きだ。つきあってほしい」

「え……」

あまりに突然の告白に、美織は呆《ほう》けてしまった。こんな展開になるなんて、思ってもみなくて。

何を冗談なんて……と疑ってかかる。しかし衛司の表情は、笑っているものの真剣そのものだ。

「記憶が甦ってからずっと、君を取り戻すことしか考えられなかった。十一年前のやりなおしをしたいんだ……今度は大人の男女として」

「やりなおし……？」

「幸いお互いフリーだ。なんの問題もないと思う」

「え、でも、海堂さんには婚約者がいる、って会社で噂になっていましたけど……。もしかして、それも海堂さんが流したんですか？」

社内で女性たちが悔しがりながらそんな話をしているのを、何度か耳にしたことがある。首を傾げる美織をよそに、衛司はあははと笑う。

「残念ながら、それは俺が流した噂じゃない。そうか、そんなことになっていたなんて知らなかったな。……それはともかく。俺にはつきあっている女性はいないし、遊んでもいない。すぐには信じてもらえないかも知れないけど、本当のことだから」

美織はゆっくりとうなずく。

（嘘をついているようには見えない……）

「――KITでも何度か告白されたけど、全部断ってる。俺には大切な子がいるから、って。……誰のことかはもちろん分かるよな？　そもそもKITに来たのも、美織がいたからだ」

「……は？　私がいたからって……？」

（何言っちゃってるの？　この人……）

聞き捨てならない台詞が、美織の耳に飛び込んできた。

衛司は横領事件の調査のためにKITに送り込まれたはずだ。だから彼が今言ったことはきっと冗談に違いない。

けれど彼は美織をからかっている風でもなく、あくまでも真剣な語り口だ。穏やかにまっすぐこちらを捉える瞳もきわめて真面目なのだから、嘘だと指摘することができずにいた。

それに美織は、確かに彼が「大切な人がいるから」と、告白を断っているところを見ているのだ。

その『大切な人』というのが、自分だと言うのだろうか――。

「美織が海堂インフォテック勤務だと分かった後、俺はありとあらゆる手段を使って出向に漕ぎ着けた」

「そ、それって職権乱用ってやつですか？」

「職権乱用とは少し違うな。身内のコネ、というやつだ。継父《ちち》に頼み込んで根回ししてもらった」

「そんなことって許されるんですか……？」

個人的な事情でコネをフル活用して、職場を異動。しかもその理由が自分《わたし》だなんて……これが周囲にバレたらと思うと、背筋が寒くなる。

「普段ワガママなど一切言わない継息子《むすこ》からの切実なお願いだったから、継父《ちち》は喜んで手を貸してくれた。……とはいえ、さすがにそう簡単には異動させてはもらえなくて、条件を出されたんだ」

その条件というのが、横領事件の調査及び早期解決だったそうだ。

「――長引けば向こうに感づかれる危険性が高まる。だから二週間以内には解決しなければならなかった」

もしも解決に手間取ったり失敗するようなことがあれば、即刻ＫＨＤに引き上げる、というのが条件だったそうだ。

「じゃあ……条件をクリアしたんですね」

衛司が配属されて、明後日の月曜日でちょうど二週間だ。事件が社内に発表されたのが昨日なので、解決したのがその一日、二日前だとすると、十日ほどで解決したことになる。

（こんな短期間で横領事件を解決しちゃうなんて、すごい人なんだなぁ……）

彼の仕事振りに、美織は感心した。

「美織のそばにいたくて頑張ったんだ」

「……っ」

優しく紡がれた言葉に、図らずもドキリとしてしまう。

「婚約者も彼女もいない。少し前に見合いをさせられたけど、きちんと断っている。なんの障害もない。……それとも、今の俺は嫌い？」

「今の海堂さんのことをよく知りませんし……ここですぐにお返事なんてできません」

目の前にいる人が『エイジ』なのは分かっている。けれども十一年のブランクが、美織を迷わせた。目線が右へ左へと泳いでしまう。

「それなら、チャンスをくれないか？　美織」

「チャンス？」

「何度かデートをしてほしい。絶対に、今の俺を好きにさせてみせるから」

そう言い放つ衛司は、ゆるぎない自信をまとっているようで、どこか必死さを感じさせた。会社で見かける彼とは様子が違うと、美織は少し驚いた。

「デート……ですか？」

「俺を知ってもらうには、それが一番いいと思う。さしあたって今日だ。この後、どこかに出かけよう」

いいことを思いついたとばかりに、衛司が目を輝かせた。気圧された美織は上手く言葉が出て来ない。

「え？　あ、いや、あの……」

「今の俺とじゃ出かけるのも嫌か？」

「そ、そういうわけじゃ、ないですけど……」

きっぱりと断ることもできず、言葉尻を濁してどっちつかずの反応をしてしまう。衛司はその返事をＯＫだと解釈して笑った。

「ならデートだな。ちょうど食事も終えたことだし、出よう」

衛司がそう言った途端、絶妙なタイミングでギャルソンが現れたので、美織は感心しきりだった。


「ごちそうさまでした、美味しかったです」

「あれだけ美味そうに食べてくれたら、俺としても連れて来た甲斐があるよ」

レストランを出たところで、美織は衛司に頭を下げた。自分の分を支払おうと思ったけれど、あっさり断られてしまったのだ。

「この後はどこへ行きたい？　美織の好きな場所へ行こう」

車まで戻ると、衛司が尋ねてきた。

「……私、デートするとは言ってません」

高級ランチをごちそうになっておいて、何を言うのだと責められそうだが、これくらいの抵抗は許してほしい。美織は衛司と別れて以来、一度もまともな恋愛をしていない。恋愛経験値は十代の時のままなのだ。だから急な展開に心がついていけず、どう振る舞っていいかわからない。

「そんなこと言わないでくれ。十一年ぶりの再会を噛《か》みしめたい。……もう少し一緒にいさせてほしい」

意外にも、衛司があっさり素直にお願いしてきたので、そこまで言うのならと考え直す。

「……じゃあ――」

美織が口にした瞬間、衛司のスマートフォンが鳴った。

「あー……ごめん、少し待ってて」

彼はジャケットの内ポケットからスマートフォンを取り出し、美織から少し離れたところで電話に応答する。

「もしもし――」

話の内容は聞こえないけれど、困ったような表情でフランクに対応している。仕事関連ではなさそうだが……。

「梅原様」

手持ち無沙汰でいると、車のそばで待機していた運転手の新島が声をかけてきた。突然のことに、彼女は驚きの声をあげる。

「は、はい？」

「いきなりで申し訳ございません。衛司さんのことですが……梅原様が困惑されているほど、あの方の本質は昔と変わっていないと思います」

「え……」

彼の思いがけない言葉に、美織は目を見開く。

「私が衛司さんと知り合ったのは九年前で、残念ながらアメリカ時代のことを存じてはおりませんが、それでも分かります。あの頃から……今も、衛司さんはとてもお優しい方です」

新島が衛司を語る表情はとても穏やかだ。元々が優しい面差しなので、どこかホッとする雰囲気を持っている。知り合って九年経っているのなら、彼が高校生か中学生の頃からのつきあいということだろうか。

新島が運転手を務めるにあたり、どんな経緯があったのか知るべくもないけれど、衛司をよほど信頼しているのだろうなと美織は思う。

「――海堂さんのこと、尊敬していらっしゃるんですね」

「尊敬もですが……感謝、しています」

「感謝？」

何にだろう？　――問いかけようとした時、通話を終えた衛司が眉をひそめながら戻って来た。

「待たせてごめん、美織」

「あ、お仕事か何かが入りました？」

彼が申し訳なさげに謝罪の言葉を口にするものだから、てっきり急な用事が入ってしまったのかと思う。それならばここで失礼するつもりでいたが、衛司がかぶりを振った。

「そうじゃない。母からの電話だったんだけど……今、割と近くのカフェにいて、どうしても美織に会いたいと言ってきたんだ」

「えぇっ、む、無理ですっ」

「そう言うと思ったから、一応断っておいた。ただ、母から伝言を預かった。『近い内に一緒にお食事しましょうね、美織ちゃん』だそうだ」

「お母様、私のことご存じなんですか？」

「話はしてある。……言ったろ？　記憶を取り戻して初めて口にした言葉が君の名前だったと。その後、散々母から聞かれたんだ。『美織って誰なの⁉　彼女？』って」

目を輝かせて食いついてくる母親に、衛司はたじろいだそうだ。それを想像して、美織はクスクスと笑う。

「楽しそうなお母様ですね」

「そうか？　年甲斐《がい》もなくはしゃぐ母親で、時々困る」

「海堂さんがすごく落ち着いてらっしゃるから、余計にそう思うのかも知れないですね」

アメリカにいた頃から、衛司はたたずまいが落ち着いていた。今だって、会社で注目されても動じる様子もなく冷静沈着に見えるので、元々の気質なのだろう。

会社での様子を思い出しながら何気なく口にすると、衛司はいきなり眉をひそめた。

「どうして『海堂さん』なんだ？　美織」

「え？」

「前みたいに『エイジく～ん』と、呼んでくれないのか？」

『エイジく～ん』のところだけ、やたらベタベタと芝居がかった口調で言うものだから、美織は思わずカッとなる。

「そっ、そんな言い方してません！　……それに、十一年前と今では立場が違いますし」

「立場？　会社での立場か？　それが今の俺たちの関係に影響するとでも？　俺が、美織にそう呼んでほしいと言っているのに？」

衛司は、一点の淀みもない声音と迷いのないまなざしで、きっぱりと言い放つ。美織が彼に対してずっと感じている、困惑だとか遠慮のようなものは、彼にはまったくないらしい。

「……」

それがとても眩《まぶ》しくて、そして少し照れくさくて反応に困ってしまう。美織は少しの逡巡を経て、口を開いた。

「……じゃあ、『衛司さん』」

「……」

衛司はツーンと拗《す》ねたようにそっぽを向く。意地でも返事はしない、という意思表明らしい。

（――エイジくんって、こんな駄々っ子だったっけ……？）

彼の態度に呆気《あっけ》にとられるのと同時に、喉の奥から笑いがこみ上げてくる。

会社では『一分の隙もなくて完璧すぎる男』なんて声も聞こえてくるほどの、洗練された立ち居振る舞いを見せるらしいのに。意外すぎる今の仕草を、会社の人たちが見たらどう思うだろう。

こんな姿は、アメリカですら見たことがなかった。それなのに、今の衛司を見ていたら何故か懐かしい気持ちが湧いてきて、おかしくてたまらなくなった。

美織はクスクスと声を殺してひとしきり笑うと、衛司の顔を覗き込んで言った。

「……衛司くん」

美織の中で、アメリカでのエイジと今の衛司が半分ほど重なった瞬間だった。

衛司の顔がたちまち明るくなる。

「うん、やっぱり美織から呼ばれるならそれだ」

満足げにうなずくと、彼はそばに待機していた新島に目配せをした。新島が車のドアを開けた後、衛司が美織の背中に手を添えた。

「美織、どこへ行きたい？」

「じゃあ……すみません、新島さん」

「はい？」

「私、ドライブに行きたいです。おすすめのコースとかありますか？」

美織は腹をくくる。どうせ一緒に出かけるなら、車を持っていない美織が自分では行けないようなところに行ってみたい——そう思ってあえて新島にお願いしてみた。

「——かしこまりました。私の知る限りの景色のいい場所にお連れいたしますね」

話を振られた新島は戸惑うことなくにっこりと笑い、二人が乗りこんだ後、後部座席のドアを丁寧に閉めてくれた。

車は静かに発進したかと思うと、一番近いインターチェンジから高速道路へと入り、しばらく走った。

最初に立ち寄ったサービスエリアの展望スペースから見た海はダイヤモンドを散りばめたようにきらめいていた。

次に訪れた高台から望む半島の住宅街の眺めも悪くない。

森林の木立の中から見上げる梅雨入り前の空は、どこまでも澄んだ青だ。

どの景色も健康的な美しさで、美織をリフレッシュさせてくれた。

どこへ行っても衛司はスマートにエスコートしてくれる。それがアメリカ時代の彼とだぶるので、美織は新たな困惑に見舞われた。十一年前の衛司と一緒にいるような気になってしまう。

（やっぱりこの人はエイジくん……なんだよね……）

　この時点でもまだ、目の前の衛司があのエイジだと認めたくない気持ち――というよりは、戸惑いの欠片が心の奥底に残っていて、それを頑なに手放したがらない自分がいるのだ。

　それでも衛司と一緒にいるのは楽しいと思えたし、何よりときめいた。

　最後に衛司の希望で訪れたのは、高速を下りた先にあるショッピングモールだった。

　美織は衛司の後をついて行く。彼が迷わず足を向けたのは――。

「ここ……」

「覚えてるか？　アメリカで何度も行った」

　アメリカ発のアイスクリームチェーンの前で、二人は立ち止まった。氷点下に冷やした石板の上で、アイスを混ぜ合わせるパフォーマンスを見せてくれる店だ。

　美織と衛司は、友人たちとアメリカのモールに繰り出した時に、ここのアイスクリームをよく食べた。

「懐かしい……」

「美織との想い出の場所に来たかったんだ」

　帰国後、日本にもこの店があるのを知ってはいたけれど、一度も食べたことはなかった。

　衛司を思い出してしまうからだ。

　まさか十年以上経って、本人と一緒に来ることになるとは。

「衛司くん、見た目と違って甘いもの好きでしたもんね」

「……」

美織が笑うと、衛司は気まずそうに目を逸らした。

「？　どうしたんですか？」

「……実は、あの頃の俺は甘いものが得意じゃなかったんだ」

「はい？」

「アイスクリームを食べる美織が、あまりにも幸せそうだったから、俺が苦手だと言えば嫌われてしまうかと思って、言えなかった」

「そうだったんですか⁉」

美織は声を上げて驚く。衛司が甘味が苦手だった件にではない、自分に嫌われてしまうからと内緒にしていたことに、だ。

（エイジくんにそんな可愛い一面があったなんて……）

意外性があるにもほどがあると、彼女は目をぱちくりさせた。

「あの頃、美織には割となんでも話してきたけど、それだけは言えなかったんだ。でも今の俺は、甘いものも嫌いじゃない。また君と一緒にここのアイスクリームを食べたかった」

衛司は嬉しそうに、カウンターへ向かった。

（そんなことで嫌ったりしないのに……）

祖父から抑圧されているという、プライベートで深刻な内容ですら美織には話してくれたというのに、ささやかな好き嫌いの話を躊躇うなんて。

衛司の感覚はどうなっているのだと疑問にも思ったけれど、やっぱり可愛いという気持ちがふつふつと湧き上がってきた。

美織は口元が緩むのを抑えつつ、彼の後に続いた。それぞれ違うフレーバーのものを注文し、ベンチに座って食べる。

「おいしー」

美織は昔からアイスクリームが大好きだった。毎週土曜日には日本語補習校の帰りに、学校近くのソフトクリームスタンドに寄っては食べていたくらいだ。

二人は十一年前のように、お互いのフレーバーを一口交換した。懐かしさが身に染みる。

「相変わらず幸せそうに食べるな、美織」

「だって美味しいんですもん。……そういえば、衛司くんの誕生日にも、ここのアイス食べましたよね」

彼の誕生日にも、パーティ前に友人たちとこのショップに来た。店員に誕生日のことを伝えると、バースデーソングを歌いながら作ってくれたのをよく覚えている。

「そうだったな。あの時の誕生日は、今までの人生で一番嬉しい誕生日だった。美織が祝ってくれて、プレゼントもくれた」

衛司はポケットからキーリングを取り出す。それは明らかに、普段から使い込んでいると分かる、経年劣化した状態になっていた。

思い出したように、クローゼットの奥から取り出した風には見えない。だから彼がずっとこれを持ち歩いていたというのは、本当なのだろう。

それが、すごく嬉しかった。

「……今年の四月二十三日は？　誰かと過ごさなかったんですか？」

忘れようにも忘れられない、衛司の誕生日だ。毎年この日になると、必ず彼を思い出していたから。

「覚えていてくれたんだな、嬉しいよ。今年は、誰とも過ごさなかった。……記憶を取り戻して、美織を探し当てた頃だったから。今年の誕生日は、ずっと君のことを考えていた」

衛司が、手にしたアイスクリームのように少しとろけた甘いまなざしで見つめてくるから。

図らずも心が跳ねてしまう。

「っ、ぁ、え、衛司くん、アイス溶けちゃいます……！」

慌てて目を逸らし、自分のアイスクリームへ目を落とした。

頭の中では冷静でいようと思っているのに、心が昔のときめきを徐々に取り戻してしまう。

（なんかもう、完全にバグってる……）

美織は一心不乱にアイスを食べた。

アイスを食べた後は、もう一度自動車でのツアーを満喫し、夕方に差しかかった頃、桜浜に戻って来た。

まっすぐ家に送ってくれるものと思っていたのだけれど、途中で車が停まった。「ちょっと待っていてくれ」と言い残して衛司が降りていく。

数分後、戻って来た衛司の手には、花束があった。

オレンジ色のバラだった。どうやらこのすぐ近くの花屋で予約していたものを受け取りに行ったようだ。

「これから会うごとに、バラを贈りたいと思ってる。十一年、君を放っておいたお詫びと、今の俺の気持ちだ。受け取ってもらえると嬉しい」

衛司はその瞳にたっぷりの余裕と甘さをのせて、美織にバラを手渡した。

「あ……ありがとう、ございます」

とりあえずお礼だけは言っておかねばと、戸惑いつつぺこりと頭を下げる。手元にある花束を見て、美織はふと思い出した。

「――そういえば、一昨日は青いバラもありがとうございました。初めて見ました、青いのは。……すごく、きれいでした」

「ならよかった。青いバラは香りがしないから、今日は香るものを選んでもらったんだ」

車に乗り込んだ後、衛司が花束に顔を近づける。

確かに先日の青いバラは香りがしないものだった。そして今こうしてもらったオレンジ色のバラは、とてもいい香りがする。

美織にはバラの種類はよく分からないけれど、強香種と呼ばれる種類なのかも知れない。切り花にしてもそれなりの芳香が漂ってくるから。

香水やシャンプーなどにある濃厚なバラの香りではなく、フルーティで爽やかなタイプだ。

車内にバラの甘い香りが満ちていくのを感じている間に、美織のマンションに到着した。

車を降りると、美織は新島に今日の礼を伝えた。衛司も後に続いて降りてくる。

ここでいいと遠慮したが、玄関の前まで送ると聞かない衛司と一緒にエレベーターに乗る。そして部屋の前まで来ると改めて美織は衛司に頭を下げた。

「今日はいろいろありがとうございました。……楽しかったです。お母様にもよろしくお伝えください」

「こちらこそありがとう、俺も楽しかった。本当はもっと一緒にいたいし、夕飯も一緒に食べたいけど、急に誘ってしまったから美織は疲れたろ？　今日はこの辺で我慢するよ。だから……来週の土曜日も出かけないか？　もっともっと今の俺のことを知ってほしいし、今の美織のことも知りたい」

衛司にそう請われ初めは躊躇ったものの、これといって断る理由も見つからなかった美織は、少しの沈黙の後、こくん、とうなずいた。

「あー……えっと……そうだ、今度は電車で出かけませんか？」

「電車？」

「たまにはいいですよ、電車でお出かけするのも」

一応デートなのだから、あまり新島を振り回すのもどうかと思ったのだ。

「そうか、分かった。来週は電車デート、だな」

「はい。……じゃあ、来週ということで」

最後にもう一度頭を下げ、ドアを解錠して中へ入ろうとすると、衛司が美織の腕を掴み呼び止めた。

「待って。……忘れものだ」

そう告げると、彼は振り返った美織に顔を近づける。

（え……）

柔らかくて温かい感触がくちびるに押しつけられた——キスをされたのだと気づいたのは、解放され、目の前に彼の顔が広がった時だ。

「な、な……っ」

目をこれ以上ないほど大きく見開いた美織は、言葉にならない声を上げた。衛司はそんな彼女を気遣うようなぬくもりで、頬を撫でる。

「……十一年前も、こうしてキスしたかった。すればよかった。紳士ぶって我慢するんじゃなかった、って、記憶を取り戻した時に後悔した」

「え？」

「……俺が記憶を失っている間に、俺じゃない誰かが美織のファーストキスを奪ったんだと思うと、今でもはらわたが煮えくり返りそうだ」

表情は和らいでいたけれど、その言葉尻には明らかに憤りが滲んでいる。

美織は瞬く間に頬を染めて、口をぱくぱくと閉じたり開いたりした。少しして、ようやく声を絞り出す。

「は、初めてだから……！」

「は？」

少し掠《かす》れていたので言葉が届かなかったのか、衛司は首を傾げた。

「わ、私のファーストキスなの！　これが！」

肩を怒らせて声を張り上げた後、美織は涙目で部屋の中に飛び込み、ドアをバタンと勢いよく閉めた。

扉を背にしたまま、美織は息を整えた。身体はふるふると震えているし、心臓はまだバクバクと速い鼓動を刻んでいる。頬は熱を持って火照っていた。

（なんなのもう……！）

驚きと怒りと恥ずかしさが入り乱れて、頭がぐちゃぐちゃだ。

だからもらったバラの花言葉を調べるのを、翌朝まですっかり忘れていた。

オレンジのバラ九本――『信頼』『いつもあなたを想っています』

第4章　繊細な心を抱きしめて

「梅原さん、六月一日《いっぴ》づけで管理職になる社員の情報下りてきたからよろしく」

「分かりました。……課長、情シスの駒崎《こまさき》さんからお電話がありました。折り返してほしいそうです。それから、電話の時についでに先ほどの人事掲示板ネットワークの不具合について聞いてみたら、とりあえず先にチェックと修正はかけてくれるそうなので、課長発信の不具合修正依頼書だけお願いします、とのことでした」

「ありがとう、助かるよ」

並河が管理職会議から戻って来たと同時に、仕事を振ってきた。美織は彼が不在の間に受けた電話の件を伝えながら、伝言メモを手渡す。

そしてすぐにメールをチェックし、届いた人事情報をまとめにかかる。

今日も普段と変わらない会社での業務をこなしていた――そう、『公』はいつもどおりである、『公』は。『私』はと言えば――。

衛司にキスをされた週末から六日が経った。

美織が言い放ったように、あれが彼女のファーストキスだった。十一年間、誰ともつきあわなかったのだから、当然と言えば当然だ。

アメリカにいた頃、誕生日に衛司とする予定だった初めてのキスをとても楽しみにしていた。

それが十年以上経った今になって叶えられてしまうなんて……美織の胸中は複雑だ。それはもうたとえようがないほどのややこしさが、胸を占拠している。

彼女がこんな心理状態なのを知ってか知らずか、当の衛司はその日の夜にメッセージアプリで、

『まさかアレがファーストキスだとは思わなかった』

などとしれーっと言ってきたかと思うと、

『いきなりで驚かせたことについてはすまない。でもキスをしたことは後悔していないし謝らない』

と開き直り、しまいには、

『俺が美織のファーストキスの相手になれたかと思うと、嬉しくて今夜は眠れないかも知れない』

などと、衛司にはおよそ似合わない、可愛らしくて楽しげな絵文字をつけて今の喜びを表現してきたのだ。

翌日の日曜日には、生花店の配達によりバラが贈られてきた。

ピンクのバラが五本――花言葉は『可愛い人』『あなたに出会えたことの心からの喜び』

だった。

週明け、会社で姿を見かけることはあったものの、美織は彼と知り合いであるというそぶりは微塵も見せない。

さすがの衛司も、衆人環視の中でアプローチはしてこなかった――時折姿を見かけた時には、意味ありげに視線を送ってくることはあったけれど。

その代わり、夜はほぼ毎日電話で話したり、メッセージを送り合ったりした。内容は他愛もないことだ――そう、まるで普通の恋人同士のような普通のやりとり。

好きな映画のタイトルを聞いてみたり、好きな食べものの話だったり、今日あった出来事を報告し合ってみたり。

昨夜の電話では、こんな会話をした。


『美織は社食で食べるのは金曜日だけなのか?』

『そうです。あとはお弁当を持って行ってるんです。……っていうか、どうして知ってるんですか?』

『どうして、って、社食で美織を見かけるのが金曜日だけだから』

『え、もしかしてチェックしてたりします?』

『あたりまえだろう? 昼休みは会社で美織の姿を見られる数少ない機会なんだ。話しかけるわけじゃないんだから、それくらい許してほしい』

『許すとか許さないっていうほど大げさな話でもないですけど……ところで衛司くんは、どんな仕事をしてるんですか？　事件の調査はもうしていないんですよね？』

『広報部の社外広報グループに所属してる。半分営業みたいなものかな。プレスリリースを発信するために、各メディアとのネットワークを構築しておくんだけど、向こうからの取材要請に速やかに対応するためにも、メディア側の担当者とは定期的にコミュニケーションを取る必要がある。まぁ、ＫＩＴは今まであまり広報に力を入れてなかったから、今開拓中なんだけどな』

『そうなんですか。私とはあまり縁がない部署なので、仕事内容もよく分からないんですよね。外部と接触しなきゃならないのは気を遣うし、出張が多いのも大変ですね』

『仕事なんてどれも大変だと思う。美織だって、社内の人間の情報を管理しなきゃならない大切な業務をしているんだし。……それに、仕事ぶりはとても真面目だと岡村からも聞いてる。さすが俺の美織だ』

『別に衛司くんのものじゃないですから！　……でも、ありがとうございます』

日々の生活に、衛司とのひとときがするりと入り込んできている。それに拒絶反応を起こすこともなく自然に受け入れている自分がいるのに気づき、美織は驚いたし、笑ってしまった。

会社での衛司は、あれだけ周囲から騒がれても平然としている。その姿は一部の人間には傲慢《ごうまん》でいけ好かない男に映るだろう。実際、美織も遠くから見ていた時は少しそう思っていた。

けれど、こうしてお互いの時間の一部を共有するようになって……まだ少ししか経っていないものの、彼が必ずしも見た目どおりの人間ではないということが分かる。

ぱっと見は俺様っぽいのに言動は優しいし、美織をからかったり、拗《す》ねたりと意外におちゃめな面も見受けられる。

彼の仕草一つ一つの奥に、昔の『エイジ』の面影がやっぱり見えてくるのだ。

でも不思議なことに、そのイメージを懐かしく思いはしても、ときめいてしまうのは……図らずも今の衛司の言動に対してだったりするから、自分でも困惑している。

『あの頃は美織と一緒にいるとひたすら癒やされたけれど、今は好きだという気持ちで胸が痛くなったりするんだ』

こんなことを臆面もなく言うので、こちらがドキドキさせられる。

『美織が可愛くて、毎日が楽しい』

こんなメッセージを送ってくるので、部屋に一人でいるのに頬が赤くなってしまう。

(この十一年の間も、こんな人だったのかな……)

何せアメリカ時代、エイジと彼氏彼女の間柄だったのは、たったの一ヶ月ほどだった。

あの時もひたすら優しい言葉で、美織を幸せな気持ちにしてくれた。

KITに出向してきたばかりの頃は例の噂を信じていたので、海堂衛司はきっと、冷たい人なのだろうと思い込んでいた。プライドが山のように高く、女性に対して甘い言葉を簡単に口にするタイプではないと。

でも蓋を開けてみれば、ことあるごとに美織に惜しみない愛の言葉を浴びせてくる。

十年以上ものブランクがあるというのに、何故ここまで無防備に好意を向けてくれるのだろう。不思議に思った美織は昨夜、電話で尋ねてみた。

『そういえば……どうして今の私を知らなかったのに、すぐに「つきあおう」って言えたんですか？』

『アメリカにいた頃から、美織とは長いつきあいになるだろうし、いずれ結婚もするんだろうなと漠然と思っていた。だから俺がハイスクール卒業後に帰国すると言った時も、離れるから別れようとか、自然消滅させようなんて考えもしなかった。遠距離でもつながっていられる自信があったんだ』

『あの頃から……？』

『記憶を取り戻して、岡村から今の美織についていろいろ聞いて……しばらく会社で観察してみて、やっぱり好きだと思ったから、告白することに迷いはなかった。それに、この間一緒に出かけて、こうしてスマホでやりとりして……ますます好きになった。……美織は、俺の一番大切な女の子だよ』

耳元でそんな風に囁《ささや》かれれば、顔があっという間に上気してしまうのも仕方がない。

（もう、恥ずかしさとかないのかしら）

ベッドに入っても、頬の火照りはなかなか取れなかった。

そういうやりとりを何度もしている内に、一週間はあっという間に過ぎたのだった。

＊＊＊

美織が毎日利用している北名吉駅は、会社の最寄り駅と桜浜駅の間にある、さほど大きくない各駅停車の駅だ。しかし駅を挟んで東西に伸びる商店街は活気に満ちており、常に買い物客で賑わっている。

そしてそこを抜ければ閑静な住宅街があり、ファミリーから学生まで、様々な層が生活を営んでいる。東京に出るにも桜浜駅方面に行くにも便利な場所であることからも、人気のベッドタウンだ。

今日は電車で移動するため、北名吉駅のホームで待ち合わせをした。衛司の自宅は東京都内なので、彼の家からは少し遠い。しかし今日の目的地は桜浜駅の一つ手前だ。ここでの待ち合わせがベストだろう。

自宅から十五分かけて歩き、駅に入ってホームの待ち合わせ場所に向かった美織は目を丸くした。乗降客が多すぎて彼が見つからない……わけではない。むしろ逆で、遠くから見てもその存在をすぐに認識できてしまったからだ。

背がスラリと高いので、元々他の人より頭半分から一つ分くらいは出ている。だから何もしなくとも目立つのだが、その美貌とオーラが彼の存在感をさらに際立たせているのだ。

（あー……なんか、近寄りづらいかも）

何せ衛司の近くで電車を待っているであろう女性たちが、揃いも揃って彼をチラチラと見ているのだ。それも、明らかにポップでピンクな視線で。

（分からなくもないけども。それにしても目立ちすぎだから）

美織はやれやれとため息をついて、そして覚悟を決め、視線の中心部へと自ら飛び込んでいった。

「おはようございます、衛司くん」

「美織、おはよう」

振り返った衛司は上機嫌だった。それがますます彼のキラキラを増幅させているのだから困ったものだ。

「すみません、お待たせして。だいぶ待ちました？」

「大丈夫。せっかくの美織とのデートだからと余裕を持って家を出たら、早く着いてしまって。……でも、好きな子を待っている時間というのも贅沢でいいものだな」

臆さずにそう言って笑う衛司は、いつもと違いカジュアルな服装だ。とは言っても、頭の先からつま先まで仕立てのよさそうなパリッとした装いなので、おそらく高級ブランドのものなのだろう。

（こんな人の隣を歩いてもいいのかしら）

この周辺にいる女性から見れば、自分が衛司の隣を歩くに値しない女なのは明白だ。実際、今こうして彼と会話をしている美織を訝しげに見てくる女性がちらほらといる。その目は「え、あんたが？」と問いかけてくるようだ。

（……確かに美女じゃないけども！）

自分から「電車で出かけませんか」と提案したというのに、早くも後悔の『こ』の字が見え始めた美織だ。

一方、目の前にいる男にとっては、周囲からの浴びせられるような視線は気に留めることではないらしい。衛司はまるで、やんごとなき御仁がお忍びで城下町にやってきたかのように、辺りの景色を見回しては目を輝かせている。

仕事で電車の移動は慣れているはずなのに、何故かそわそわとしているのが見て取れる。

「美織、行こう」

電車がホームに入って来るのと同時に、衛司は好奇心に満ちた瞳を甘く緩めて美織の背に手を添えた。

車内は平日ほどではないものの、座席はほぼ埋まっている。二人は近くのつり革に摑まって並んだ。

「それにしてもまさか、美織が科学館に行きたがるとは思ってなかった」

笑いを堪えながら、衛司が言う。

昨日、今日のデートでどこへ行こうか聞かれた時、美織は迷うことなく「桜浜こども科学館に行きたいです」と答えた。桜浜にある科学をテーマにした体験施設だ。『こども』

と銘打ってはいるものの、大人が行っても十分に楽しめるらしく、実際、デートで訪れるカップルも少なくない。

「一度は行ってみたかったんです。……衛司くん、覚えてますか？　アメリカにいた時、みんなで一緒にサイエンスセンターに行ったこと」

「――もちろん覚えてるよ。あそこは楽しかった。シアターで観たアメリカの自然遺産についての映画で、美織が感動して泣いていたのも忘れてないよ」

「……変なこと覚えてるんですね」

「当然だろう？　美織のことなんだから。……ずっと忘れていたからこそ、今の俺にとっては新鮮な記憶なんだ」

彼にとって、美織との想い出は遠い昔の出来事という感覚ではないらしい。記憶を取り戻したことで、彼女が存在しなかった年月がカットされ、今と昔がそのままつなぎ合わされた感覚なんだそうだ。

十一年間の記憶が消えたわけでもないので、正確に言えば違うのだが。

「そうなんですか……なんだか不思議ですね。私、あの時から科学館が好きになったんです。……でも、どうしても衛司くんのことを思い出しちゃうから、なかなか行けなくて。……だから、今日はどうしても行きたかったんです」

在米時、ハイスクールの友人たちと現地のサイエンスセンター――要は、日本で言う総合科学館に遊びに行った。そこには実験設備や3Dシアターなど、科学にまつわる体験コーナーがいくつもあり、高校生でも半日は退屈せずに過ごせるアミューズメント施設となっていた。美織と衛司もそこで楽しいひとときを満喫したのだった。

先週のアイスクリームショップと同様、美織はその時の想い出をとても大切にしていた。だからもしも叶うことなら、いつかまた衛司と同じような場所を訪れたいと願っていたのだ。

今日、思いがけずそれが実現した。

美織の言葉を聞き、衛司はフッと笑う。

「そうか……じゃあ今日は楽しもうな。……ところで美織、そのスタイルは？　いつもとだいぶ違うな。メイクも変えてる？」

「……一応、変装？　会社の人にバレたら怖いですし」

普段、会社での美織は、肩より下まで伸びた髪をストレートにブローし、コンタクトレンズをして、割とシンプルでコンサバティブな服装、いわゆるオフィスカジュアルが多い。

しかし今日の彼女はと言えば、巻いた髪を後ろにまとめて後れ毛を出したゆるふわヘアに、眼鏡をかけている。服装もフェミニンで、会社での美織を知っている人間からすれば、一見すると彼女だと分からないかも知れない。

それが美織の狙いだった。

横領事件解決以降、衛司の人気はますます高まっている。

事件を解決に導いたきっかけを作ったこともだが、彼のネガティブな噂が急速に沈静化していったのも一因だろう。元々本人がわざと流していたもので、信憑性《しんぴょう》も薄い内容だったせいだ。

派手に視線を引きつける必要もなくなった今、衛司の会社での言動はきわめて堅実だし、対人関係も落ち着きを見せている。

『海堂衛司の悪評は、横領調査をカモフラージュするためにわざと流布された嘘だった』

彼が見せた変化から、このように真実を見破るめざとい女性社員もいたのだから、イケメンを狙う肉食系女子の観察眼はあなどれない。

衛司の女性人気がますます高くなるのも当然の流れだった。

つまり、彼と二人きりで出かけたことがバレてしまえば、嫉妬の嵐に巻き込まれるのは必至だ。もし誰かに見られても少しでもごまかせればと、服と髪型、それにメイクもいつもとは変えてみた。

「あぁ……そういうことか。俺はどちらの美織も好きだな。同じくらい可愛い」

「……ありがとうございます」

ストレートな褒め言葉に、気恥ずかしくてじたばたしたくなるけれど、電車の中なので小声でお礼を呟く。

（相変わらず素直すぎるというか、包み隠さないというか……）

頬が熱くて、思わずうつむいてしまう美織だった。

「あは、まっすぐ歩けない。フラフラする～」

「転ばないように気をつけてな、美織」

『斜めの部屋』で足下をふらつかせる美織に、衛司が後ろから笑いながら声をかける。

地面に対して部屋が角度をつけて建てられているが、中に入ってしまえば床と壁の関係は垂直に見えるので、視覚からの情報が脳を混乱させ、身体が上手く適応できずにまっすぐ歩けないのでふらついてしまう——これが『斜めの部屋』のしくみだ。

二人は一緒にそこに入り、錯覚を楽しんでいる。

アメリカのサイエンスセンターにはこの部屋はなかったので、美織にとっては初めての経験だ。

科学館に入場した二人はまず、ジャイロ効果を体験した。スツールに座ったまま、回っている車輪がついたハンドルを持ち傾けると、軸が元に戻ろうとする効果で椅子の方が回ってしまう、というやつだ。

抵抗する車輪を制御しながら、スツールごとクルクルと回転する美織を、衛司は楽しそうに見守っていた。

その後は、小さな竜巻を起こしてみたり、様々な立体錯視を見たり、人体の不思議を体感したり——館内の沢山の展示物を子供のように堪能した。

そして『斜めの部屋』を出た美織は、三半規管が落ち着くのを待ってから、衛司に提案する。

「衛司くん、プラネタリウムに行きませんか？」

「いいな。俺も行きたいと思ってた」

二人は連れ立って階上へ向かった。

そこは独立したプラネタリウムよりは小さいものの、割と本格的な設備を構えていた。別売りの入場チケットを購入したのだが、やっぱり衛司は美織に財布を出させてくれない。いち早く支払いを済ませてしまう。

それをあたりまえにはしたくないのに、彼は「今日は電車代のＩＣカードだけ使えばいい」と言って聞かない。

仕方がないので礼だけ述べてチケットを受け取り、美織は衛司の後に続き会場へ入った。

並んでシートに座ると、数分後に投影が始まった。

解説は有名な声優がアフレコしているらしく、そのファンらしき女性客が二人でひそひそと楽しげに話をしている。他には家族連れが多く、小さな子供が目を輝かせて倒れた背もたれに身を預けている姿が、そこここで見受けられた。

もちろん、カップルも多くはないがちらほら見える。

ドーム型のスクリーンには説明に合わせて星の映像が移り変わっていく。美織はほぅ、と息を吐いた。

（きれい……）

本物以上に美しい星空にうっとりと見入っていると、アームレストに置いていた左手にぬくもりを感じた。

「……っ」

目線を落とすと、衛司の右手が置かれていた。温かくて大きな手の平が、美織の手をすっぽりと包み込んでいるのだ。

当の衛司は、素知らぬ顔でスクリーンに目を留めたままだ。

（ど、どうしよ……）

振り払うのも悪い気がするし、かと言って抜き取るには身体をもぞもぞと動かさなきゃならないし――どうしたらいいのか分からず、結局そのままにしてしまった。

たかが手を握られているだけなのに、ドキドキしてしまう。

いい年してこれくらいで気持ちを乱されるなんて、どれだけ免疫がないんだと自分でも呆れてしまうけれど、何せ相手は衛司なのだ。

昔とは変わっていても、それがずっと引きずってきた初恋の人だと思えばときめいてしまうのも無理はない――何度も自分に言い聞かせる。

（しゅ、集中しなきゃ）

プログラムは待ってはくれない。次から次へと流れてくる情報に乗り遅れないよう、美織は改めて星空に意識を傾けた。

『これにてプログラムは終了となります。本日はご来場、誠にありがとうございました。

退場される際は、お足元に十分お気をつけくださいますよう――』

終了のアナウンスが聞こえると同時に、場内が明るくなった。周囲の客はどんどん外へ出て行く。

「楽しかったな。……行くか」

衛司がスッと立ち上がった。手は美織のそれを握ったままだ。困惑気味の彼女に、彼はにっこりと笑みを見せる。

その表情は「デートなんだから当然だろう？」とでも言いたげだ。

「……」

「嫌？」

小声で問われ、美織はさらに戸惑う。嫌ではないから困るのだ。

少しの沈黙の後、美織は黙ったまま立ち上がった――手を振り払わずに。

場外へ出るとちょうど正午過ぎだったので、フードコートで食事を取ることにした。美織はサンドイッチ、衛司はカツカレーにした。

「……思っていたより美味いな。フードコートを侮ってた」

衛司がサクサクのとんかつを口にして唸っている。

「衛司くんもファーストフードとか食べるんですか？」

「もちろん。さすがに普段から高級料理を食べているわけじゃないよ。出張先のハンバーガーショップで昼ご飯を済ませたりもするし」

「私、美味しいハンバーガーがあるお店知ってますよ。ファーストフードじゃなくてレストランですけど。パティが肉々しくて食べ応えがあって、アメリカのレストランで出て来そうなの。……今度一緒に行きますか？」

「……次があると思っていいんだ？」

美織の言葉尻を捉えたとばかりに、衛司がニヤリと笑いながら尋ねてきた。ごくごく普通に「今度」という単語が口を衝いて出たこと、それを衛司に気づかされたことに少しだけ、悔しくなった。

けれどきっと、間違いなく、本音だから……。

「……はい」

美織は熱くなっていく頬を意識しながら、うなずいた。

科学館をひとしきり満喫した二人は、駅に向かうと、再び電車に乗った。今度は衛司の行きたいところへ向かうため、桜浜駅で降りる。

桜浜駅南口は海に面しており、シーサイドには公園もある。公園を囲む遊歩道は海にも沿うように敷かれていた。衛司は美織と一緒にその道を歩きたいと言う。

「海が見えてきれいなんだ」

「へぇ～、私、桜浜駅は買い物でよく来るのに、そこは行ったことなかったです」

そんなことを話しながら、南口前の広場を横切る道路を渡ろうとした瞬間――。

「あ、衛司さん！」

舌っ足らずな話し方の女性の声が聞こえた。美織と衛司は同時に振り返る。

そこには、全身ガーリーなコーディネートで固めた、『女の子』と呼ぶに相応しい若い女性が立っていた。一見すると大学生のように見える彼女は、アイドル顔負けな美女――むしろ美少女だ。

大きな瞳をキラキラに輝かせた姿は、ドロップキャンディのようなカラフルで甘い雰囲気に包まれていて、十人中十人が「可愛い」と断言するだろう。その中にはもちろん美織も入っている。

（うわぁ……可愛い……）

女性の美織さえ見とれてしまう可愛い彼女が、衛司に駆け寄ってきたかと思うと、彼の腕に自分のそれを巻きつかせたのだ。彼女の後ろには、大量のショッピングバッグを持った男が立っている。

いかにもお嬢様であることが、美織にも分かった。

「あぁ、司馬《しば》さん。ご無沙汰しています」

「衛司さんったら、英里子《えりこ》とのお見合い、断るなんて酷いじゃないですかぁ」

驚くこともなく、ごくごく普通の態度で彼女の手を解きながら、衛司が平坦な口調で挨拶をした。無愛想でも親しげでもない、接客用とも言える態度だ。

（あ……衛司くんが前に言ってたお見合いの相手って……）

美織の記憶を取り戻してすぐに、見合いをして断ったと言っていたが、おそらく彼女のことなのだろう。

「すみませんが、その件ならすでに終わったお話ですので」

「英里子は納得してません！　英里子、衛司さんと結婚できるの楽しみにしてたのに……っ」

英里子と自称する彼女は、生クリームたっぷりのケーキにさらに練乳をかけたような甘ったるさを孕んだ声音で拗ねている。

一方衛司は、ニュートラルだった表情をやや不機嫌に染めて、ため息をついた。

「いい加減にしてください。あまりしつこいようなら、あなたのおじいさまに正式に抗議することになりますが」

「衛司さん酷い……英里子のどこが気に入らないんですか？」

英里子は大きな瞳にうるうると涙を滲ませる。その一見可憐な姿は、多くの男性にある種の効果をもたらすのだろうが、衛司には響かないようだ。

「あなたが気に入らないのではなく、私には大切な女性がいるので」

「……それって、この女のこと？」

きっぱりと放たれた衛司の言葉を受け、英里子が鋭い視線を美織に向ける。投げつけてくる台詞も明らかに刺々しい。

「あなたには関係のないことです」

「何この女、だっさいしぶっさいく。英里子の方が五百倍可愛いし」

くつかせる。

（言いたい放題だなぁ……否定しづらいけど）

グラデーションピンクのネイルが施された英里子の指先を向けられた美織は、口元をひ
「――司馬さん、それ以上彼女を中傷したら、絶対に許さない」

それはこれ以上ないほど凍った声音だった。あまりの冷たさに、側で聞いている美織で
さえ寒気がしたくらいだ。

階段で女性の告白を断った時の、あの表情を思い出してしまった。

「っ」

衛司が放った言葉の吹雪をもろに受けた英里子は、悔しそうに歯噛みしたかと思うと
「もう、信じらんない！」などと口走り、肩を怒らせて早足でその場を去ろうとした。

その時、恐らくはわざと、彼女は美織の肩口に勢いよくぶつかっていった。

「きゃ……っ」

弾みで美織は目の前の道路に押し出されてしまい、そのまま転倒した。

刹那、彼女めがけて一台の車が突っ込んできた。

「美織!!」

衛司の叫び声が聞こえたかと思うと、美織は間一髪、彼の手で広場に引き戻された。あ
と一秒でも遅ければ、確実に撥《は》ねられていただろう。場所が場所だけに車はそこそこ低速
だったものの、ぶつかってしまえば無傷では済まなかったはずだ。

「……」

美織はしばらく声を出せずにいた。心臓がありえないほど速く、鼓動を轟《とどろ》かせている。

「っ、」

次の瞬間、強い力で抱きしめられた。もちろん、衛司にだ。彼の胸の中で、車に撥ねられかけた恐怖によるハラハラと、抱きしめられたことによるドキドキが複雑に絡み合い、なかなか平常心を取り戻せずにいた。

数度の深呼吸の後、ようやく声を出せた美織は、衛司の背中をトントンと軽く叩いた。

「え、衛司くん、ありがとうございました。もう大丈夫ですから」

離してくれていいですよ——そう言おうとしたその時、彼の様子がおかしいのに気づく。

「？　衛司くん？」

衛司の身体がガタガタと震え出し、しまいには嘔吐《えず》き始めたのだ。

美織は彼の体を自分から離すと、その顔を覗き込んだ。衛司は見たこともないほど顔面蒼白《そうはく》で、今にも倒れそうだった。

「衛司くん！　大丈夫？　衛司くん!!」

どうしたらいいのか分からず、辺りを見回した後、救急車を呼ぼうとバッグの中を探り始めると、美織の上に影が落ちた。

「大丈夫ですか？」

聞き覚えのある声——弾かれたように見上げると、新島がいた。

彼は美織に代わり衛司を抱きかかえた。衛司はすでに意識を失っており、新島が来たことにも気づいていないだろう。

「新島さん？　どうしてここに？」

「それは後ほど。まずは衛司さんを運びます。梅原様もお手伝いいただけますか？」

「運ぶって、どこに？」

「すぐそこに、京条系列のホテルがあります。京条家の人間ならすぐに入れる部屋がありますから、そこに行きます」

新島は衛司を背負うと、シーサイドにあるラグジュアリーホテルへと向かった。美織も後に続いた。

新島の言ったとおり、ホテルのエントランスに足を踏み入れた途端、チェックインカウンターに辿り着くよりも先に、フロントが慌ただしくなった。

支配人がほんのわずかながら慌てた様子で登場し、自ら部屋まで案内してくれた。医師を呼ぶかと尋ねられたが、新島はとりあえず様子を見るのでと断っていた。

通された部屋はオーシャンビューのスイートルームだったが、もちろんそんな景色を堪能する余裕なんてない。

新島は衛司を寝室のベッドに寝かせる。キングサイズのベッドは大柄な衛司を寝かせても十分な大きさだった。

「熱などはありませんし、脈拍も落ち着いてますので、しばらくすれば回復されるはずです。心配ないと思います」

「そう……ですか」

(心配ないって、そんな……)

美織はこの状況をとても不思議に感じていた。

普通なら、どう考えても救急車を呼ぶ事態だ。それなのに新島はそれをせずに、こうして自ら衛司を運んでホテルのベッドで寝かせた。

「あの……新島さん。もしかして……衛司くんがこうなったのって、初めてではないんですか……?」

新島が慣れた様子で対応していたことや、ホテルの従業員でさえ初めての事態ではなさそうだった雰囲気を鑑みるに、以前にも同じようなことがあったとしか思えない。

「……とりあえずあちらへ行きましょう、梅原様」

新島がパーラールームへと美織を誘導した。

(改めて見ると……すごい部屋)

そこは美織の知る『ホテル』とはまったく違う様相を呈していた。広さも調度品の高級さも桁違いだ。部屋のそこここに花が生けてあるし、壁際に備えつけられたカウンターバーにはたくさんの酒瓶が並べられていた。

革張りのソファの前にあるローテーブルには支配人からのメッセージカードが置かれている。一番上には『京条様』と宛名が書かれているので、おそらくこの部屋は新島が言うように、京条家が常に押さえている部屋なのだろう。

「梅原様もお疲れでしょう。何かお飲みになりますか?」

新島が冷蔵庫を開きながら、美織に尋ねる。

「あ……じゃあ、お水をください」

美織が言うと、新島はペットボトルのミネラルウォーターを取り出し、そばに置かれたグラスに注ぎ、それをローテーブルに置いた。美織はソファに腰を下ろすと「ありがとうございます」と小声で言い、水を口にした。

新島はテーブルを挟んで前のソファに座り、美織が水を飲み終えるのを待ってから切り出した。

「――まずは、謝罪させてください。今日は朝からずっとお二人のそばにおりました。そのことをあらかじめ梅原様にお知らせしなかったこと、お詫び申し上げます」

深々と頭を下げた彼を見て、美織は目を丸くした。

「え、それって……」

「あ、別にストーカーとかそういうのではありませんから。……仕事なんです。私は衛司さんの運転手兼ボディガードなので、車での移動がない時でも、極力、衛司さんの護衛をさせていただいてるんです」

「ボディガード……ですか。全然気づきませんでした、新島さんがいらしたの」

元々「新島に手間を取らせない」という目的で電車を利用したのに、まったく意味はなかった。それどころか、車で移動していれば、こんなことにはならなかったと思うと、美織の心に罪悪感が湧いてきた。

しかし新島は美織を責めたりせず、優しげに笑った。

「それでいいんです。デートの時はできるだけお二人の目に留まらないようにしたかったので。それで……先ほどの梅原様のご質問についてですが……衛司さんがこのように倒れられたのは、私が知る限り、今日で四度目です。だから私は、衛司さんの護衛というよりはこういう時の介抱役、と言った方が当てはまるかも知れません」

「そんなに……？」

ＫＨＤのビルにトラックが激突する事故を目撃した時も倒れたと、以前、衛司自身が話してくれた。それも含めての四回だと新島がつけ加える。

「それはそうと、衛司さんの車、高級車ではありますが、あの方が乗るには少しばかり渋い趣味だと思いませんか？」

「言われてみれば……」

新島が運転する衛司の車は、国産車ではトップクラスの高級車ではあるが、一般的に見れば昔から四、五十代以上の世代が好む車種とされてきた。がっちりした大型セダンで、彼が言うように二十代の男性が乗るには好みが渋いと言われるのもうなずける。

「あの車、乗員保護性能の評価が最高ランクの車種なんですよ。衛司さんが車を買われた時に基準にしたのはただ一つ、『頑丈』なこと。……それが何を意味するか、梅原様ならお分かりになりますよね」

「あ……アメリカでの事故のせい……？」

「ええ。それだけその事故が衛司さんにとってトラウマになっている、ということです。それこそ、通りすがりに交通事故を目撃しただけで倒れてしまうほど、大きく深く心を抉る凶器と化してしまった。定期的に心療内科にも通ってらっしゃるくらいですから」

（！　……もしかして）

その時、美織の頭にとある考えが浮かんだ。少しの逡巡の後、こわごわと口を開く。

「あの……衛司くんが新島さんを運転手に雇ったのは……もしかして、車の運転ができなくなってしまったからですか？」

「……そのとおりです。衛司さんは例の事故以来、ハンドルを握れなくなってしまいました。免許証は一応持っていらっしゃいますが、今はペーパードライバーです」

「そうだったんですね……だから……」

アメリカにいる時の衛司は普通に運転していたし、また運転するのが好きだとも言っていた。だから新島を運転手として従えて美織の家にやってきた彼を見た時、自分で運転をするのが好きだったはずなのに……と不思議で。それも初めは彼がエイジだと信じられなかった要因の一つだった。

でも専属の運転手がいるのは、会社の重役や資産家にとってはあたりまえのことなのだと、自分を納得させていた。

まさかそんな事情があったなんて――。

「梅原様……いえ、美織さん。ここからは衛司さんの友人としてお話させてください。少々長くなりますがご容赦を。……衛司さんは一見豪胆で不敵に見えますが、あなたや僕が思っているよりもずっと繊細な人です。繊細で、そしてとても優しい」

「……」

それは美織もなんとなく分かる。少なくともアメリカにいた時の衛司はそうだったから。

「衛司さんがアメリカから帰国して体調を回復させた後、受験勉強と並行して何をされたか分かりますか？」

「？」

質問の意図が掴めずにいた美織に、新島は続ける。

「――交通事故遺児の支援基金の立ち上げでした。既存の基金もありましたが、衛司さんはもっと支援内容の濃い法人を作ってくれたんです。『俺のように交通事故でトラウマを抱えている子供たちは少なくないだろうから』と。そして……僕は、その法人の事務所で衛司さんと知り合いました」

「ということは……」

「僕は、中学三年生の時に交通事故で両親と姉をいっぺんに亡くしたんです」

家族旅行の最中《さなか》に高速道路で事故に巻き込まれ、新島は一人生き残った。衛司は絶望に打ちひしがれていた彼を励まし、そして目をかけてくれたそうだ。

『もし大学まで行きたいのなら支援するから、しっかり勉強しろ。天国で君を見守っている家族に、恥ずかしくない人生を生きるんだ』

衛司は新島をそう叱咤《しった》し、時には遊びに誘ってくれて——二人は、友人となった。

その後、衛司が事故のトラウマで運転ができなくなっていたのを知った新島は、高校を卒業したら彼の運転手になりたい、雇ってほしいと本人に直訴した。

『そう言ってくれるのは嬉しいけど、まずは大学に行くべきだと俺は思う。勉強は唯一、誰もが平等に身に着けられる武器だし、人生の選択肢を無限に広げてくれる。四年間勉強をして、それでも俺の運転手になってくれると言うのなら、その時に考えることにしよう』

衛司の説得を聞き、新島は大学へ進学した。この頃から彼はアルバイトとして衛司の運転手をしつつ、身体を鍛えていたそうだ。

就職活動の時期になっても意志が変わらなかった新島に、衛司は海堂家が提携しているボディガード養成機関への推薦状を書いてくれたらしい。

そうして彼は大学卒業後一年間、ＫＨＤへ籍を置きながら訓練を受けた後、衛司専属の運転手となったのだった。

異例な経歴だが、それだけに衛司が新島のことを信頼し、友人として大切にしているということが、美織にも分かった。

「すみません、僕のことなんて話してしまって。でも僕が衛司さんに感謝している、というのを聞いてほしかったので」

「ううん、聞けてよかったです」

アメリカ時代の衛司は、ボランティアで子供に空手を教えていた。

『月謝を払えない子供もいるから、僕にできることなら――』

そう言っていたのを思い出す。

（ほんとにあの頃と変わってないんだね、衛司くん……）

そう思うと急に切なくなり、美織の胸はきゅっと締めつけられた。

「ここから先は美織さんに関わることです。……衛司さんは、あなたの記憶を失っている間も、あのキーリングを大切にしてきました。多分あの人自身も、どうしてそんなに大切なのかは分かっていなかったと思います。でも……以前、衛司さんとおつきあいしていた女性が、キーリングを揶揄《やゆ》したことがあって――」

いわゆる衛司の元カノが、彼が手にしていたキーリングを見て眉をひそめたそうだ。

『そんなガラクタみたいなキーホルダー、衛司には似合わないわよ。もっとちゃんとしたブランドのものを身につけた方がいいと思うし、そんなの持っていたらこっちが恥ずかしくなっちゃう』

そう言った彼女に、衛司はその場では何も言わなかった。しかしそれからすぐに、彼女を新島が運転する車で自宅まで送り届け、去り際に言ったそうだ。

『たとえそれがガラクタでも安物でも、人が大切にしているものを尊重できないような人間とはこれ以上つきあえない。君とは今日限りだ』

言葉どおり、衛司はその女性とはそれっきり会わなかったらしい。

以前衛司も言っていたが、記憶を失ってもなお、美織が贈ったものを大切にしてくれていた――そのことに感動すると同時に、未だにどうしても解せない部分もあった。

「衛司くんは、どうして私なんかのことを今でも好きでいてくれてるんでしょう。それが不思議でならなくて。十年以上のブランクがあっても、キーリングを大事にしてくれたり、記憶が戻るのと同時に私に会いに来てくれたり。さっきのお見合い相手の方、資産家のお嬢さんなんですよね？　その方よりも私を選んでくれるなんて、今でもちょっと信じられなくて……新島さんはその理由、分かりますか？」

先ほどの見合い相手は、世界でもトップクラスの自動車会社、司馬自動車の創業者一族のご令嬢なのだと新島が教えてくれた。確かにお見合いはしたものの衛司からしてみれば、あくまでも形式的なものだったという。

『ずっと前から好きな女性がいるので』

美織の記憶を取り戻した直後のことだったので、先方にはそう伝え、丁重に謝罪もしたそうだ。

しかし納得していないらしい英里子には、ことあるごとに言い寄られているらしいが。

美織自身、十年以上衛司のことを引きずっていたわけだが、彼女の場合、突然ぷつりと音信不通になった、というのが大きかった。その衝撃的な出来事が、彼女の感情に消えない爪痕を残していたからだ。

けれど衛司はそうではない。事故によるトラウマが彼を苛んでいるのなら、当時のことを想起させる美織のことは、忘れたい嫌な思い出になっていてもおかしくはないのだ。

「実は僕、記憶を取り戻した衛司さんがすぐにあなたを探し始めた時に、聞いてみたことがあるんです。どうしてそこまで美織さんにこだわるんですか？　って。そしたら衛司さん、こう答えました。『ミオリは、俺に希望をくれた女の子なんだ』って」

「希望……？」

「美織さん、アメリカにいた頃、衛司さんに言ってさしあげたそうですね、『エイジくんの人生はエイジくんのものだ』って」

「……あ」

『エイジくんの人生はエイジくんのもので、絶対誰にも奪えないんだよ。それに、たとえどんな生き方を選んでも、私はずっとずっとエイジくんが好きだから』

祖父の過干渉について話してくれた時、確かに美織は衛司にこう告げたことがあった。

「多分、美織さんにとっては何気なく言ったひとことだったんだと思います。でも当時の衛司さんにとっては、天啓にも等しかったそうです」

あの頃の衛司は、その言葉のおかげでずいぶん救われた――彼は新島にそう話したらしい。

そして今も――救いと癒やしをくれた美織は、衛司にとって絶対的な存在なのだと。

「美織さんを探し出してから、衛司さん、見違えるように明るくなったんです。その前も決して暗い人ではありませんでしたが、常に周囲に一線を引いていて、自分の領域に他人を入れることは決してありませんでした。美織さんと接するようになってからは、さらに柔和になったと思います」

「……」

実は美織も、衛司の変化には気づいていた。

再会した時——正確には会社でその姿を十一年ぶりに見た時、衛司は鋼の鎧をまとっているように見えた。どこか近寄りがたい雰囲気があったのだ。

けれど今の彼は——以前よりも柔らかい空気に包まれている。口調も少し穏やかになった。アメリカ時代の衛司が戻って来ているような気さえしたのだ。

「美織さんもご存じかと思いますが、衛司さんは小さな頃から父方のお爺様からかなり執着されていました。一族の独裁者であるお爺様には親族の誰もが逆らえずにいました。お爺様が目をかけていたせいで、当時の衛司さんは親族からチヤホヤされていたんです」

しかし祖父が亡くなった途端、親族は手の平を返したように冷酷になり、相続を放棄しろと散々脅してきた。

元々相続するつもりもなかったので、それに関してはトラブルは起きなかったものの、親族たちの鬼のような仕打ちに、衛司は人を信じることができなくなったそうだ。

「——友人にしろ、恋人にしろ、この十一年間、心の底から信じられる人は誰一人いなかったそうです。それは多分、今でもそうなんだと思います。……唯一、美織さんを除いては」

「そう……ですか……」

（きっと、新島さんも信頼されてるんだろうな）

そんなデリケートな話を知っているくらいだ。衛司にとっては新島も信頼に値する人物に違いない。

「……ただ、美織さんの記憶が戻った時、衛司さん、本当は悩んでいたんです。会いたくて仕方がなかったけれど、今の自分が受け入れられるか、すごく不安がっていました。美織さんにはなるべくそんな面を見せないようにしていましたが」

「……」

この十一年間、海堂衛司が吸収し築いてきた知識や教養、人脈に裏打ちされた自信――それは美織に関してはまったく通用しないのだと、衛司は言っていたそうだ。

ゆるぎない想いと、一度は失ってしまったという不安との狭間で揺れていたのだと。

「――それだけ、衛司さんにとってあなたは大切で必要な女性なんです。……さっき、美織さんが車に撥ねられそうになったのを見て、衛司さんは心臓が止まる思いをしたはずです。今、こんな事態《こと》になっているのがその証拠です」

一旦話を区切った新島は寝室の方を見つめた。美織も釣られてそちらに目を遣った。衛司はまだ起きる様子はなさそうだ。

さっき事故から守ってもらった時、衛司がぎゅっと抱きしめてきた。けれど「抱きしめられている」というよりは「しがみつかれている」感じがしたのだ。

それは気のせいではなかったのだろうと、美織は今、理解した。

「――ただでさえ、十一年前から事故のことで苦しんできたのに、好きな女性がそんな目に遭って万一のことがあったら、今度こそ衛司さんは壊れてしまうんじゃないか、って、僕は思います」

（もう、ほんとに……）

――新島の言うとおり、なんて繊細で優しい人なのだろう。

衛司が身につけていた鋼の鎧は、その内に秘めた彼の脆さを覆い隠すものだったのだろう。美織のことを思い出したことで、彼はそれを脱ぎ捨てたのだ。

彼女が、どんな衛司でも受けとめてくれると信じて。

「……っ」

美織の中で今、完全にエイジと衛司が一つになり……その瞳からは一筋の涙があふれ、しずくとなって膝の上に零れ落ちた。

＊＊＊

「衛司くん……」

衛司が横たわるベッドの縁に腰掛け、美織は眠り続ける彼に小声で話しかけた。

新島はこの部屋にはもういない。

『梅原様は、衛司さんについていてさしあげてください。私は別室で待機しておりますので、何かございましたら呼び出していただければ。日をまたいでも大丈夫なよう、フロントにも伝えてあります。せっかくのスイートですし、室内を思う存分堪能されて、ごゆっくりおくつろぎください』

運転手モードに戻った彼と連絡先の交換をした美織は、スマートフォンをサイレントモードにしてからベッドサイドのナイトテーブルに置き、眠る衛司を見ていた。

眼鏡もヘアクリップも外してスマートフォンと一緒に置いてある。すっかりいつもの美織に戻ってしまった。

あれから二時間ほど経っており、衛司の顔色はだいぶいい。もうほとんど元の血色を取り戻しているようだ。美織はそっと彼の頬に触れた。

その刹那――。

「――っ、美織!!」

突然、衛司が美織の名を叫びながら、ガバリと起き上がった。

「衛司くん！　急に起き上がっちゃダメだよ！」

美織は慌ててベッドの上に乗り、衛司の両肩を押さえる。彼は荒い息づかいのまま、彼女の顔をまじまじと見つめた。そして数瞬後、ハッと我に返ったように、彼女の顔や肩をペタペタと触る。

美織の無事を確認しないまま、気を失ってしまったせいなのだろう、寝ていた時よりも若干顔色が悪くなっていた。

「美織、大丈夫だったか？　ケガはしてないか？　骨が折れたりしてないか？」

「大丈夫だから！　……衛司くんが助けてくれたでしょう？」

本当は英里子にぶつかられて転倒した時に、擦《す》り傷ができてしまったのだが、大したことはなかったので黙っておく。

「ならよかった。……俺は、また倒れたんだな？　……ごめん、迷惑をかけて」

「迷惑なんて思ってないよ、衛司くん。こんな豪華なスイートルームに入ることができて、ちょっとだけラッキー、みたいな？」

美織のおどけた言葉に、衛司は目元を緩めて安堵の表情を浮かべる。

「そうか……美織が無事なら、それでいいんだ。本当に、よかった……」

力が抜けたように呟いて、衛司が美織の頬にそっと手を伸ばした。それは、かすかに震えているように思えた。

少し冷たい指先を感じた瞬間、美織は込み上げるものをこれ以上押し留めておけなくなって――。

「っ、え……じく……っ」

丸い瞳から、突然ぽろぽろと大粒の涙があふれ出した。それは美織の頬に触れていた衛司の手をも濡らしていく。

「美織……？　どうした？　やっぱりどこか痛いのか……？」

「っ、ちが……っ。ご、ごめんね、え、じくん……っ。ごめんなさい……っ。わ、私、どんな……衛司くんでも、好きだよ……って、言ってたのに……っ。そ、れなのに、わ、たし……っ」

十一年ぶりに再会した衛司が、あまりにも美織の記憶と乖離《かいり》していたから。戸惑いのあまり、変わってしまった彼を素直に受け入れることができなくて、心の中で一線を引いていた。

最初の内は、はっきりと拒絶の意さえ見せていた。

美織の言葉を信じていた衛司は、きっと傷ついたに違いない。

けれど、彼は決して責めたりしなかった。ただひたすら美織に甘い感情を注ぎ続けてくれたのだ。

今の衛司をあの頃のエイジだと無防備に受け入れてしまえば、十年以上ずっと大切にしてきた、エイジとの大事な思い出が消えてしまうような気がしたし、長い間、自分の精神を支え続けてきたものが崩れてしまいそうで怖かった。だから心の奥底ではとっくに認めていたのに、気づかない振りをしていたのだ。

しかし、それは過去を振り返ってばかりいて、目の前にある現実に目を向けようとしない美織のエゴでしかなかった。

自分はなんて卑屈《ひくつ》で醜い女だったのだろう。けれど、そんな美織を衛司は好きだと言ってくれた。彼に対して無意味にそっけなくしてしまったこんな自分を、だ。

再会して数週間――十一年にも亘って二人の間に横たわっていたブランクは、衛司の熱意によってあっという間に埋められてしまった。

ぽっかりと空いていた大きな大きな穴は今、衛司からの愛情で満たされて塞がれている。

「美織……自分を責めなくていい。俺が悪かったんだ。せめて母親にだけでも美織とのことを言っておけば、あんなことにはならなかったんだから」

「で、でも、わ、私、衛司くんがずっとずっと、苦しんでいたなんて、全然知らなかった……っ」

「……新島から何か聞いたのか？」

美織はこくこくとうなずく。彼女の双眸《そうぼう》は未だに涙を流し続けてやまない。

「……ったく、あいつは余計なことを」

衛司はやれやれといった様子で、美織の頬を拭ってくれる。

「ごめ……なさ……、っ!!」

美織が再び謝罪を口にした瞬間、衛司にくちびるを塞がれた。とても優しくて、温かいキスだ。彼の手が美織のうなじに差し込まれ、彼女の頭をそっと引き寄せる。

驚いたはずみで、美織の涙が止まった。

数秒後、衛司がそっと離れていった。その表情は「大成功」と言いたげに笑っている。

「……美織が自分を責めたら、またキスをして黙らせることにしよう」

美織の顔が瞬く間に上気する。初めての時も恥ずかしさと驚きで火照った。けれど今は、それだけではなくて……。

「……衛司くん、ずるいよ」

「何が？」

「だって……そんなこと言ったら……キスしてほしい時は、謝らないと……いけなくなっちゃう」

美織はたどたどしくも、自分なりに今の心境を精一杯伝える。

もっともっと、キスをしてほしいと。

衛司は目を見開き……そして、今まで見たこともないほど甘くとろけた表情を浮かべる。

「美織がキスしてほしいと思う間もないくらい、俺がするから大丈夫」

ゆっくりと押しつけられた三度目の衛司のくちびるは、乾いて少しかさついていた。美織は目を閉じて、その感触をドキドキしながら受け入れる。合わせたり離れたりを幾度か繰り返した後——緊張からやや解き放たれた美織のくちびるの隙間に、ぬるりとしたものが入ってきた。

「っ！」

驚いて身体をビクリと震わせる。

（これ……）

それが何なのかはもちろん分かる。けれど初めてのことで、どう反応したらいいのかは分からない。ただただ衛司の舌に翻弄されるばかりだ。あっという間に自分のそれが搦《から》め取られて、弄ばれて。ちゅ、ちゅる……と、濡れた音が耳に飛び込んできて、身体の力が抜けていってしまう。

時間の感覚も麻痺《まひ》してしまい、どれくらいの間キスをされていたのかさえもわからないままぼうっとしていると、カリ……とくちびるを甘噛みされた。

「ぁ……」

そっとまぶたを開けると、そこにはさらに甘さをたっぷりと溶かした瞳で自分を見つめる衛司がいた。

「好きだ」

少し掠れた声で囁かれ、美織の心臓が跳ねる。

「あ……わ、私も、衛司くんのこと、好き」

衛司はクスクスと笑い、彼女の濡れたくちびるを親指で拭う。

「アメリカにいた時とまったく同じ返事だな、美織」

「え、そ、そう……？」

なんだか成長していないと言われているようで、気恥ずかしくなってうつむいてしまう。そのすぐ後、美織はハッと気づき、スカートのポケットを探った。

「衛司くん、これ見て」

開かれた手の平に載っていたのは、ストラップだった。十一年前、美織が作ったものだ。衛司が目を覚ましたら見せようと、ポケットに忍ばせていた。

「俺のと同じモチーフ。美織のストラップだ」

「私もこれを十一年間大切に持ってた。……ずっとずっと、衛司くんのこと忘れられなかったから」

「そうか、嬉しいよ」

「私も、衛司くんがキーリングを大切にしてくれてて嬉しかったの。……ありがとう」

美織がはにかんで見上げると、衛司が眩《まぶ》しそうに目を細めた。

「可愛い」

そのひとことに、目を瞬かせると、彼が再び口にする。

「可愛い……俺の美織」

「衛司くん……」

柔らかな声音で告げられ、図らずも潤んだ瞳で見つめ返すと、衛司が苦笑いを浮かべて、大きく息を吐き出した。

「……そろそろ離れた方がいい、美織。今の俺は倒れた後だから結構精神的に弱ってるし、美織から好きだと言ってもらえて舞い上がってるから」

「え……どういうこと？」

何を言われているのかよく分からず、美織が首を傾げる。

「理性が緩んでるから、ベッドの上でそんな風に無防備にされれば、自分を押し留めるのが難しくなる」

「あ……」

「襲われたくなければ、ベッドから下りろ」

困ったように眉尻を下げた衛司が距離を取るような仕草を見せた。彼の言葉の意味をようやく呑み込むと、美織はふんわりと頬を染めて目を泳がせる。

少しの逡巡の後、決意したように再び衛司ににじり寄り、彼にキスをした。

それはただくちびるをぶつけただけの、到底上手いとは言えないものだ。それでも美織の気持ちを伝えるには十分だったろう。

衛司は眉をひそめた。一体何を考えているんだと言いたげだ。

「美織……俺の言ったこと、理解してる？」

「わ、かってる。……私だって、衛司くんとそういう関係になりたいって思ってたんだよ？　……アメリカにいた時」

まだ未熟な子供ながら、今よりも怖いもの知らずで。いつかは衛司と大人の関係になることに憧れていた。

だから初めてだけど、不思議と怖いだとか不安だとかいう感情は湧いてこない。今この瞬間も、なんの躊躇《ちゅうちょ》もなく自分のすべてを捧げるつもりでいる。

衛司が美織を見据えたまま、息を呑んだ。

「……本気か？」

「──私、衛司くんになら、何をされてもいいよ」

はにかんだ笑顔でそう言うと、美織は衛司の胸にコツン、と額を寄せた。彼は彼女の頭の上ではぁ、と息を吐き出す。

美織の頭を撫でる優しい手つきに、次第に甘い色が混じり出す。彼女は応えるように頭をすり寄せた。

最後に美織の背中にまでその手を下ろした衛司は、苦笑いをして。

「『やっぱり無理』って言うなよ……？」

唸り交じりの声で呟くと、彼はアッパーシーツを剝ぎ、美織をそっと横たえた。

「美織」

名前を呼ばれて見上げると、すぐさまくちびるを捉えられた。衛司の舌は再び美織の歯列を割り、口腔内を舐《ねぶ》っていく。

歯と歯肉の境目をじっくりなぞられると、首筋がゾクゾクした。

「ん……っ」

口の中や舌が性感帯になるなんて、知らなかった。衛司の舌が触れていくところすべてから甘さが湧いて、それが全身に毒のように回る。

身体は震え、頭の芯はぼぅっと麻痺していく。まだキスだけなのに、それが『気持ちがいいという感覚』だと分かってしまう自分が、少し恥ずかしい。

それなのに、衛司のくちびるが離れていくと淋しくてもの足りなくて。つい、彼のくちびるの行方をとろんと焦点《しょうてん》の合わない目で追ってしまう。

そんな美織を見つめている彼の瞳の奥では、愛情と劣情が混じり合って、まばたきをするたびに匂い立つような色香を発していた。

「本当に可愛い、美織」

「え、じく……」

舌ったらずになる美織の頬を、衛司が確かめるように指先でつつ……と辿った。

「……事故の怖さは忘れられなかったのに……どうしてこんなにも愛しい女の子のことを忘れることができたんだろうな」

見たこともないほどの優しいまなざしで切なげに囁かれ、心臓がきゅっと締めつけられるような感覚に見舞われてしまう。

「思い出してくれたから、もういいの。……だいぶ時間がかかったけど」

「もう二度と、忘れたりなんかしない」

そう告げると、衛司は再び美織にキスをした。それを受けながら、彼女は両手をおずおずと彼の背中に回す。

角度を変えながら何度もくちづけられ、都度身体がひくん、と震える。

「あ、の、衛司、くん……？」

「ん？」

「私、シャワーしたい」

キスの合間になんとか希望を伝えると、衛司がフッと笑う。

「ボディソープなんかより、美織の素の匂いの方がいい」

「え、で、でも……！　今日一日歩き回ったから、汗とかかいてるし……！」

「それはいいな。美織の汗も全部俺のものだ。……誰にも渡さない」

美織が抗うのを気にする様子もなく、衛司は目を輝かせ、彼女の服を剝ぎ取ろうとする。

「や、だって、きたな……」

「……美織は、俺のこと汚いと思うか？」

「お、もわない、けど……」

「俺も同じだ。……ということで、シャワーは後にしよう」

衛司が真顔で言い放った。

「え、でも」

「──美織……僕のお願い、聞いてくれる？」

「っ！」

心臓が跳ねた。

繊細な声の響き、慈悲深げな表情──紛うことなき、あの頃のエイジだったから。

美織の身体が、ささやかな抵抗すら封じられたように固まった。心が一足飛びに時を駆け戻ったような感覚に囚われる。

その間に、衛司は彼女の服をするすると脱がせてしまう。残っているのは、下着だけだ。

晒された肌に触れる空気は、冷房のためかひんやりとして。それで美織は我に返った。

「はは、この技は効果抜群だ。また今度、何かあったら使おう」

美織の心境を知ってか知らずか、衛司はまるで誰かのものまねを会得したような口ぶりなのだから、思わず頭に血が上ってしまう。

「っ、ず、ずるいよ、衛司くんっ」

「何が？」

「……っ、もう、知らない！」

とぼける衛司に、美織はぷい、とそっぽを向く。

「……なんだか、昔の自分に妬けるな」

「え？」

「そうやって可愛く拗ねる姿を見せられると、少し悔しくなる。美織にこんな可愛い顔をさせてるのは……今の俺ではないんだろうな、と」

衛司が少し淋しそうに呟く。それがあまりにも切なげで、美織は胸に迫るものを感じた。

美織が最初に好きになったのは確かにエイジだけれど、今この瞬間、彼女の喜怒哀楽を引き出してくれて、深い愛情を絡ませ合えるのは――。

「……私が好きなのは、海堂衛司だよ」

「美織」

「昔とか今とか関係ない。衛司くんが、私をからかうから拗ねてるの。……しかも、こんな裸同然の姿にさせられたまま。恥ずかしいんだから、これ」

何せ下着姿ですら、男性に見せるのは初めてなのだ。この状態でどういう反応を見せれば正解なのか、まったく分からなくて。もじもじと身体を両腕で隠しながら頬を染めるしかできない。

「そうか、それはごめん。けどこの先、もっと恥ずかしくなる」

衛司がクスクスと笑った。

「そっ、そうやって脅す……っ」

「脅すなんて大げさだな、美織。……大丈夫、すぐに慣れるから」

赤く染まった美織の頬を指先で撫でながら、衛司が囁く。

「でも私……初めてで、ほんとに何も分からないから……」

この先、自分は何をしたらいいのか――問いかけるように衛司を見つめると、彼は小声で紡いだ。

「何もしなくていい。……ただ、一つだけ約束してほしい」

「約束……？」

一体どんなことを言われるのだと、美織は今度は不安げな視線を送る。彼は優しげに笑うと、穏やかに言う。

「声を我慢しないで。……それが苦痛のためでも、気持ちいいからでも。美織の初めての何もかもを五感で味わいたいんだ。……ここなら誰に聞かれることもないから、思う存分、出していい」

「わ、分かった……」

美織がこくん、とうなずくと、衛司は彼女の背に手を回し、ブラジャーのホックをぷつん、と外した。美織は手持ち無沙汰で、身じろぎもせずに彼がすることを受け入れている。

薄いピンク地に数種の赤い花が刺繍されたブラから、白くみずみずしい乳房がこぼれ出た。

「ゃ……」

恥ずかしくてたまらなくて、思わず胸を隠して身体を捩《よじ》る。

「あぁ、ありがとう。脱がせやすいようにしてくれてるんだ？」

美織の身体が横向きになったすきに、衛司が彼女の臀部からショーツを素早く引き下ろし、足から抜き取った。

「ちっ、ちが……っ」

慌てて否定してみても、身軀を覆っていた布地はもはやすべて取り払われて。美織は一糸まとわぬ姿を衛司の眼前に捧げている。

大きく深いため息が、上から落ちてきた。

「……きれいだ、美織。本当に、すごく」

「衛司くん……」

うっとりと呟かれた言葉に、ただでさえ火照り気味の美織の頬や肢体がさらに紅色に染まる。

衛司は美織の右側を陣取り、ぴたりと身体を寄せると、彼女の肩の下に腕を差し入れて抱き寄せてきた。わずかに全身が彼の方向に傾けられる。

「さて。……どこから触ってほしい？」

「え……そ、そんなの、分かんないよ」

「じゃあ、俺のしたいとおりにしていいんだ？」

何をどうされたらいいのかなんて、初めての美織に分かるはずもなく。彼女にできるのは、衛司がくれるものを抗わずに受け入れることだけだ。

こくこくとうなずくと、衛司は含みのある笑みを浮かべた。そしてすぐに、喉の下から肩にかけてまっすぐきれいに伸びた美織の鎖骨を、指で辿り始める。

ひくん、と、身体が反応する。

そこを幾度か往復すると、彼の指は胸のふくらみをまあるく囲むように円を描いていった。

「っん」

普段、入浴した時や着替える時など、自分で触れたところで特別何かを感じたことなんて、今までなかったのに。

こうして衛司の指先が皮膚の線をなぞっていくだけで、身体の奥にぽぅっと妖しい火が点るのが分かった。

「……きれいですべすべで、触っているこっちが気持ちいいくらいだ」

衛司の囁く声が聞こえたかと思うと、彼の指はふくらみを上っていき、そして、鴇色《ときいろ》の天辺へ辿り着いた。

「あんっ」

先端を指先でそっと擦《こす》られた時に自然と上がった声――その甘ったるさに、美織は自分でも驚いてしまう。

思わず息を呑《の》むと、衛司が笑っている。

「可愛い声」

小さな果実のように色づき芯を抱いた先端を、くにくにと指で拉《ひし》がれると、そこから微弱な電流を流されている気分になる。

「あ、んぅ」

初めての感覚だった。

(本当に、声が出ちゃう……)

脳から「甘い声を出せ」と信号でも送られているのだろうか。胸の先を愛撫《あいぶ》されるたびにくちびるからは色づいた声が勝手に漏れてしまう。

恥ずかしいのに止められなくて、無理矢理口を押さえでもしないと収まりそうにない。

衛司の大きな手が、ついには美織のふくらみを覆い、そしてゆったりと揉みしだく。柔らかな弾力のそこに指を埋め、掬《すく》い上げて捏《こ》ねていく。

身体の奥に粘ついた疼《うず》きと熱が籠もり、美織の全身を震わせた。

「ぁ……や、え、じく……」

衛司は執拗に胸ばかりを弄っている。肩の下に差し入れられていた腕を抜き、彼は横から覆い被さるように、美織の胸に吸いついてきた。

「あぁんっ」

温かくてぬるりとした感触が、敏感な天辺を覆い尽くし、いやらしく蠢いた。

口に含んだまま、舌で舐られると、ひくんひくんと裸体が跳ねる。

「あっ、あぁっ、んっ」

衛司の熱い手がもたらすふくらみへの柔らかなスキンシップと、頂で行われている生々しい愛撫が、身の内でちぐはぐな快感を生み出して美織を酔わせる。

衛司はまだ胸しか触っていない。彼の手は下半身どころかくびれにすら到達していないというのに、美織自身は早くも全身が——特に下腹部が、痺れ始めていた。

ちゅぷちゅぷ、と淫らに濡れた音を奏でながら、衛司は絶え間ない愛撫を乳房へ与え続けている。

舌で先端を甚振《いたぶ》るように弾き、ふくらみの形が変わるほどに何度も押し揉んで。

時折、指と舌の役割を交代して、先端を摘まんだり、谷間を舐《な》め上げたり、乳房の脇をきつく吸いあげたりする。

そのすべてが、美織に快感をもたらすから。

らない。

「あぁ……、ぁ、ぅ……ん」

内部の疼きが秘所へと集まっていくのを感じる。

今までに味わったことのない感覚が下腹部を苛んできて、どう反応したらいいのか分からない。

ついつい、脚をもぞもぞと擦《す》り合わせてしまう自分がいた。

「……どうした？」

「ん……、な、んでもない……」

「そう？」

とぼけた口調で首を傾げる衛司に、美織は溶けかけた瞳をスッと細めた。

「……もしかして、意地悪してる？」

「何が？」

「だ、って……さっきから、胸ばかり触ったりして……」

くちびるを尖《とが》らせながら口籠もる美織に、衛司がキスを一つ。それからにっこりと笑った。

「美織の胸がきれいで柔らかいから、可愛がってやりたいだけだ。焦《じ》らしに焦らして美織が戸惑ってる姿を見たいだとか、君の口からその先を促すよう仕向けたいだとか、そんなこと一ミリも思ってない」

（……っ、思ってるよね、完全に）

「……っ、もう、衛司くん！」

「他のところも触ってほしい？」

目の奥を覗き込みながら尋ねられると、なんだか抗ってはいけない気にさせられてしまう。美織は数呼吸分、たっぷりと逡巡した後——しぶしぶといった様子でこくん、とうなずいた。

「——美織のためなら、喜んで」

そう言い残すと、衛司は美織の鎖骨に歯を立てた。とは言っても、甘嚙みなので痛さはほとんどない。幾度か嚙んだ後、今度はそこを舐る。

「っ……んっ」

胸ほどではないものの、ほんのりと湧き出る甘さが、体内に積もっていく。

次に首筋、肩、それから下へ下へと行き、くびれを辿り、臍《へそ》まで来た。

「あ、ゃ……きたな……」

臍の中に舌を差し込まれた時、思わず声が上がった。ぐりぐりと舌を捩《ね》じ込むように舐められるが、秘部に近い分、反応が大きくなる。

「美織の身体に、汚いところなんてあるはずないだろう？」

告げてくる声はとても優しくて。美織の身体をますます溶かしてしまう。

一番大事な部分にはまだ辿り着いてもいないのに、彼女は息を乱して肢体を艶めかしく揺らしていた。

衛司の手が腰周りを撫でている。性的な意味合いもあるだろうが、やけに手つきが慎重で、さながら宝物を愛でているようだ。

「え、じ……く……」

大切にされている気がして、胸が疼《うず》く。

彼の手がつつ……と、肌の上を滑っていき、そして——翳りに到達した。

「っ！」

ビリリと電気が走る。思わず四肢に力が入ってしまうが、衛司がクスリと笑みこぼす。

「まだだぞ、美織」

「え？」

「もう少し我慢できるな？」

彼は薄い和毛《にこげ》にやんわりと触れたまま、穏やかに問う。内腿の奥に燻《くすぶ》っている『何か』を、ようやく解放してもらえるものとばかり思っていた美織は、言葉に詰まった。

「っ、ぁ……う、ん」

「……というのは冗談だ」

「……え？」

何を言っているのか分からなくて、首を傾げてしまった。

「……焦らしてごめん。思う存分、気持ちよくなれ」

そう告げた衛司は、美織の脚の間に手を差し入れて、左右に広げた。そして、慎ましく閉ざされていた両襞《ひだ》をさらに指で割り開く。

とろりと、透明の雫が解放を待ちわびていたかのように、襞を伝って流れ落ちた。

衛司はそれを封じ込めるように、蜜口に指を捩じ込んだ。

「きゃあっ」

強い快感に、身体が大きく跳ね上がる。

「すごい。もうぬるぬるだ」

「っ、ゃ……っ」

衛司の指の動きはとても滑らかだ。少しのひっかかりもなく、蜜液をまとったまま肉襞の上を往復する。

「あぁんっ」

初めての感覚だった。

それは美織がこれまでの人生で感じたことのある、すべての「気持ちいい」を遙かに凌駕していた。他の何にもたとえることなどできない。身体の奥から、未知の感性を引きずり出された気がした。

彼女の秘裂からは絶え間なく愛液が湧き出し、滴り落ち、衛司の手指を濡らす。くちゅり……と湿った音が立ち、美織の羞恥心《しゅうち》を掘り起こす。

「こら、閉じるな」

「だ、だって……っ」

恥ずかしさのあまり、脚を閉じようとすると、衛司に止められてしまった。

「俺になら何をされてもいい、と言ったのは、美織の方だから。好きにさせてもらう」

「……っ」

「……大丈夫、俺に任せて。酷いことは絶対にしない」

「衛司くん……」

彼の強くて甘い言葉に、美織は身体の力を抜いた。

「迷ってる暇もないくらい、気持ちよくするから」

濡れた秘裂に埋まった指先の動きが、激しさを増した。

「あぁんっ、あっ、あぁ……っ」

濃厚な刺激を与えられているのに、手つきは優しい。的確に媚肉《びにく》を捉え、ただひたすら美織を甘やかな世界へ誘う手だ。

脚を大きく広げられ、ぐちゅぐちゅと大きく音を立てられると、恥ずかしさでいたたまれなくなる。

初めてなのにこんなにも気持ちよくて、シーツに滴るほど濡れそぼっている。そのことをわざと思い知らされているようで。

あっという間に美織の身体は快感に踊らされ、頂めがけて駆け上る。

衛司の指が襞を滑り上がり、秘された花芯へと辿り着いたその瞬間――。

「あぁ！　っ、あぅんっ、んんっ」

なんの前触れもなく、美織の肢体が激しく跳ね上がった。びくんびくんと下腹部が大きく痙攣《けいれん》する。

自分でも予期しない身体の反応に、美織は困惑と快感の狭間に叩き落とされた。

静けさを取り戻した身軀が、くったりとマットレスに沈み込む。

「な、に……？　今の……」

「初めてなのにちゃんと達《い》けて、いい子だな、美織」

呆けている美織に、衛司が甘く目を細める。

「え……そ……なの……？」

これが「達く」ということなのかと、美織はようやく理解した。自分が思っていたよりも遙かに大きい波だった。

「でもまだまだだ」

不敵に笑った衛司が、絶頂の余韻でまだ震えている美織の下肢の間に入り込む。

もちろん脚を閉じることなど叶わなくて、ぼぅっとしていた美織は我に返る。

「え、衛司くん、何するの……？」

「心配しなくていい」

衛司は彼女の花芯に触れ、指先で柔らかく捏ねる。そして、敏感なそこを覆っている包皮をそっとずらした。

「あぁっ、ゃ、そこ、だめ……っ、なんか、変に……っ」

心臓がそこにあるかのようにずくん、と疼く。思わずいやいやと首を振ると、

「自分でこうして触ったこと、ないのか？」

「なっ、ないよ……そんなの、したことない」

風呂で身体を洗う時は別として、性的な意味でそこに触れたことなど、今までなかった。ましてや剝き出しにするなんて、知識すらない。自分の身体の構造なのに、まったく知らなかった。

「そうか。じゃあ俺が初めて触るんだな。美織の身体を美織より先に触るなんて、光栄の極みだ」

感動の声音で呟くと、衛司は露出した花芯にそっと触れた。

「あぁ……っ」

「痛い？」

「少し……しみる感じ」

「ここは人間の器官の中で、唯一、性的快感のためにだけ、存在してる。だから、すごく敏感なんだ。なるべく優しくするから」

新しく湧き出す蜜液をたっぷりとまとわせた指で、ぷっくりとした粒を柔らかく撫で、捏ねた。

「っ、あっ、ゃ……っ、んっ」

拉がれるたびに、そこがビリビリと痺れ、下半身が溶け出してしまいそうな錯覚に囚わ

れる。

こんなに強烈な快感、もちろん初めてだ。

何かに縋っていないと正気を保っていられない――そんな感覚が手の平の表面でチリチリと燻るから。

頭を支えている枕を、両手でぎゅっと握った。こんなにも力を入れて何かを握ったことなんて、今までない。精一杯の力を込めていないと、肉体から意識が遠く離れていきそうな気がしてならなかった。

それくらい、美織にとってこの世界は、未開の地だった。衝撃的で、淫靡《いんび》で、そして、怖いくらいに甘美な楽園。

衛司が彼女を、ここに連れてきてくれたのだ。

(気持ちよすぎて、死んじゃいそう……)

刹那、ぬるぬるとなめらかに擦られていたそこに、衛司が吸いついた。

「あぁんっ！」

すべてを吹き飛ばすほどの快感が、美織を襲った。そして畳《たた》みかけるように舌で拉がれた瞬間、彼女の身体が再び大きく震え、跳ねる。

図らずも、恥ずかしいくらいの甘い悲鳴を上げてしまった。

それは間違いなく、二度目の絶頂だった。

頂を越えて静寂に身を浸す――間もなく、衛司の愛撫は続いていた。舌で花芯を何度も舐られ、吸われる。

「あぁ、だ、め……っ、今、だめぇ……っ」

達したばかりの身体にはきつい愛撫だ。身を引こうとバタバタ動いてみるけれど、衛司がそれを許してくれない。がっちりと腰を抱えられている。

おまけに、指が少しずつ膣口に埋まっていくのが分かる。

「……中もほぐさないと、後がきついから」

愛液を押し込むように指が往復する。ゆっくりと、何度も。時折、蜜を塗り込むように内壁を辿っていく。

「んっ……」

「痛いか？」

目をぎゅっと閉じたまま、かぶりを振ると、衛司の動きが少し速まった。

「……美織の膣内《なか》、指でも気持ちいいのが分かる。熱くて、きつくて、俺の指に絡みついてうねってる……早く入りたい」

吐息混じりに囁かれ、美織はたまらずに何度もうなずく。

「いいよ……私は大丈夫、だから……っ」

「……分かった」

衛司はゆっくりと指を抜き、まとわりついた蜜を余すところなく舐め尽くす。手首まで滴ったものも、だ。

「っ、え、じくん……！　汚いから……！」

「言ったろ？　五感で味わいたい、って。これで味覚はクリアだ。あぁ、嗅覚も視覚も聴覚も一応はクリアだな。……あとは触覚だけだ」

慌てふためく美織を軽くいなした衛司は、ベッドから下りて寝室内のクローゼットに向かう。彼が着ていたジャケットを新島がハンガーにかけてここに吊していた。

ジャケットの内ポケットから衛司が取りだしたのは、本革でできた小銭入れのようなケースだった。

それを手にベッドに戻ってきて、衛司はベッドサイドに腰を下ろして服を脱ぎ始める。

（わ……衛司くん、かっこいい……）

彼女がうっとりと見とれた彼の体躯は、しなやかで均整が取れていて、男らしい。きれいな筋肉をまとった彼の背中を見つめている間に、衛司は先ほど手にしていたケースを開き、正方形の袋を取り出した。

「あ……」

彼女が上げた声に、衛司が振り返る。

「――解せない、って顔をしてる」

「そ、そんなことは……」

美織はアッパーシーツの中に潜り込みながら、顔を逸らす。すぐに衛司がベッドに乗ってきて、再びシーツを引き剝がした。

真裸の彼の身体が視界に入ってくる。

目を奪わずにいられないほど美しく逞《たくま》しい身体の中で、硬く張りつめた屹立《きつりつ》だけが、直視できないほど異質でいやらしい。

男性の屹起《くっき》した性器を目にするのは、もちろん初めてだ。色も形も存在感も、何もかもが女性《じぶん》とは違う。

恥ずかしくて、すぐに目を逸らしてしまった。

衛司は覆い被さるようにして、美織の視線を引き戻す。

「俺は、美織といつかこうなりたいと思ってた。……だから、いつその時が来てもいいように持ち歩いていた。……と言ったら、納得してくれる？」

「衛司くん……」

「……美織のことを思い出してからは、誰かとこういう関係になったことも、なりたいと考えたこともない。……俺が抱きたいと思うのは、美織だけだ」

迷いも淀みもない、きっぱりとした声音だ。衛司が紡ぐ言葉は、美織の不安を確実に潰してくれる。

幸せでたまらない。頬が緩んでしまう。

「——もう一つ言っておくけど、俺はここに女性を連れ込んだことはないよ。ここどころか、自分のマンションにも入れたことはない」

「え……そうなの？」

意外な言葉に、美織は目をぱちくりさせる。

（きっといつも女の子を連れてきてるんだとばかり……）

さっきからうっすらと考えていたことを指摘されて気恥ずかしくなり、おずおずと衛司の表情をうかがうと、ちゅ、とキスを一つ落とされた。

「ここに来るのは、いつも一人だった。今日みたいに倒れた時とか、疲れてちょっと贅沢したくなった時とか。……あぁ、新島の成人祝いに、ここで二人で飲み明かしたこともあったな。でも女性とここで過ごすのは、美織が初めてだ」

「あ……じゃあ、私はここにいても大丈夫なの？　しかもこんなことまでしちゃって……」

衛司の言葉はとても嬉しい。けれど自分が今、真裸なのを急に思い出し、慌ててシーツをたぐり寄せた。

「いつかは美織と泊まろうと思ってたから、思いがけずこうして一緒に過ごせて嬉しいよ。新島からも聞いたと思うけど、美織は俺にとって特別で唯一の存在なんだ。長い間つらい思いをさせた分、めいっぱい甘やかしたいし、可愛がりたい。……今まで離れていた分も、美織を幸せな気分にしたいんだ」

愛情にとろけた瞳は正しく衛司の本音を映しているのが、美織にも分かった。

「私……幸せだよ、衛司くん」

美織は衛司の顔を両手で引き寄せ、くちづけた。衛司はそれを受け入れ舌を絡めると同時に、裸身を覆っていたアッパーシーツを、ゆっくりと、すべて剝いで、美織の下腹部に手を伸ばし、泥濘《でいねい》で指を遊ばせる。

粘膜同士が絡み合う音と、濡れた粘膜をかき鳴らす音が混じり、ラグジュアリーな寝室を官能の色に染め上げる。

「っん、ふ……」

口角から漏れる甘い喘《あえ》ぎが、部屋の空気をさらに淫猥にした。濃密な触れ合いは、美織の身体をますます高みに押しやった。

長く深いキスからようやく解放された時、二人のくちびるのあわいには銀糸が渡り、一瞬光ったと思うと、すぐにぷつりと切れる。

色欲が溶けた丸い瞳で衛司を見つめると、彼はもう一度だけキスをし、少しだけ目を細めた。

「——美織、今度こそ我慢してもらうけど、耐えられそう？」

その言葉の意味は、美織にももちろん分かった。

「……うん」

彼女は一度だけ、けれどしっかりとうなずいた。

衛司は身体を起こし、美織の脚の間に入ってきた。腿《もも》を、さらには両襞を、秘裂の奥まで見えそうなほど割り開かれた。

「脚を閉じるなよ？　余計に痛いから」

そう言われてしまえば、そのままでいるしかない。恥ずかしさで死にそうなのを、なんとか堪える。

（衛司くんに任せれば、大丈夫……）

美織は自分にそう言い聞かせて身体の力を抜き、羞恥心を手放そうと目を閉じた。

クチ……と、蜜口に何かが擦りつけられる音が聞こえる。両の襞をまとうように従えたまま、衛司の屹立《きつりつ》は溝をなめらかに往復していく。

「ん……っ」

時折花芯を掠められ、都度ひくん、とそこが疼く。焦らされているようで、もどかしい。

「美織、なるべく呼吸を止めるな」

そのひとことと同時に、膣口に衛司の雄芯が押し入ってきた。切っ先が挿入《はい》った時、再び衛司がくちづけてきて。

「――愛してるよ……十一年前から」

耳元で囁かれた瞬間、全身が震えた。

「え……じくん……」

最初に感じたのは『熱さ』だった。衛司の硬く張り詰めた張りの熱で、膣肉がやけどするのではないかと思った。

それが『痛み』だと分かったのは、隘路《あいろ》の奥でピリ……と、何かが引きつって裂ける感覚がした時だ。思わず悲鳴を上げそうだったけれど、衛司に言われたとおり、何度も呼吸を繰り返す。

それでもやっぱり痛くて、眉が歪むのを堪えられなかった。

次に感じたのは『苦しさ』だった。他の人のことは分からないが、衛司の屹立は、美織の内臓を圧迫してしまいそうなほどの質量だった。膣口をみちみちと広げ、肉壁を満たし、子宮口を押し潰さんばかりに、彼女の秘めた領域を乗っ取った。

そして——最後に美織の胸に込み上げてきたのは『喜び』だった。ずっとずっと大好きだった衛司と一つになれた、そのことが心の底から嬉しくて。

美織の頬は、痛みと幸せの涙にまみれていた。

「美織、よく我慢したな。ありがとう」

衛司の手が、彼女の頭と頬を優しく撫で、親指で涙を拭ってくれた。

「……衛司くんは？」

少しでも気持ちいいと思ってくれてる？　——そう言外に秘めて問いかける。

「自分を褒めてやりたい」

「え？」

「『今すぐにでも激しく突きまくって、美織の中を好き勝手に堪能してやりたい』と思う本能を、鉄の理性で捻じ伏せてる自分を褒めてやりたい。……それくらい、気持ちいいよ。最高だ」

焦熱《しょうねつ》を孕んだ瞳を優しげに細めた後、衛司は緩やかに、律動を開始する。

「っ、ん……」

美織の内部を疼痛が襲う。

「痛いな……ごめん」

「ううん……だい、じょうぶ……」

痛いことは確かだけれど、さっきよりはだいぶマシになったと思う。それに、衛司のためならこんな痛み、我慢できる――素直にそう言える。

「こんなに幸せだと思ったこと、今までない」

いつもなら、優しく笑っていてもどこかに凜々《りり》しさを残している衛司が、今は糖蜜のように甘くとろけきった表情で囁いている。

それがエイジを思い出させ、なんだか二人から愛されている気分になってしまうのは……いけないことだろうか。

衛司が美織の上に身体を預けてくるのと同時に、彼女は両手を彼の背中に回す。きゅっと力を入れて抱きしめると、小さな声で告げた。

「衛司くん……好き」

「俺もだ、美織。……愛してる」

優しく告げられただけで、美織の身体は隅々まで悦びに満ちて、ふわふわ浮き上がりそうになってしまう。

何度目かのキスをして。その間も、衛司の抽送は変わらずにゆっくりと続いている。美織の隘路をかき分け、ならすように何度も、何度も。

時折、美織の様子をうかがいながら、奥まで貫き、下腹部をぴったりと合わせてくる。そうされると、一つになっているのがより分かって嬉しくなる。

彼の硬い胸板に、散々弄ばれて敏感になっている胸の先端が擦れ、なんともいやらしい。

「……ぁ」

じわりと。

身体の奥から淫らな甘さが滲み出してきて。つながっている部分に、愛液が染みてくるのが分かった。衛司の屹立が、内部をことさらなめらかに行き来している。

「んっ、ぁふ……」

「まだ痛いか？」

衛司は美織の乱れた髪を指でくしけずりながら、優しく尋ねてくる。首を振ってみせると「じゃあ、少し速くするな」と言い残し、彼は律動をわずかに速めた。

「あっ……んっ、え、じく……っ」

「……よくなってきた？」

「んっ……っ!!　あぁんっ」

ズン、と下腹部に響くように強く穿たれ、肢体がしなった。

「……ごめん、美織の中があまりに気持ちよくて……気を緩めると強くしてしまう」

「大丈夫……気持ちいいよ」

体内で湧いた快感が、美織の瞳を蠱惑《こわく》的に揺らす。

「……美織、あまり煽《あお》るな。理性が飛ぶ」

衛司が困ったように笑う。

「ご、ごめんなさい……」

煽ったつもりはまったくないが、なんとなく謝ってしまった。すると衛司が一旦動きを止める。

「謝る必要なんてないのに。……俺の方こそごめん、この後、優しくできないかも知れないから」

珍しくしおらしい彼に、上気した頬がことさらに赤らんだ。美織は手の甲で染まった頬を隠す。

「……いいよ、優しくしなくても……どんな風にされたって、衛司くんのこと、好きだから」

美織の言葉を聞いた衛司は目を見張り、そして天を仰いでため息をついた。

「……小悪魔の才能、あるんじゃないか？　美織」

「そ、そんなのな……っ、あ……っ」

いきなり強く穿たれ、一瞬、息が止まる。

もう遠慮はしない――そう言わんばかりの激しい抽送。大きく揺さぶられ、言葉にならない声を上げてしまう。

「あぁっ、はぁっ……んっ、ゃ……っ」

つながった瞬間からこれまで感じていた痛みは徐々に引いてきて。その代わりに気持ちよさが大きくなってくる。

ほどなく、快感が痛みを上回る瞬間が来て、美織は再び色づいた声を上げ始めた。

「は……美織、可愛すぎ」

「ぁうっ、んっ、え、じ……く……っ！　や、だぁ……また、おかし……な、ちゃ……っ」

「……いいよ、おかしくなれ。……どんな美織でも、愛してる……っ」

今まで二人の重さをたやすく受けとめていた上質なマットレスが、情欲の波に呑み込まれ、わずかにギシギシと悲鳴を上げた。

いつの間にか身体を起こしていた衛司は、美織を翻弄しながら激しく動いている。

雄芯は彼女の膣肉を擦り上げ、指は真っ赤に粒立った花芯を優しく嬲《なぶ》る。

肉を打つ音と愛液がしぶく音、美織が艶めかしく喘ぐ声、余裕を失った衛司が乱す吐息——すべてが混じり合い、寝室の濃厚な空気に溶けていく。

「あんっ、あぁっ、それ、だ、め……っ！　もぅ……！」

先ほどとはまた違った疼きが内部から沸騰し、全身が総毛立つ。

頭の中が真っ白になるのと、身体が絶頂を摑んだのは同時だった——。

「……！」

目を覚ますと――いや、ずっとまぶたは開いていた。しかし意識が自分から離れ、辺りをゆらゆらと浮遊していたような、そんな感覚に陥っていた。我に返ると、下着姿の衛司がタオルを持ってベッド脇に立っている。

「美織、大丈夫？」

「私……」

「少し飛んでたな。俺が身体を拭いても反応がないから心配した」

「どれくらい呆けてた？　私……」

「ほんの五分だ。……身体はつらくないか？」

タオルを洗面所に置いて戻ってきた衛司が、美織の隣に滑り込む。二人でアッパーシーツに包まりながら向かい合う。

「あ……私より衛司くんは？　大丈夫？」

今になって気づくのも間抜けだが、衛司は数時間前に倒れたのだ。また具合が悪くなってはいないかと、心配になった。

すると衛司は、美織を強く抱きしめてきた。

「え、衛司くん!?」

裸のままなので少し恥ずかしかったけれど、それよりもやっぱり衛司はどこかつらいのかと、あたふたしてしまう気持ちが先に立って。

心配で身体を揺り動かすものの、彼の力にはかなわない。

「……最高だった。最高で……幸せだ。……だけど、少し怖い」

「怖い？」

「……さっきは『二度と忘れない』って言ったけれど……このまま眠って、もしも朝起きて美織がいなかったら……また俺が君の記憶を失っていたらと思うと、怖くてたまらない」

幸せからどん底に突き落とされるのではないか――そんなことを考えてしまうと、衛司が言う。

「――だから、今はひとときも離れたくない」

そう呟いて、彼は美織に巻きつかせた腕にぎゅっと力を込めた。

（衛司くんも、こんな弱気になるんだ……）

美織はさっき新島が話してくれたことを思い出す。

衛司がこうして弱い部分を見せてくれて……不謹慎なのかも知れないけれど、たとえようもない愛おしさがこみ上げてきてしまう。歓喜に震える胸の少し上では、衛司のこしのある黒髪が揺れている。

ほのかにシャンプーの香りがする彼の頭を、美織はそっと撫で、穏やかな声音で囁いた。

「……私は一緒にいるよ」

第5章　海堂衛司という男

海堂衛司は二度、名字が変わっている。

生まれた日から小学三年生までは『神代《かみしろ》』、それから大学二年生までは『京条』、そして今に至る。

二十九年の人生で、彼の人格形成に影響を与えた出来事が起こったのは、主に京条衛司の時代だ。しかしそれは『神代』時代、父が亡くなったことに端を発していた。

神代家は、戦国時代には大名家臣として仕えたこともある豪農の家系だった。

明治時代に炭鉱を初めとする燃料事業で大成功を収めた後は、華族と婚姻関係を結ぶことでさらに家名を上げ、ついには中央官庁への進出を果たした。

それ以来、代々官僚を輩出し続けてきたというわけだ。

何代目かは知らないが当時の当主だった祖父の敬三《けいぞう》と初めて会ったのは、父の葬儀の時だった。そのすぐ後、祖父は衛司を後継者に指名したのだ。

初めは、一体何故自分が……と思ったものの、どの息子や孫たちよりも、衛司が敬三に似ていたからだと後に分かった。

まるで生き写しのようにそっくりな自分を見て、後を継ぐのは衛司しかいないと思い込んだようだ。

神代家のはみだし者の子供なんかを後継者にするなんてと、当然、一族は初め猛反発した。そんな彼らの反対をこともなげに一蹴《いっしゅう》した祖父からの過干渉は執着じみていて常軌を逸していた。

『衛司、おまえは私の後を継ぐんだ』

『間違っても永田町には行くな。いいな？　霞ヶ関へ行け』

『いい子だから、私の言うとおりにするんだ。そうすれば間違いはない』

毎日毎日洗脳するように言い含められた。当時の衛司は幼かったため、何も理解できないまま祖父の言葉にうなずいたこともある。

後に母から聞いたが、これが相手を丸め込む祖父の常套手段だったらしい。

息子に無用な骨肉の争いなどさせたくなかった母の悦子《えつこ》が、父の喪が明けるのを機に婚姻関係終了届を提出し、戸籍を神代から『京条』に戻した。

さらには叔父の計らいでアメリカ赴任となったため、直接的なコンタクトは滅多になくなったのだが、それでも干渉は止まなかった。

進学先、身につけるもののブランド、髪型や所作、友人関係など、ありとあらゆる行動に、日本から口出しをしてくるのだから、それは苦痛だった。

アメリカで初めての彼女ができた時のことだ。つきあって一ヶ月ほど経った頃、急に別れを切り出された。

　他に好きな人が……と言われたのだが、実は祖父から金をもらっていたと知ったのはその後だった。知人から聞いたところによると「別れてくれたら一万ドル払う」と言われて即承諾したそうだ。

　十代の学生であれば恋愛を取る者も多いのだろうが、彼女は目先の金に目が眩《くら》んだようだ。

（所詮はそういう子だったんだな）

　衛司は心の中で、折り合いをつけた。

　次にできた彼女にいたっては、親が現地の総領事館の日本人職員だったことから、元高級官僚だった祖父が「別れないと職を失することになる」と、彼女の両親に圧力をかけてきたそうだ。

　妨害の手を緩めない祖父に、衛司の反発心は募る一方で。

（意地でもあの人の言うことなんて聞かない）

　そう決意し、表向きは品行方正に生き、それでも心は祖父の圧力に屈しなかった。

　一方、親族たちは祖父の意向には逆らえないのか、まだ幼かった衛司に猫なで声で擦り寄り、持ち上げてきた。その大半は、自分の娘を衛司の許嫁に、という思惑があったようだ。

『おじいさまからあれだけ目をかけられるなんて、ただ者ではないと思っていたよ』

『衛司くんは本当に優秀だから、神代家も安泰だな』

『うちの娘は、藍山《らんざん》女子大に通っているのよ。衛司さんにお似合いだと思うのだけど、どうかしら』

中には、アメリカ留学という手を使ってまで、衛司の元に娘を送り込んでくる者もいたのだから、驚きだ。

後を継ぐ気はないと言っても聞いてもらえず、長期休暇ごとにアメリカに来ては、代わる代わる衛司にゴマを擦り、媚を売り、見合い写真を山ほど置いていく親族たちに、いい加減うんざりしていた。

結局、祖父の執着と過干渉、親族の擦り寄りは十年間、止むことはなく——美織に出逢ったのは、そんな生活に疲れていた時だった。

同じハイスクールに日本人の女の子が来たという噂は、友人から聞いていた。しかし広い学校の中、学年が違う生徒をわざわざ探したりなどしないし、日本語補習校では、中等部と高等部では校舎が違っていたので会ったことはなかった。

半年近く経ったある日の休み時間、ロッカーと格闘している黒髪の少女を見かけた。

「あれ？　おっかしいなぁ……」

（あぁ……この子か、例の日本人）

日本語でぶつぶつと呟きながら、ロッカーのコンビネーションと格闘する姿を見て、彼女がそうであると気づいた。その姿が何故か可愛らしく、癒やされたのを覚えている。

どうやら扉が開かないようなので助け船を出すと、明るい笑顔で何度も頭を下げてくれた。

それが梅原美織との出逢いだった。

数少ない日本人同士、少しでも助けになればと、衛司は何かと美織を気にかけた。日本で言えばまだ中学生の彼女は幼さが残るものの、何事にも一生懸命でとても好感が持てた。彼女も自分のことが好きなのはすぐに伝わってきた。それだけ素直な性格だったから。

淀みのない澄んだ好意を、ひたすらまっすぐに注いでくれる彼女の健気さとひたむきさは、神代家のことでささくれ立っていた衛司の心に、潤いを与えてくれた。

だから彼は美織に心を許し、開き……そしてつい、祖父のことをこぼしてしまった。彼女に愚痴ったところで、何も変わらないというのに。

けれど、この時に彼女がくれた言葉は、衛司の心に錨を下ろして根づき、癒やし、それからずっと彼を揺るぎなく支えることとなった。

「エイジくんの人生はエイジくんのもので、絶対誰にも奪えないんだよ。それに、たとえどんな生き方を選んでも、私はずっとずっとエイジくんが好きだから」

はにかみながらそう言われた時、心の中に溜まっていた澱《おり》がすぅっと澄んでいくのを感じたのだ。たった十四歳でしかない少女なのに、美織に言われたら何故か本当にそんな気がして、不思議だった。

この子は自分を裏切らない――そういった確信が衛司の中で芽生えた。

しかし当の本人が、そんな美織を裏切ってしまったのだ。

正確に言えば裏切ったわけではない。事故によって彼女の記憶を失ってしまったことは不可抗力であると言ってしまえばそれまでだが、彼女にしてみればつらく苦しい日々だったろう。

記憶を失ったとはいえ、連絡さえ取れていれば美織をそこまで苦しめずに済んだのに――。

事故で昏睡状態だった時、親族から酷い嫌がらせが続いたのだと母は言っていた。電話やメールで、衛司にはとても聞かせられないようなことを言われたり、見舞いと称してアメリカ椿の鉢植えが配達されたりしたそうだ。

椿は花首が落ちやすいという理由で、また鉢植えは病が根づくと言われ、見舞いには不向きである。それを承知で椿の鉢植えを送りつけてきたのだから、タチが悪い。

事故のことも衛司の容態についても、神代家には何一つ伝えていなかったにもかかわらず、だ。

あの家と通じている者が自分たちの身近にいることを知った時、悦子は震えが止まらなかったらしい。

学校には事情を説明し単位は取得できていたので、このままでも卒業はできることになった。職員には、衛司の件はどんな事情があっても、どんなに親しい生徒にも漏らさないよう念を押した。

どこから神代家に衛司の情報が漏れるか分からないからだ。

日本にいながらにして、金で衛司の交際を壊したり、椿の鉢植えを送ってくるような一族だ。金を積んで衛司に危害を加えることすらいとわないのではないか。

意識が戻らない息子への心配、心ない親族の攻撃に、さすがの悦子も心身ともに疲れ果ててしまった。

アメリカにいてさえ誰も信用できないのかと、本当に信頼できるごくごく一部の人間以外、外部からのコンタクトは完全にシャットアウトするしかなかったそうだ。

彼女は弟である京条家当主に、神代家のことを相談した。話し合った末、京条家のそばにいた方がむしろ安全であるという結論に達し、衛司の意識が戻り次第帰国するつもりで準備を始める。

元々、衛司が高校を卒業したら帰国する予定だった。ある程度の手続きや荷造りはできていたので、本人がいなくても比較的スムーズにことは運んだ。

そんな中、ようやく衛司の意識が回復した。悦子は泣いて喜んだが、彼は友人関係の記憶をすっかり失っていた。その他のことはすべて覚えていたものの、アメリカで構築した友人関係は、彼の中ではリセットされてしまったのだ。

「誰が神代と通じているか分からなかったから、衛司の当時の状態は、正直助かったの。それを大義名分にして外部からの接触を断てるから。……ごめんなさいね、衛司」

悦子は後に、衛司に謝罪をしてきた。

そんな衛司の人生を大きく変えたのは、祖父・敬三の死だった。

昏睡状態から目覚めて十日後、リハビリに入ってから一週間が過ぎた頃、訃報が入ってきた。急性心不全だったという。

それを知った時、衛司の中に湧き上がってきたのは――解放感だった。

嬉しいでもなく、悲しいでもなく、ただただ安堵した、としか言いようがなかった。

衛司の回復と入れ替わるようにして祖父が亡くなったのは、神様の悪戯だったのだろうか――。

しかし、心が緩んだ衛司を待っていたのは、神代の親族の電話攻勢だった。

「相続を放棄しろ！」

「帰ってくるな！」

「事故で死ねばよかったのに！」

そんな罵詈《ばり》雑言《ぞうごん》が、受話器の向こう側から聞こえてきた。

衛司は憤りを感じはしたが、何を言っても無駄だと悟り、電話口では無言を貫いた。

結局、葬儀参列のため、目覚めて二週間弱で衛司は悦子とともに日本へ帰国することになる。

本当は神代家の人間とは同じ空気を吸いたくもなかった。しかし実父の父の葬儀だ、京条家の人間として、一応の礼儀を尽くすつもりで参列した。

葬儀の間ずっと浴び続けた、親族からの憎悪の視線は凄まじかった。祖父の存命時にはあれほど甘ったるい声で擦り寄り、チヤホヤしてきたというのに、そんな淀んだ好意は見る影もなく。

まるで親の敵のように睨《にら》まれ、蔑まれた。

そして告別式の後、取り囲まれ、相続を放棄しろと責め立てられた。

もとより受け取る気もなかったので、言われるがままにサインはした。

遺言状に記載されていた衛司に譲られた権利をすべて放棄する代わりに、今後行われる各法要や神代家に関する行事には一切参列しないこと、神代家の人間は衛司に一切近づかないこと、衛司が現在保有する個人資産には一切口出しをしないことを、弁護士同席のもと承諾させた。

事実上の絶縁宣言である。

そして——最後に葬儀会場を出る時、祖父の遺影を見据えた衛司の胸に言いようもない感覚が込み上げてきた。

(これで……)

解放される——そう思った瞬間、強烈な頭痛を覚えるとともに、その場で倒れていた。

病院で目覚めた時、目の前に開けた視界があまりにも明るいので、自分は別人として生まれ変わったのだとさえ感じられた。そう思えるほど、以前とは景色や感覚が違っていたのだ。

自分でも不思議だと思ったが、それだけ神代家の呪縛は衛司を苦しめていたのだと実感した。

それでも彼らから受けた仕打ちは衛司の中で大きく傷を残し、この後の人生に影響を残した。

衛司の生活は一変した。

環境がアメリカから日本へ移ったせいもあるが、本人の行動が見違えるように変わったのだ。今まで、男性でありながらどこか奥ゆかしささえあった衛司が、豪胆になり、好きなことを我慢しなくなった。

身体の奥に押し込めていたまばゆい光が解き放たれ、誘蛾灯《ゆうがとう》のように人を惹きつけた。

彼の変貌ぶりに母の悦子は驚いたものの、息子が幸せならと、そこはあえて静観してくれた。

大学生活は充実していた。母の再婚相手やその一族にも気に入られ、海堂グループホールディングスへの就職を勧められたのでそのとおりにした。

極めて順調な人生を歩んできた十一年間だったと言える。少なくとも周囲からは『完璧なスペックを持った男が完璧な人生を送っている』と言われている。

しかし衛司の中で強く重く根づいているものが二つあった。

一つは交通事故によるトラウマ――車の運転ができなくなり、時にはフラッシュバックで具合が悪くなったり倒れたりすることもあった。

記憶障害の治療も兼ねて、帰国後からずっと心療内科とカウンセリングには通っていたが、未だに治っていない。

それからもう一つ……彼の心の奥底には、大事なことを忘れているような感覚が常にたゆたっていた。何かが足りない……誰かを思い出さなければならない。

その欠如した部分は、年月を経ても埋まることはなかった。そのせいで眠れない夜を過ごした経験も少なくなく、彼を苦しませた。

(きっと、これが関係しているんだろう、な)

衛司はいつも持っているキーリングを見て思った。それは洗練されたデザインでもなければ、高級品でもなく、正直に言ってしまえばとてもチープなものだ。けれど何故かそれを眺めていると言いようもなく切なくなる。

絶対になくしてはいけない、大切にしなければ、という使命感のようなものすら湧いてくるのだ。

だから他人からどれだけ揶揄されても手放そうとは思わなかったし、その気持ちは揺るがなかった。

そんな生活を送り、事故から十年以上経ったある日のこと。

朝、出社した衛司は、ビルのエントランスにトラックが突っ込んできたのを目撃する。驚いたはずみで、たまたま歩きながら手にしていた例のキーリングを落としてしまった。

しゃがんで拾い上げたと同時に、ズキン、と強烈な痛みが頭を襲った。それは急速に酷くなっていき、立っていられないほどの苦痛と化した。

明らかにいつものとは違う具合の悪さで、何かがおかしいと思った時には、衛司は意識を手放していた。

『エイジくん……』

『エイジくん、私、迎えに来てくれるの待ってたんだよ……』

『エイジくん、早く来て……』

誰かが呼んでいる声がして、衛司はハッと目を開いた。視界に飛び込んできたのは、白い天井だった。

「衛司、大丈夫?」

傍らに座っていた悦子が、心配そうに顔を覗き込んできた。母親の顔をじっと見つめた後、ベッドサイドのキャビネットの上にキーリングが置かれているのに気づく。それを目にした衛司が口にしたのは――。

「美織……」

「え?」

「美織を迎えに行かないと」

――衛司は、すべてを思い出した。

退院すると、彼はまず、美織との共通の友人であるアレックスに連絡を取ることにした。

ひょっとして美織はもう人妻かも知れない、恋人がいるかも知れない――しばらく躊躇していたものの、どうしても彼女のことが知りたかったから。

電話口で名乗った瞬間、アレックスは向こう側で大声を張り上げた。

『エイジ！　あの世から舞い戻ってきたのか！』

おまえに連絡取ろうとしたのに、一切拒否されて俺がどんなに……いやそれよりもミオリが……などと、散々ぼやきを聞かされた。

美織は二年前にアレックスの元を訪れて、自分の名刺を置いていったらしい。その裏面にある英文を、アレックスは読んでくれた。

『KAIDO INFOTECH Ltd. ……「カイドウ」って、今のおまえのファミリーネームだな。関係あるのか？』

それを聞いた瞬間、身体が震えて止まらなくなった。運命の神が悪戯をしたのかと思った。

さらに運は彼に味方をしていた。大学時代の同級生で卒業後ＫＩＴに入社した岡村宏幸が、美織と同じ部署だったのだ。衛司は彼を味方につけ、美織の情報を得た。同時に、調査会社に依頼して住まいなども調べてもらう。

岡村によると、彼女は結婚も交際もしていないという。

（やっぱり運命だ）

衛司は確信したものの、そこで急に冷静になり、一旦動くのをやめる。……というより、動けなくなった。

——美織は、今の自分を好きになってくれるだろうか？

急に連絡を絶ってしまって十年以上も放っておいた、非情極まりないこんな自分のことを。

不安が込み上げたが、思い出したあの頃の想いはなかなか薄れない。

想い出を美化しているだけなのかも知れないと、何度も自分に問うてみた。けれど岡村が忌憚《きたん》なく話してくれる今の美織は、衛司が想像していた以上に可愛い女性だったから。

聞けば聞くほど、会いたい気持ちが大きくふくらんでたまらなくなった。

（当たって砕けるしかない……か）

衛司は継父《ちち》に海堂インフォテックに出向扱いで異動したいと頼み込んだ。個人的な異動ではあるものの、めったに頼み事をしない義理の息子の申し出とあって、継父はすぐに快諾してくれた――のだが。

「実は、ＫＩＴで横領の疑いがあってな。それを極秘裏に調べてもらいたいんだ」

ＫＨＤ副社長の継父《ちち》とＫＩＴ社長からそう依頼された。

聞けば、とある役員がこの横領に絡んでいるようなのだが、何しろ明確な証拠がないという。

そこでＫＨＤから衛司ともう一名を、出向という名目でＫＩＴに送り込んだのだ。

衛司は横領疑惑が持たれている広報部に配属され、まずは派手に立ち回る。

ＫＩＴは元々がグループ内取引から始まった会社なので、広報周りは弱く、他の関係会社よりも遅れていた。

衛司はそこを突いた。最初に、プレスリリースの発信方法の改善について提案する。

「――発信の主戦場はどんどんネットにシフトしていっています。ネットは紙面に比べたら締め切りも余裕が持てますし、修正も迅速にできる。文字数の制限もない。その利点を活かし、商品のスペックだけでなく、開発秘話や周辺の情報を盛り込んで一つのストーリーを作り、国内外の記者の関心を引くことが必要だと考えます」

要所要所でチクリと刺すことも忘れない。

「グループ企業のみを相手にしていた時は楽だったでしょう。多少売り上げが悪くとも、親会社がある程度フォローしてくれるんですから。……でもそれが通用していた時代はとっくに終わっています。いつまでも親会社のすねをかじっていては、グループからも放逐されますよ」

これで衛司に反感を持った社員もいたが、それでよかった。

よくも悪くも、目立つことは彼の大きな役割の一つだったから。

さらに衛司は、岡村に自分の噂話を拡散させた。もちろん、悪い方向の。

特に女ぐせの悪さを強調させた。

潜って調査している相棒から目を逸らす目的と、調査のために女性を次から次に誘っても怪しまれにくくするという目的があった。

そういう噂が広まっても女性社員から忌避されずにいられたのは、ひとえに自分のルックスのおかげだと、衛司は自覚していた。

昔からこの見た目とバックボーンのおかげで、寄ってくる男女が後を絶たなかったからだ。

日本に帰国してから友人はたくさんできた。けれどそれはあくまでも表面上のつきあいにすぎなかった。少なくとも、衛司にとっては。

十年にも及ぶ神代家との関わり合いのせいで、人を簡単には信じることができずにいた。友人と笑って話していても、心の扉には常に鍵がかかっていたし、女性とつきあっても、長くはもたない。

腹を割って話せる友人は、新島を含めてほんのわずかしかいなかった。

そんな衛司の希望の光が、美織だったのだ。

ＫＩＴで美織を初めて見た時の感動は今でも忘れられない。彼女は昔の面影を残しながらも、涼やかで清楚な、透明感のある大人に成長していた。

（やっぱり可愛いな……）

彼女を目にするたびに、口元を緩めずにいられなかった。

もはや女性から告白されても、心は一ミリも動かない。ただ丁重にお断りするだけだ。

ＫＩＴの階段の踊り場で告白された時も、いつものように断るつもりだった。

すみませんが――そう切り出そうと口を開いた時、偶然にも、すぐそばに美織がいることに気づいてしまった。

階段の一番上で、気まずそうにこっちをうかがっては隠れ、うかがっては隠れているので、思わず笑いそうになるが堪えた。

彼女に気を取られている間に、目の前の女性は「私、本当に海堂さんのこと、好きで！」なんて、可愛らしい仕草で告げてきた。

衛司はこの女性とはほとんど接したこともなければ、名前すら覚えていない。それなのに、一体自分の何を知っていて「本当に好き」などと言えるのか。

神代家の人間と同じ臭いを感じて、心が冷えていき。

美織がいるのを忘れ、つい表情が鋭くなってしまった。

次の瞬間には正気に戻り、自分の中の誠意を総動員した声音で断ったが。

美織はきっと衛司の不名誉な噂を知っているだろうから、せめて、彼女の瞳に映る時くらいは、きちんとした男でありたい。

そう願う気持ちが、自分の衝動をセーブしてくれたのだろう。

(早く美織に会って、きちんと話をしたい)

衛司は改めて思った。


横領の内部調査は三方向からアプローチしていった。

衛司は社員たちからの情報収集を、もう一人のメンバーは、怪しいと目されている役員と社員のインターネットアクセスのログに不審な点がないかの調査を、それぞれ請け負っていた。

そして、広告代理店の方は調査会社に外部から調べてもらっていた。

衛司は広報部の女性一人一人を「仕事の相談があるのですが……」と誘い、昼食や夕食をごちそうしながら、下世話な噂話に興味津々といった体で、話を引き出した。

『広報二課の中川《なかがわ》さん、いつもブランドものの新作の財布を持ってて、褒めたら「彼氏から買ってもらってるの」って言うんだけど、かたくなに彼氏のことは教えてくれなくて――』

『前に広告代理店と合コンやったんですけど、中川さんが幹事してくれて――』

『そういえばうちの広告関係って、五年くらい前から山王《さんのう》マーケティングメインになったよね――』

『何年か前に、中川さんがうちの幹部社員とつきあってるって噂があって――』

広報部の女性社員たちから集めた噂話と、自分が持っている情報を精査してみれば、広報事業部長兼取締役の宇崎《うざき》と広報部の中川の不倫関係がうっすらと見えてきた。

宇崎がＫＩＴ役員に就任した五年ほど前に、山王マーケティング（山王ＭＫＧ）という広告代理店との取引が始まったようだ。

ＫＩＴはＢtoＢ企業なので、テレビＣＭは流していない。基本的には、取引相手になりそうな企業が事業所を置いている町の最寄り駅に広告を出したり、業界専門誌に広告や特集記事を組んでもらうのがメインだ。

にもかかわらず、同規模同系統の関係会社よりも広告宣伝費が高額だった。

それが広報部関係で横領を疑われた原因だ。

毎月の広告宣伝費についての請求書は、山王ＭＫＧから中川宛に送られ、宇崎が承認していた。

周囲が経費削減を提案しても、取締役から「広告宣伝は手を替え品を替えながら継続して出してこそだ。宣伝の効果を軽視して経費を惜しんでいては、なんのためにグループ外に事業を展開したのか分からないだろう」などと強く言われてしまえば、下の人間は何も言えなくなる。

衛司から見ても、宇崎と中川が怪しいのは確かなのだが、山王ＭＫＧに流れた金が宇崎たちにキックバックとして戻っている証拠が何もなかった。山王サイドと宇崎の怪しいつながりは表面からは見えず、インターネットアクセスのログにも、不審なやりとりは残っていなかった。

そこで調査会社が調べたデータと、衛司たちが集めた情報を擦り合わせ、さらに深掘りしていくと、驚くべき事実が判明した。

山王マーケティングは、中川の実の父である原島《はらしま》が経営している会社だった。中川の両親は十数年前に離婚している上に、母親は再婚している。

だから今の彼女は母の再婚相手の名字を名乗っているので、これまでつながりが見つけられなかったというわけだ。

そして山王ＭＫＧの系列に、山王デザインという子会社があることが分かる。

山王デザインは、事業内容がウェブデザインからコンサルティングまで十種以上もある。多岐にわたりすぎている上に、実際には業務実績もなく、典型的なペーパーカンパニーとしての特徴を持った会社だったのだ。

本社所在地を調べてみると、ごく普通のアパートの一室で、人が住んでいる様子はうかがえなかった。

そして山王デザインの代表取締役には原島、取締役には中川の名前があった。

さらなる調査で、この会社が入居しているアパートの大家が宇崎の両親であることが発覚する。

ここまでつながっていることが判明すれば、あと一押しだった。衛司が中川を呼び出し、山王デザインの名前を出してかまをかけたところ、意外にもあっさりと観念したそうだ。

彼女は以前から、自分が横領に加担していることを会社に疑われているのではないかと、薄々感じていたらしい。

ＫＩＴから山王ＭＫＧに支払われた広告宣伝費の内、数十万円が下請けに対する委託料として山王デザインに支払われていた。それがキックバックとして宇崎に還元されていたというわけだ。

ＫＨＤの役員数名から追求された宇崎も、さまざまな証拠を突きつけられれば、陥落するしかなかった。

社内のインターネット上に裏取引の痕跡がなかったのは、彼らが自分のスマートフォンのSNS経由でやりとりをしていたからだ。しかも使っていたのは、堅牢なセキュリティで有名なロシア製のSNSツールで、一定時間を過ぎると会話のログがサーバーから消去されるという代物だった。

悪質すぎる手口に、調査メンバー一同呆れ果てた。

衛司は出揃った情報を見て、さらに言う。

「……これ、KIT《うち》だけじゃないな」

山王デザインの事業内容の多さとちぐはぐさを見れば、このペーパーカンパニーが対KITのみで使われているとは思えなかった。

結局、山王MKGはKITだけではなく、他の取引先とも似たようなことをしており、またペーパーカンパニーも複数社抱えていた。

最終的には国税局の調査により、相当な額の脱税が発覚したのだ。

その指南をしていたのが、KHDの財務部出身だった宇崎だというのだから、衝撃だ。

KITの横領調査を十日ほどでやり遂げたのは、調査会社の介入が大きかった。しかし宇崎と中川の不倫関係をつきとめ、状況を打開する突破口を見つけたのは衛司だった。

美織のそばにいたい一心で、自分の与えられた仕事をこなした衛司は、KIT正式出向の切符を手に入れたのだった。

調査中は遠くから美織を観察する日々を送っていたが、真面目なのは昔とちっとも変わっていなかったし、同僚と談笑する姿はとても愛らしいと思った。

知れば知るほど美織が愛おしく思えたし、欲しくてたまらなくなっていく。

十一年間フリーズドライされていた衛司の恋心は、今や完全に元どおり——いや、昔以上に成熟していた。

横領の調査を終えた衛司は、我慢できずにその日の内に美織のマンションを訪れた。しかし京条衛司だとは信じてもらえず、逃げられてしまった。

会社で流れている衛司の悪評は美織だって知っていただろうし、きっとすんなりとは認めてもらえないだろうと予想はしていた。

しかしあまりにも分かりやすい反応だったので、衛司はその可愛さについ笑ってしまった。

「衛司さん、拒否されて笑うとかドMですか」

新島が呆れたように言ってきたが、衛司はめげなかった。

不安は常につきまとい衛司を苛んできたけれど、どうしたって彼女が好きなのは変わらない。

できることをやるだけだと、美織にアプローチを続けたのだ。女性に対してこんなに必死になったのは初めてで、それは新島の折り紙つきだ。

涙ぐましい努力が実り……と言いたいところだが、最終的に彼女に刺さったのは、自分の過去のトラウマや弱さだった、というのが少々情けない。

（……いや、結果オーライだ）

無様な姿を見せてもなお、自分を好きだと言って身も心も捧げてくれた美織こそが、神が巡り逢わせてくれた唯一無二の女性であると確信できたから。

薄く目を開いた後、衛司はまず胸のぬくもりを感じた。そして次に息遣いを。視線を落とすと、無邪気な寝顔がある。

「……よかった」

目が覚めても、愛しい人の存在が確かに腕の中にある。衛司の全身は、叫び出したくなるほどの喜びに満ちていた。

「やっとだ……やっと、探していたものが手に入った」

海堂衛司の世界は、十一年の時を経て今、最高明度の極彩色を手に入れたのだ。

第6章　溺愛づくしの日々

ラグジュアリーホテルのスイートルームに置かれたベッドのスプリングは、寝心地がよすぎて——美織が目覚めたのは翌朝だった。

（冷房が効いている中でお布団かぶって寝るのって、気持ちいいから好き……）

半分寝ぼけながらそんなことを思い、寝返りを打とうとして……できなかった。

衛司の腕に抱きしめられていたから。

彼は「ひとときも離れたくない」という言葉のとおり、一晩中、美織を腕の中に閉じ込めて眠っていたようだ。

（そっか、私、衛司くんと……）

彼の寝顔を見てようやく、美織は昨晩のことを思い出した。

衛司は初めてだった彼女に、この上なく優しく触れてくれた。それに、快感に溺れさせてくれた。

（確かに初めては痛かったけど……）

それでも苦痛より、衛司と結ばれた喜びの方がずっと大きくて。

自然と顔がほころんでしまう。

「……なんだかニヤニヤしてるな？」

「あ……」

いつの間にか、衛司に間近で見つめられていた。

「おはよう、美織」

ちゅ、とくちびるにキスを落として彼が笑う。シロップのように甘ったるくとろりとした笑みだ。

「お、おはよう……衛司くん」

「身体は大丈夫か？　もう痛くはない？」

「大丈夫だから。……思い出しちゃうからあんまり言わないで」

さっき一人で考えていた時は平気だったのに、改めて衛司からそう問われると、昨夜の自分の痴態がありありと浮かんできてしまい、羞恥心が一気に湧き上がってきた。

火照った顔を隠すようにうつむく。

「恥ずかしがらなくても。昨日の美織は最高に可愛かったのに」

「……面倒くさくなかった？　いろいろと」

美織の初体験が苦い想い出にならないよう、おそらく衛司は相当彼女に気を遣ってくれたはずだ。何せ他の誰ともこういう関係になったことがないので、比べようもないから想像するしかないのだけれど。

だから衛司に対して、申し訳ない気持ちも少なからずあった。

すると彼は目を見張って断言する。

「そんなわけない。愛する女性の初めての男になれて、喜ばないやつなんていないよ」

「ありがとう……私も、初恋の人が初めての人で嬉しい」

「……は？」

「……え？」

美織の台詞に衛司が驚き、彼の反応に美織が首を傾げた。

「初恋……？　美織は、俺が初恋なのか……？」

「？　そうだよ。言ってなかった？」

「初耳だ」

当時自分でも不思議に思ったものだが、十四歳で衛司に出逢うまで恋をしたことがなくて。興味がないわけではないのに、何故か男の子を「好き」だと思った経験がなかった。

アメリカで衛司と出逢った時に初めて、胸がときめくということを覚えたのだ。

「そうか……」

「だから、私の『初めて』は全部全部衛司くんなの」

初めての恋も、キスも、セックスも――すべて衛司によってもたらされた。

「……」

衛司が息を呑み、口元を手で覆う。

「ど、どうしたの……？」

（ひょっとして……引かれちゃった？）

重いと思われたらどうしよう――美織は心配になり腰が引けてつい、衛司の腕から抜け出ようとする。……が、できなかった。

強い力で彼の胸に引き寄せられたから。身体を捻って美織を組み敷く体勢になると、衛司は彼女の肩口に顔を埋めた。

「……幸せすぎて怖くなる」

ぼそりと呟かれた言葉は、少しだけ震えていた。美織は彼の身体に腕を回し、ゆっくりと裸の背中を擦る。

「私も幸せだよ、衛司くん」

「――愛してる、美織」

衛司は美織の返事を待たずにくちづけた。それは明らかに朝には相応しくない劣情を帯びていて、彼女の目覚めたばかりの身体に小さく火を点ける。

「ん、ん……」

衛司の手はいつの間にか美織の身体をねっとりと撫で始め、下腹の奥で熱くなり始めた情欲に燃料を注ぐ。

「ちょっ、え、じくん……っ」

「……だめ？」

身体を捩らせて衛司の愛撫から逃れようとするけれど、可愛らしい表情で首を傾げながら問われてしまい、思わず「うぅ」と身体が止まる。

「だ、め、じゃ……ない、けど……いいのかな……。朝から……なんて」

「今日は一日、美織を抱いて過ごそうかな、とすら思ってたけど、さすがにそれは止めておく。美織は初めてだったんだし。……でも、今だけ」

そう言い切り、衛司はあっさりと美織を官能の世界へ連れ去ったのだった。


「うん、よく似合う」

全身有名ブランドによるコーディネートで固められた美織を見て、衛司が満足げにうなずいた。

「こんなのいただいていいの……？」

「いいんだ。俺がしたかっただけだから。それに、俺のせいで外でのデートが台無しになってしまったから、そのお詫びも兼ねてる。……まぁ、そのおかげで美織と最高のひときを過ごせたんだけど」

二度目の睦み合いの後、シャワーを浴びて服を着ると、衛司から買い物に行こうと誘われた。

連れて行かれたのは、ホテルの地下にあるショッピングエリアだ。そこには高級ブランドが軒を連ね、宿泊者は全身をコーディネートできるようになっている。

衛司はまず美織を有名ランジェリーブランドの直営店に案内した。そこで下着の上下を調達すると、次は海外高級ブランドのサロンへと連れて行く。

「衛司くん、だめだよ、こんな高いの……」

「美織、今日は俺の好きなようにさせてほしい。……これはな、自分へのご褒美でもあるんだ。美織とこうして過ごしたい一心で仕事を頑張ったから」

美織が恐縮しきって衛司に訴えるが、当人は笑ってそんなことを言う。噂を捏造してまで期限内にやり遂げたのだ。それに対するご褒美だと言われてしまえば、断れない。

衛司とスタッフに選んでもらい、自分はひたすら着せ替え人形になる。

そうして下着も含め、新品づくしの装いとなった。衛司は衛司で、美織が寝ている間に自分の服を新調したらしく、昨日とは違うものを身に着けている。

元々着ていた服は、二人分まとめて送ってもらうことにしたと、彼が言った。

「素敵な洋服、ありがとう、衛司くん」

ショッピングエリアから出て、ホテルのフロントに向かいながら礼を伝えると、衛司が急に立ち止まった。美織の顔をじっと見つめ、尋ねてくる。

「ところで美織。俺たちはこうして十一年ぶりにまた恋人同士になったわけだ。……このこと、会社で公言していいよな？」

「……！」

衛司の言葉を聞いた瞬間、美織の顔から血の気が引いた。

（そうだ、私、あの衛司くんとこんなことになっちゃったんだった……！）

衛司への気持ちを完全に自覚……というより取り戻して。初めてベッドをともにして。

昨日から今まで、気持ちがふわふわしっぱなしだった。

彼のひとことで我に返ってみれば、ずいぶんと大胆なことをしてしまったと気づく。

美織はぶんぶんと勢いよくかぶりを振る。

「無理無理無理無理！　絶対言っちゃダメ！　秘密にして！」

必死になって衛司に縋ると、彼はクスリと笑った。

「そんなに嫌か？　会社で公にするのは」

「だ、だって、衛司くんのファンにボッコボコにされちゃうよ、私」

「そんなことは俺がさせないし、美織のことはちゃんと守る」

「衛司くんがそう言ってくれるのは嬉しいけど、ほんと無理だから！　お願いだから、しばらくは内緒にして！」

必死すぎる美織の様相に、衛司はため息をつく。

「……美織がそこまで言うなら仕方がないな。秘密にするのはいいとして。その代わり、俺は『婚約している女性がいる』と言うから。実際には婚約していなくても、それくらい言っておかないと、ありがたくもないアプローチを受けて鬱陶しい」

「……モテる人は大変デスネ」

サラッと聞かされる衛司のモテ情報に、思わず美織の口調が棒読みになる。ヤキモチを焼いているなんて、間違っても口にはしない。

「モテたくてモテているわけじゃない」

「その台詞、多くの男の人を敵に回すよ？　衛司くん」

意地悪く目を細めて言うと、衛司は目元をフッと緩めた。

「――俺は、美織にさえモテればそれでいい」

「衛司くん……」

その言葉に心がとろけてしまいそうになるのだから、美織も現金だ。

「それより、昨日の夜から何も食べてないからお腹空いたろ？　少し早いけど昼ご飯を食べに行こう」

衛司が美織の手を引き、歩き出した。

そのままホテルの和食レストランで食事をした後、二人がフロントへ行くと新島がチェックアウトの手続きを取っていた。

その間に支配人が挨拶をしに来たのだが、衛司は体調不良で急にチェックインして迷惑と心配をかけたことを謝罪していた。きちんと頭を下げて真摯に挨拶をしている彼を見て、美織は安心した。

（こんな時、ちゃんと頭を下げられるのが衛司くんらしい。そういうところ、昔と変わってない）

チェックアウト手続きを終えた新島に、今日はもう帰宅するよう、衛司が指示していた。さすがにこれ以上つきあわせるのは気の毒だと思ったらしい。

新島を見送った後、今度こそとシーサイドの遊歩道を一緒に歩いて景色を満喫し、アミューズメントエリアで遊び、早めの夕飯を食べてから美織の自宅へ向かった。

途中、衛司が先日同様「寄りたいところがある」と、美織の最寄り駅とマンションの間にある花屋に寄った。どうやらいつの間にか電話で予約をしていたらしく、すぐに店から出て来て手にしたものを美織に渡した。

もちろん、バラの花束だ。

「ありがとう。今日は白いバラなんだ。……本数は、八本。きれい」

「意味は家に帰ってから調べて」

「でも衛司くん、私の部屋、今バラだらけなの。切り花ってちゃんとお水の管理をしてあげればかなり長持ちするから。前にもらったバラもまだ結構きれいなままなんだよ」

今までもらったバラは、花瓶だけでは足りずに、グラスにも差している。何本かはドライフラワーにしようと逆さに吊した。

「そうなのか?」

「このままじゃ狭い部屋がバラで埋まっちゃうから、そろそろセーブしてほしいな」

「うーん……じゃあ次は、花瓶もセットで贈った方がいい?」

衛司が唸りながら呟くと、美織は苦笑いをした。

「……そういうことじゃないんだけどね」

「空白の十一年の想いと今の気持ちをバラに託しているつもりだから、受け取ってもらえると俺は幸せなんだけど、美織がそう言うなら少し頻度を落とそう。少しな」

「うん、ありがとう。でもね、すごくきれいだし、衛司くんがくれるものはなんでも嬉しいよ」

「そう言ってくれると、俺も嬉しい」

そんな会話をしていると、あっという間に自宅に着いた。

「衛司くん、体調はもう大丈夫なの？　ちゃんと帰れる？」

「大丈夫じゃなかったら、朝からあんなことできないだろう？」

ニヤリと答える衛司に、美織は頰を染める。

「もう……大丈夫そうで安心した、けど」

「じゃあまた、週末に」

「うん」

部屋の前まで送ってくれた衛司は、優しく笑って美織のくちびるにキスを落とすと、エレベーターホールへ向かっていった。

（衛司くん、あんな甘々な人なのね。……アメリカの時より甘いかも）

顔の火照りを持て余しながら、美織は部屋に入った。

その夜、美織は衛司からもらったバラの花言葉を調べた。

白いバラ八本――『純潔』『あなたの思いやりに感謝します』。

「衛司くん……」

彼にとってのこの二日間を表した花言葉だ。なんだかくすぐったい気持ちになる。

そのバラたちを前にもらったオレンジのものと一緒に差して飾ったところで、インターフォンが鳴る。どうやら宅配便が来たようだ。

荷物を受け取りドアを施錠してからラベルを見ると、差出人は『司馬英里子』とあった。

「しばえりこ……って、誰だっけ？　どこかで聞いたような気もするけど」

美織は首を捻りながらしばらく考えた。つい最近、その名前を耳にした気がするのだが。それから一、二分ほど経った時、

「――あ」

美織は目を見開いた。

「そうだ、昨日会った人だ。衛司くんのお見合い相手だったっていう女の人……！」

確かに彼女は自分のことを『英里子』と言っていたし、衛司も『司馬さん』と呼んでいた。

「でもどうして彼女が……？　それにどうしてうちの住所知ってるの……？」

荷物は銀座のデパートから発送されたもので、包装紙もその店舗のものだ。だから滅多なものは入っていないだろうけれど……。

少しだけ警戒しつつ、包みを解いてみた。そっと包装紙を剝がすと、有名洋菓子店の箱

の上に、封筒が添えられており『梅原美織様』と宛名書きがされていた。

開けてみると、中にはデパートの商品券と折りたたまれた便せんがあった。美織はそれをそっと開き、とてもきれいな万年筆の字で書かれていた手紙を読む。

『梅原美織様
昨日は大変失礼なことをしでかしてご迷惑をおかけしたこと、本当に申し訳ございませんでした。

お怪我などなさいませんでしたでしょうか。

改めて梅原様には謝罪に馳せ参じる予定ではございますが、ひとまずお詫びの気持ちとしてこちらの品をお納めいただきますよう、何卒よろしくお願い申し上げます。

また、万が一お怪我で通院される場合には、下記までご連絡くださいませ。精一杯のことをさせていただく所存でございます。

略儀ではございますが、取り急ぎ書面にてお詫び申し上げます。

司馬英里子』

一番下には住所と電話番号が記されていた。

「あの人が、これを……？」

昨日の彼女のガーリーな雰囲気と野放図な言動が、この文面から伝わる折り目正しさとはどうにも嚙み合わず、美織は混乱した。

人は見かけによらないと言うが、これは衛司も顔負けの豹変《ひょうへん》ぶりではないだろうか。

美織の住所を知っていたくらいだから、家の人が代行したのかも知れないけれど。

「私はほとんど無傷みたいなものだから、こんなにしてもらうと困っちゃうな……」

同梱された菓子折は高級店のもので、おそらく五千円は下らないし、商品券に至っては十万円分だ。こんなもの受け取れるはずがない。

「お菓子だけならよかったのに」

商品券は返さねばと、美織は手紙をもう一度見る。住所は東京の高級住宅街だ。ここに送ればいいだろうか。

「っと、その前に一応衛司くんに相談しよう。……っていうか最終的に迷惑かけられたのは衛司くんなんだから、衛司くんに渡した方がいいかな」

返すにしても早い方がいいかと、メッセージアプリで衛司に尋ねることにした。手紙と菓子折と商品券の写真を添付し、どうしたらいいかと相談する。

返事はすぐに来た。

『気にせずもらっておくといい。俺から「もうこんなことはしなくて結構」と連絡しておくから。実際、美織はケガをしたんだから、見舞金として受け取る権利は十分にある』

「え……」

それを読んで美織は驚いた。彼女は衛司に「司馬英里子にぶつかられてケガをした」とはひとことも言っていないのだ。確かに膝に擦り傷と打ち身はあったけれど、大したことはないので結局打ち明けずに終わったはずだった。

（どうして分かったんだろう……）

メッセージアプリでまた尋ねる。少し後に衛司から届いた返事はこうだ。

『昨日今日と、あんなことをしたんだ。きれいな身体に真新しい傷とあざがあって、気づかない方がおかしいだろう？』

「～～っ！」

そのリプライに、美織が真っ赤に染まった顔を枕に埋めてしまうのは当然の反応だった。

＊＊＊

「梅原、ごめんだけど、面接の資料作るの手伝ってくれる？　ホチキスとクリップ持ってついてきて」

大量のコピー用紙を抱えた岡村が、美織に目配せをする。

「あ、はい」

彼女は立ち上がり、課内共有のホチキスを二つと芯の箱、それからゼムクリップ一箱を持って岡村の後について行った。そして両手が塞がっている彼に代わり、空いている小会議室のドアを開く。

「サンキュ」

岡村が室内に入り、長テーブルの上にコピー用紙を置く。

「とりあえずは五十人分、面接官は四人だから予備含めて五セット分な。ソートしたらマル秘スタンプ押すから」

「はい」

　採用面接で使用される、面接官用資料のセットを作るのを手伝う。美織は岡村がソートしていったものを揃えてホチキス留めしていく。

「ったく、いい加減面接資料もデジタルファイルにすればいいんだよな、ＰＤＦとか。管理職にはタブレットも配られてるんだからさ。そうすれば紙だってこんな無駄にしなくていいし。マル秘資料だから裏紙にすらできずシュレッダー行きだし、もったいないよな」

「そうですねー。どうしてＰＤＦにしないんでしょう」

「紙じゃないと嫌な役員がいるんだと。ＩＴ企業とは思えない発言だよなぁ」

　それからしばらくは無言で作業を続けていた。そして、ようやく終わりが見えた頃、岡村が静かに切り出した。

「ところで梅原、あいつとつきあうことになったんだって？」

「え？　あいつって……」

「もちろん、海堂衛司だよ」

「え？　え？　どうして岡村さんが知って……って、あ、そっか。……いやでも、あの、えっと……」

（衛司くんの同級生だって言ってたっけ、岡村さん）

思い切り焦《あせ》る美織に、岡村がクスクスと笑う。

「慌てるな、別に噂が広まってるとか、そういうわけじゃないから。……海堂から直接聞いたんだよ。ほら、俺あいつの仕事手伝っただろ？　そもそもあいつと再会したのは、梅原絡みだったから」

「そうなんですか？」

「大学時代は学部とボランティアサークルが一緒だったくらいで、特別仲がよかったわけじゃなかったんだけどな。でもいきなり四月に電話がかかってきて『梅原美織のことを教えてほしい』って言われてさ」

その電話がきっかけで、二人の再交流は始まったそうだ。大学時代よりも話す機会が増えたらしい。

「全然知りませんでした。え……か、海堂さん、教えてくれなかったから」

つい『衛司くん』と呼びそうになり、美織は慌てて言い直す。

（いけない、会社では絶対名前呼びなんてしちゃだめ……！）

「俺も人事担当の端くれだからさ。会社に保管されてるような個人情報は無理だ、って断ったんだけどな。個人的に知ってることで差し支えない範囲でなら……って条件で協力したんだわ。つきあってる男はいるのか、結婚はしているのか、とか」

「そうなんですか……」

だから衛司は、初めから美織に彼氏がいないのを知っていたのかと納得する。

「あぁ、あとメアド送ってきて『美織はまだこのメールアドレスを使っているのか？』って聞かれたんだ。俺が知ってる梅原のメアドだったから使ってるみたいだ、とは言ったし、どんな子か、どんなことが好きか、というのも聞かれたな」

四月にくれた高級洋菓子店の手土産も、仕事にかこつけて衛司から銀座に呼び出された際に買ったものだそうだ。今回の横領調査の協力を要請された後、美織のことをいろいろ聞かれていたのだと教えてくれた。

「なんか……ご迷惑かけてすみません」

「いやいや気にするな、別に迷惑でもなんでもねぇし。学生時代、あいつが今みたいに一人の女に執着するのを、俺が知る限りでは見たことがなかったからさ。なかなか面白いもの見せてもらったわ。事情は海堂から聞いた。十年前に向こうで知り合ったんだってな？」

「あー……はい、そうです」

「縁ってのは不思議なもんだなぁ。巡り巡って今、繋がったんだもんな。……まぁあんなやつだから、つきあうのいろいろ大変だと思うけど、仲良くな」

「あの岡村さん、学生時代の海堂さんって、どんな人だったんですか？」

衛司が美織についてあれこれ聞き出していたのなら、自分だって――そう開き直って聞いてみる。

「ん？　まぁ今と大して変わらねぇよ。めっちゃくちゃ女にモテてた」

「でしょうねー……」

岡村は肩をすくめながら答えると、美織がははは、と乾いた笑いを漏らした。

「……ただ、時々だけど、何かが足りないような顔をしてたことがあったな。当時つきあってた彼女といた時も、みんなに囲まれている時にも、遠い目をすることがあったんだ。あんなに恵まれた環境にいてすべてを持っている男なのに、それでも満たされてないのかよ、って、端から見てて呆れた覚えがある」

「……」

岡村は大きく息を吸い、そして穏やかに言った。

「……それが梅原だったんだな」

「岡村さん……」

「ま、社内でのことなら俺も協力するから。困ったことがあったら頼ってくれていいし。一人で抱えてるのしんどかったら、高槻と瀬戸に相談に乗ってもらえよ。心配してたぞ、梅原の様子がどことなく変だったたって」

「菜摘と佐津紀さんが？」

「あの二人なら言いふらしたりしないから、打ち明けてもいいと思うけどな」

確かに彼女たちなら、美織と衛司の交際に驚いたり面白がったりはしても、悪意を持って広めたりなどはしない。それは美織にもよく分かる。それに岡村も、衛司に負けず劣らず誠実な男性だ。もちろん信頼している。

「はい……じゃあ、そうします。ありがとうございます、岡村さん」

資料をすべて作り終えると、岡村が美織に礼を言う。そしてそれを一人で運ぼうとするので、慌てて止める。

保管する場所までお供するつもりで、半分を持ち上げた。

「悪いな」

「いえいえ、これくらい」

小会議室を出て、人事情報が保管されている倉庫に向かう。廊下を歩き、角を曲がった瞬間――。

「きゃっ」

美織は向こう側から歩いてきた人物とぶつかってしまった。弾みで、抱えていた書類を落としてしまう。

「すっ、すみません！」

衝突した相手と岡村双方に頭を下げ、慌ててしゃがむ。せっかく番号順に揃えた書類が、バラバラになってしまった。

「申し訳ない。……すまないな、岡村」

聞き覚えのありすぎる声が、美織の耳に飛び込む。弾かれたように顔を上げた時、思わず声を上げそうになる。

衛司が一緒になってしゃがみ、書類を拾い集めていたのだ。

この時になってようやく、美織はぶつかった相手が衛司だと気づいた。

てしまう。

（や、やばい……）

突然の邂逅《かいこう》に、口から心臓が飛び出そうになる。拾う動作があからさまに不自然になっ

「あーあ……せっかく順番に並んでたのに。……なぁ？　梅原」

「す、すみません。私がもっとちゃんと前を見ていれば……」

「梅原のせいじゃないよ。……あーあ、どうしようか、また並べ直さなきゃなぁ」

岡村がわざとらしい口調でぼやきながら、衛司をちらりと見る。珍しいことに、衛司は一人だった。いつも人に囲まれて歩いている姿しか見かけなかったので、美織は内心ホッとした。

「じゃあ、そこを使ったらいい。ちょうど会議が終わったところで空いてる。俺も手伝うよ」

衛司が後ろのドアを指差す。とりあえず書類を全部かき集め、三人は会議室に入った。

「……梅原、俺、これ置いてくるから。そっちは任せていいか？」

「ええ？」

入室するや否や、岡村が持っている書類の束を掲げ、そんなことを言い出した。いきなりの発言に美織はうろたえる。そんな空気を一切読まず、彼は衛司に水を向ける。

「海堂のせいなんだから、ちゃんと手伝えよ？」

「あぁ、分かった」

「あ、あの」

「置いたら戻ってくるから、それまでに終わらせておいてな、梅原」

動揺を隠せない美織をよそに、岡村がにっこりと笑い、会議室から出て行った。

突然ふたりきりにされ、美織は反応に困った。会社では絶対に接触しないと決めていたのに、つきあい始めた途端、これだ。

「──あいつ、わざとだな」

「え?」

「あえて俺たちをふたりきりにしてくれたんだよ、岡村は。あいつもなかなか気が利くじゃないか」

「そ、そうなの……?」

「ご丁寧に表の表示を『使用中』に変えていったみたいだし。しかもこの後、仮に俺たちだけでこの部屋から出ると、誰かに見られて勘ぐられる可能性もあるから。ちゃんとここに戻ってきてくれるらしい。アフターケアもちゃんとしてる」

(岡村さん、余計なことを……!)

人がいなかったからいいようなものの、怪しまれる行動は極力したくないのに。

「……岡村さんには、後で『李下に冠を正さず』という言葉を覚えてもらおう」

美織はぼそりと呟くと、書類を番号順に重ね始めた。衛司は彼女の隣に立ち、バラバラになっている紙の向きを直し、手渡す。

「俺は嬉しいけどな、こうして会社でも美織と過ごせて」

「……私だって」

本当は嬉しいけど――もごもごと口の中で転がした言葉は、本音だ。社内で堂々と交際宣言できたら、どれだけいいだろう。

頬の火照りを意識する美織の耳元に、衛司がくちびるを寄せた。

「――本当は、このままここで美織を押し倒したい」

「っ！」

（衛司くんっ、なんてこと言うの！）

目を剝く美織に、とろけたまなざしで衛司がさらに続ける。

「――裸で机の上に寝かせて、胸にたくさんキスマークをつけたい。花びらみたいできれいだろうな」

「っ、衛司くん、だめ……」

書類を持つ手が強張るが、衛司はかまわず続ける。

「――それから脚を開いて、いやらしい音を立てながら、美織を可愛がりたい」

衛司は指一本たりとも、美織には触れていない。けれどその声だけで、心臓が跳ねて全身が熱くなる――とても不本意だけれど。

「美織の細い腰を摑んで激しく突いて、喘がせたい。……どうする？　誰かに声を聞かれたら。……乱れた姿を岡村に見られたら」

色気をまとわりつかせた低音で囁かれ、美織の背中にゾクリと痺れが走る。甘さをたっぷり含んだそれは、下半身に熱を集めてくるから、場所もわきまえずに疼いてしまう。

「も……やめて……」

「あー……やばいな。想像したら勃ちそうだ」

「衛司、くん……！」

耳孔に直接吹き込まれる艶めかしい声に、全身がふるりと震える。

衛司と初めて身体を重ねてから、さほど経っていない。それなのに、彼の誘うような言葉に、肢体は忠実に反応してしまう。

彼によって全身に植えつけられた情欲は、いとも簡単に火を灯すようになってしまった。

「……というのは冗談」

フッと笑った後、衛司はあっさりと色を排除した声音で言い放つ。

「っ！」

からかわれたのだと分かった瞬間、美織の頰はカッと温度を上げた。

「本当にするはずないだろう？　美織の可愛らしい声や姿を、他の男に分け与えることなどしない。絶対にな」

「っ……もう！　衛司くんの馬鹿!!」

「あははは、大きな声を出すと外に聞こえるから、美織」

美織は衛司の腕をポカポカと叩く。危うく変な気分になるところだった——いや、足首くらいまでは官能の沼に引きずり込まれていたのは否めない。

それが悔しくて、美織は歯噛みする。

「もう二度と、会社で衛司くんに近づかないから！」

決意表明をした時、ちょうど会議室のドアが開いた。

「お待たせ〜。悪かったな、梅原。海堂にいじめられなかったか？」

「……いじめられました」

ぶすくれた表情で衛司を睨みつけるが、彼には何一つ響いていないようだ。クスクスと笑うと、素知らぬ顔で書類をまとめて岡村に渡した。

「じゃあ、俺はこれも置いてく――」

「私も行きます！」

ふたたび一人で退室しようとする岡村に、美織は食い気味に手を挙げた。それはもう授業参観で張り切る小学生のように、ピシッと指先まで神経を行き届かせて。

「はははははは。よっぽどいじめられたらしいな、海堂に」

両手が塞がったままの岡村が、笑って目配せをする。一緒に行こう、という意思表示だろう。

「美織、早速浮気か？」

「もう、海堂さんとは話をしません！　……会社では」

プイ、と顔を背け、美織は岡村の元に駆け寄る。

「海堂……おまえどんなことやって、梅原怯えさせたんだよ」

呆れ半分、同情半分の目つきで、岡村が衛司を見た。衛司は不敵な笑みを浮かべた後、目元を甘く緩めて言う。

「好きだという気持ちが、抑えられなかっただけだ」

「おま……隠さないねぇ……。愛されてるなぁ、梅原？」

「そういうことは言わないでください！　……会社では」

悔しいような、嬉しいような、恥ずかしいような……いろんな感情が混じり合った複雑な顔で、美織は衛司を睨《ね》めつける。

「そんな可愛い顔して、睨まれてもな」

衛司が肩をすくめて笑った。


「っ！　……ほんとに？　ほんとに若様とつきあってるの⁉」

「美織ちゃんが海堂衛司とかぁ～。『つきあっちゃえ～』ってけしかけてた身とはいえ、いざ現実になると驚いちゃうわ」

菜摘は眼球が飛び出そうなほど目を大きく見開き、佐津紀は驚き混じりの口調で小刻みにうなずいた。

「自分でも信じられないけど、ほんと……」

翌日、美織は二人に時間を取ってもらった。終業後、三人で行きつけのレストランへ赴き、個室に入る。ビールで乾杯をした後、美織は衛司とのことを打ち明けた。

十一年前にアメリカで知り合ったことと、衛司が記憶喪失になって離ればなれになってしまったこと、先月再会したことなども、かいつまんで説明する。

「へぇ～、十年前にもつきあってたのかぁ」

「なんだかドラマみたいねぇ」

「だからか～、若様が今日『婚約者がいるから』って、女子からの誘いを断ってたの」

「えっ」

（早速⁉）

先週末に宣言したとおり、衛司は婚約者がいると言ってアプローチを撥ねのけているらしい。

「それにしても一途なのね、海堂さんって。人は見かけによらないって言うけど、その最たるものじゃない？　私、ちょっと感動したわ」

佐津紀がほぅ、とため息をついた。

「ってか、どうりで岡村さんからさりげなーく美織のことを聞かれると思ってたわ」

菜摘が鼻から荒めの息を吐き出した。どうやら岡村は衛司が出向してくる前から、彼女に美織について探りを入れていたようだ。もちろん、衛司に頼まれてのことだろう。菜摘に要らぬ誤解を与えてしまったのではと、美織は少し申し訳なく思う。

「でもよかったね、美織ちゃん」

「うん、なんか幸せそうだもん、今の美織」

佐津紀と菜摘が同じような安堵の笑みを見せる。

「ありがとう。それで二人にお願いがあるんだけど……このこと、会社では内緒にしておいてもらえます?」

「もっちろんよ、協力する」

「美織ちゃんが怖がるの、分かるわぁ。社内の女子たちにバレたらどんな目に遭うか分からないもの」

二人が頼もしそうな表情で笑った。

「うん、助かります」

「あ、そうだ、美織に要注意人物教えとくね。受付の江口さん、総務の島原さんとその取り巻き二人。あの人たちには気をつけて。特に江口さんは若様に相当本気で目をつけてるみたい」

「江口さんって……『彼女にしたい女性社員ナンバーワン』とかまことしやかに囁かれてるあの江口さん?」

「そうそう、その江口さん。若様に資産家の婚約者がいるって噂になってた時も、裏では略奪宣言してたって話だから」

「そうなんだ……」

菜摘が言っているのは、総務部総務課に所属する受付嬢の江口結那《ゆいな》のことだ。『可愛い』という言葉は彼女のためにあるのではないかと、社内の男性陣が口を揃えて言うほどの美貌を持っている。

守ってあげたい雰囲気を惜しげもなく垂れ流しているが、内面はがっつり肉食系らしいというのが、多くの女性社員の見解だ。

衛司がKITに配属されてからというもの、昼休みや終業後に彼の元を訪れる姿がたびたび目撃されているそうなので、菜摘が話しているのはおそらく本当のことだろう。

美織も最初は、衛司の相手としてふさわしいのは、彼女のような絶対的な美人だろうと思っていた。まさか自分が海堂衛司の恋人になるとは、露ほども想像していなかった。

でも結局は彼を好きになってしまった。好きな気持ちはコントロールなんて利かないのだと、実感する日々だ。

そして衛司が女性から好かれモテるのも、同じくコントロールなどできない。会社では否が応でもそれを見せつけられる。

美織は少し不安げにまつげを伏せた。

「でも若様は美織のことが好きなんだし、大丈夫だよ。よっし！　美織に彼氏ができたお祝いしよ！　ね、佐津紀さん」

「そうね。乾杯しよう！」

「かんぱーい！」

三人はグラスを合わせた。

「ふー、おいしー！　美織、おめでとう！」

「おめでとう！　結婚式には呼んでね！」

「いやいや、全然そういう予定とかないですから！」

完全に祝福ムードになっている菜摘と佐津紀に、そしてここにはいないが岡村にも、美織は心の中で感謝した。

――小さな不安を、その奥の奥に押し込めて。

＊＊＊

「衛司くん、ああいうことはもう絶対にしないで！　……心臓、止まるかと思ったんだから」

「ごめんごめん。でも、すごく可愛い反応してくれてたな？　本当にあのまま押し倒したくなった」

「だから！　それがダメ！　絶対！」

「――薬物乱用防止のキャッチコピーみたいな台詞だな」

衛司が堪えきれない様子で笑みこぼした。

週末、美織は初めて衛司の部屋を訪れた。ＫＩＴからは地下鉄で六駅ほどの都内にある、中層マンションだ。十階程度の建物だが、デザイナーズマンションらしく、外観も室内も洗練されている。実用性とスタイリングのバランスが絶妙だ。

美織が声を荒らげているのはもちろん、先日の社内での邂逅《かいこう》についてだ。

愛情を寄せられるのはとても嬉しいけれど、それ以上に心臓に悪い。もう二度とあんなことは勘弁だと、切実な様子で衛司に訴えた。

「もう、衛司くん分かってない！　つきあってることがバレたら本当にまずいの！」

「分かった分かった、もうああいうことは絶対にしない。美織からもらったキーリングに誓うよ」

衛司は両手をホールドアップした。

「ありがとう。……ごめんね、わがままで」

「わがままなんかじゃない。美織の気持ちはよく分かってるから。……気を取り直して、昼ご飯を食べよう」

衛司が立ち上がり、キッチンに向かった。

部屋の中はリビングもキッチンも、きれいに整理整頓されている。

『運転は運転手に任せきりだからな、その他のことくらいはなるべく自分でやるようにしてるんだ』

そう衛司は言う。

今も美織のために、昼食を作ってくれていた。フィリステーキサンドと、ボストンクラムチャウダーとシーザーサラダだ。

　どれもアメリカでは定番のメニューとなっている。

　クラムチャウダーは、衛司が輸入食材店で買った缶詰のものを温めただけだが、フィリステーキサンドは手作りだ。

　発祥の地・フィラデルフィアの名前がついたそのサンドイッチは、炒めてスパイスを利かせた薄切りの牛肉とタマネギとチーズを、ホギーロールと呼ばれる細長いパンに挟んだものだ。

　ホギーロールは日本では手に入りづらいので、水平に切り込みを入れたバゲットを使っていると、衛司が話しながらサーブしてくれた。

　テーブルにきれいに並んだ食事を、美織は大満足で堪能した。フィリステーキサンドも、アメリカで衛司と一緒に食べたなぁと思い出しながら。

「美味しかったです、ごちそうさまでした。向こうにいる時も思ってたけど、やっぱり衛司くんってすごい。自立心旺盛で」

　アメリカにいた時、衛司が『いつか自立できるよう、自分でできることは自分でしろと、僕は母から躾けられてるんだ』と話してくれたことを思い出した。今でもそのポリシーは彼の中で息づいているのだと、美織は感心した。

「社会人ならこれくらいはするだろう？　俺が特別なわけではないと思うけど」

「衛司くんならきっと家政婦さんも雇えるでしょう？　でも自分でするのが偉いと思う。

……そういうところ、好きだな」

食後は美織が食器を予洗いし、それを衛司が受け取り食洗機にセットした。そしてコーヒーを淹れてリビングのソファに並んで座る。

美織は素直な気持ちを衛司に告げる。アメリカの時はいつもこうやって好意を伝えていた。彼と再会してずっと、自分に素直になれていなかったけれど、そんな頑なな心も解けつつある。

「そうか？　でも美織に褒められるのは嬉しいな。ありがとう。……あぁそうだ、うちの両親が美織との食事はいつできるんだ？　と、何度も聞いてくるんだ。この間会えなかったのが、相当残念だったらしい。日にちは合わせるらしいけど、どうする？」

「私でよければ、だけど……ご両親は私とのこと、賛成してるの？　まだお会いしていないのに」

自分のような普通の女性で、本当にいいのだろうか。美織の中にはまだ気後れする部分があって。

十一年前は何も考えずに衛司とつきあっていたけれど、大人になった今は、好きだけじゃ一緒にいられないこともあると理解できるから。

心の片隅に確実に存在している不安を、衛司に打ち明けてみる。

「俺はな美織、今までつきあった女性を親に会わせたこともなければ、話をしたこともほとんどない。そんな俺が『とても好きで大切な女の子がいる』と話した。それだけで十分なんだ、あの人たちにとっては」

「……お見合い相手の人は？　断っちゃって、ご両親は何か言ってない？」

「あぁ、あれは義理だし、彼女に対しては切り札を持ってるから大丈夫だ」

先日のお詫びの品については、結局衛司の言うとおり受け取っておくことにした。翌日、美織は記載されていた住所宛てに礼状を送り、『これ以上のお詫びは必要ありません』と書き添えておいた。その後、向こうからのリアクションは今のところない。

「切り札……？　なんだか怖いけど」

「そんな物騒なものじゃない。……まぁ、ちょっとした『可愛らしい秘密』を知ってるだけだ。だから気にしなくていい」

衛司がにっこりと笑った。

(可愛らしい秘密って……余計に怖いんだけど)

美織はそれ以上突っ込まなかった。

「それより美織、これを渡しておく。手を出して」

言われるがままに手を出すと、手の平の上に冷たい何かが置かれた。

「……鍵？」

ディンプルキーだった。美織の視線が衛司と鍵の間を幾度か往復する。

「この部屋の鍵」

「合鍵？　私が持っててていいの？」

「もちろん。美織に見られてまずいものは何一つないから、いつでも来てくれていい。俺がいない時でも。むしろ帰って来た時に美織がいてくれたら嬉しい」

「ほんとに……?」

「なんなら一緒に暮らそうか。そうすれば、いつでもこうできる」

衛司が美織を引き寄せた。広い胸に顔を埋める形で抱きしめられ、ほんのりといい香りが美織の鼻腔を通り抜ける。洗剤の匂いか、それとも香水の類いなのかは分からないけれど、それは美織の身体に柔らかく入ってくる。

(衛司くんの匂い……)

ぬくもりをまとった香りにうっとりと身を任せていると、そっと身体を剝がされ、くちづけられた。それはすぐに深く濃いものに変わり、美織の身体を痺れさせる。

「ん……っ」

鼻で息をしているにもかかわらず、少し苦しくて。胸の高鳴りが激しくなって溺れそうだ。

衛司の手が美織の身体の表面を辿ると、触れられた皮膚から甘さが滲んでくる。それが気化して部屋全体に回っている気すらして、余計に甘苦しくなっていった。

「……美織のその表情《かお》」

「え……な、なに……?」

「目の奥がとろとろに溶けて、深い海の底みたいに神秘的でゾクゾクする。それなのに澄んでいてきれいで、いつまでも見ていたくなる――」

耳元で柔らかく囁きながら、衛司は美織の手から鍵を取り上げ、近くのテーブルへ置いた。そしてソファに座ったまま美織の服を一枚、また一枚と剝がしながら、次の句を継ぐ。

「――くちびると頰も震えているのに、うっすら赤くていやらしい。……この顔は、俺しか知らないんだな？」

「……っ、ん」

美織はうなずくだけで精一杯だ。

「――この先もずっと、俺だけにしか見せないで」

一段と甘くなった声音で告げると、衛司は真裸になった美織にもう一度キスをしようとした。

「ちょ、ちょっと待って……っ」

「？　どうした？」

「ここはいや……明るいし、恥ずかしい」

美織はソファの背もたれにかかっていたブランケットをたぐり寄せ、身体を隠した。

「恥ずかしがる美織も可愛いけど……ここが嫌なら寝室に行く？」

衛司の顔は少し残念そうだ。けれどこんな昼日中《ひるひなか》から服をすべて剝かれ裸を晒すなんて、つい先週まで処女だった美織には恥ずかしすぎて耐えられない。

美織はブランケットを巻きつけたまま、力いっぱいうなずいた。

「分かりました。……それではお連れします、お嬢様」

衛司が美織をブランケットごと抱き上げた。

「わっ」

寝室はリビングを出て廊下を突っ切った反対側にある。衛司は美織を抱いたまま移動する。

「お嬢様、Would you open the door for me, please?」

衛司の両手が塞がっているため、ドアを開けてと言われ、美織はおずおずと手を伸ばし、レバーハンドルを捻って開いた。

寝室は比較的シンプルだった。クイーンサイズのベッド以外には、右の壁際にハイバックチェア、ベッドの近くに調光式の電気スタンドがあるだけだ。

細々としたものはすべて、奥の扉の向こうにあるウォークインクローゼットに収納されているのだろう。

ベッドのヘッドボードには目覚まし時計と、扉つきの収納スペースがある。

リネンはライトベージュで統一されていた。

美織をハイバックチェアに下ろすと、衛司は室内のカーテンをすべて引いた。開いたままだったドアを閉め、それから電気スタンドのスイッチを入れ、明かりを細くする。

「これでいいですか？　お嬢様」

「ありがとう、衛司くん。でも……ベッドじゃないの？」

すぐ目の前に二人で眠っても十分広いベッドがあるというのに、わざわざ一人しか座れないチェアに下ろすなんて。

(座り心地は確かにいいけど……)

それは北欧製で、曲げ木加工の技術が使われた木部フレームに厚みのある革張りクッションが据えられている高級品。背もたれのしなりが絶妙で、座り心地は快適だ。

「それは後で。今日は少し冒険してみよう」

「冒険……?」

衛司は椅子の足下に跪き、美織のくちびるを捉え舌を絡め取った。

「ん……っ、ふ……」

キスを続けながら、彼は美織の両脚を摑み、椅子の上で膝を立たせる。そしてそのまま左右に開いた。

「ん～! んんっ」

とんでもない肢位を取らされて、彼女はくちびるを塞がれた状態で抗議する。衛司の胸を叩き脚を閉じようとするが、あっさりと阻止されてしまう。

「……暴れないで、美織」

「だっ、だって……! こんなの、恥ずかしすぎる……!」

「大丈夫だ、暗くてよく見えないから。……それに俺はもう、美織の身体のことは美織以上に知っているから安心していい」

それでも衛司の目には、美織の秘部が映っているはずで。こういう関係になってまだ間もないのに、恥ずかしがるなという方が無理だ。

「そ、そういうことじゃなくて……」

「あぁ……もう濡れ始めてる。期待してる？」

膣奥まで覗かれそうなほど開かれた肉筋に、じわ……と、蜜が湧き出してきた。

「ゃ……っ、そういうこと……っ、あぁんっ」

垂れた愛液を掬うように、指で下から撫で上げられ、身体がびくりと反応する。

「相変わらず可愛い反応をするな」

「っ、も……椅子、汚れちゃ……」

「美織が包まってるブランケットがあるから大丈夫」

美織の臀部《でんぶ》の下にかろうじて見え隠れしているブランケットの欠片を、衛司はそっと引っ張り出した。早速、彼女の秘裂から滴り落ちた蜜が、生地に染み込んでいく。

「うぅ……」

両足の先をチェアの肘掛けに置くようにされ、美織の秘所は完全に空気に晒された。閉じたいのに、衛司に阻まれてかなわない。

どうしたらいいのか分からず、美織は何故か両の手で自分の顔を隠してしまう。

おまけに呼気がかかるほど間近でまじまじと見つめられ、恥ずかしくてたまらないのに、何故か気持ちがいいような気さえしてくるから不思議だ。

（冒険って……このこと……？）

「ますます濡れていってるのは、俺の気のせいじゃない……な」

くっと喉の奥で笑いを殺しながら、衛司が言う。

「も……衛司くんのばかっ」

今度こそ脚を閉じようと試みた瞬間、内腿の奥に彼が顔を埋めてきた。

「あぁっ、ゃ、だめ……っ」

あふれ出た蜜液を搦め取るようにねっとりと舐め上げられて、驚くほど腰が跳ねた。

ぴちゃぴちゃと音を立てて舐られ、そのたびに秘裂がびくびくと震えるのを感じた。

膣口に舌を差し入れられたり、浅瀬を何度も往復されたり、指で剝かれた花芯をくちびるで食まれたり——気持ちよさで、全身に鳥肌がたつ。

「あ、あぁ、あっん……ぅ」

衛司の片手が伸びてきて胸を愛撫し、下腹部では彼の髪がくすぐってきて、それも快感となって美織の官能を呼び起こす。思わず衛司の髪をくしゃりと握ってしまう。

下半身が溶け出しそうなほどとろとろにされて、今にも意識が飛んでしまいそうだ。

「っ、んっ、えい、じく……っ、もぅ……」

「……達きそうなら『達く』って言うんだ、美織」

彼が美織の後押しをするように、花芯を集中的に舐める。グリグリと舌で弄ばれた後、じゅ、と吸いあげられた刹那——。

「はぁっ、あんっ、あ、あぁ……っ、ゃ、い、く……っ、んっ」

ガクガクと美織の肢体が跳ね、膣肉が収縮した。

何度も何度も身体を震わせた彼女は、チェアの上でぐったりとする。全身の力が抜けきっていて、いつの間にか肌から滑り落ちていたブランケットをたぐり寄せる余力もない。

「は……はぁ……ん」

「可愛いな、美織。……たまらない」

吐息混じりに囁くと、衛司は美織の弛緩した身体を抱き上げ、ベッドへ運ぶ。そこはハイバックチェアよりも照明に近い分、お互いがよく見える。

美織を下ろした衛司は、自分の服を雑に脱ぎ捨てる。

ヘッドボードの収納から避妊具を取り出して、育ちきった屹立にまとわせると、美織の脚の間に入り込むように身体を重ねてきた。

「まだ痛いかも知れないから、ゆっくりするな」

優しさと慈しみを宿しながらも、同時にとろりとした劣情を覗かせる瞳で、衛司が美織を見つめてくる。

「え……じくん……」

美織の秘裂は未だに絶頂の余韻を残し、ひくんひくんと疼いている。柔らかく濡れた両襞に、身体を起こした衛司は熱杭をあてがってにゅるにゅると泥濘の蜜を掻き混ぜる。

丸みを帯びた切っ先が時折花芯を掠めては離れるから、美織はなんだかもどかしくて悩ましい声を上げてしまう。

「ぁ……ん」

「ここ？　ここを触ってほしい？」

蜜口に蓋をするように屹立をあてたまま、衛司は淫靡に濡れ光った美織の秘芯を、指先でコリコリと転がした。

「ひっ……、やぁっ、だめ……っ、そこ、だめぇ……っ」

美織の裸身がしなる。

同時に、衛司は膣口のごくごく浅いところをぬちぬちと行き来していた熱芯を、徐々に内路に埋めていった。

敏感すぎる粒への愛撫に翻弄されている美織には、衛司が膣内《なか》に入ってきていることに違和感を覚える余裕などない。

「あぁんっ、んん……っ」

彼の指は駆り立てるように花芯を愛でてくる。美織から溢《あふ》れる蜜液を掬《すく》ってはたらし、たらしては嬲《なぶ》る。

「はぁっ、も、い……っ!!」

絶頂を迎えてさほど経っていないそこには、強すぎる刺激だった。衛司の雄を完全にくわえ込んだ秘裂は、外側からの愛撫に耐えきれずに痙攣《けいれん》を起こし、中の楔《くさび》を食いしめた。

衛司はわずかに眉をひそめ、身体を強張らせた。美織の絶頂に引きずられないよう、耐えているのだろう。

波が過ぎた頃、大きく息を吐き出して、衛司はもう一度身体を重ねてきた。

「今日でセックスは三回目なのに、もう二回も達ってくれた。俺は嬉しいよ」

嬉しそうに、衛司はちゅ、ちゅ、とキスをしてきた。

「っ、だ、だって……きっと、衛司くんが上手だから……」

本当に気持ちがよくて。

さっき衛司が言っていたとおり、彼はきっと美織よりも美織の身体のことをよく知っているのだ。どこにどう触れたら気持ちがいいのかを。

それは衛司の、これまでの経験から来る感覚なのかも知れない。そう思うと、ほんの少し、彼の過去の女性たちにやきもちを焼いてしまう自分がいる。けれど——。

「美織に気持ちよくなってもらいたくて、必死なんだ。下手だからって振られたら、俺は立ち直れない」

情けないほどに眉尻を下げた衛司が、切実な声音で言う。その態度と言葉から、本当に彼の必死さが伝わってくる。

「衛司くん……」

そういう姿をいとわずに見せてくれる衛司が、本当に好きだと思った。そして彼のこんな一面を見られるのは、きっと自分だけだ。

それが嬉しくて、幸せで。

「そんなことじゃ嫌いになったりしないよ？　……それに私、他の人を知らないから比べられないし。……でも……すごく……気持ちいい、よ……」

恥ずかしくて最後の方は口籠もってしまったけれど、心からの言葉を紡ぎながら、美織は彼の裸の背中に手を回し、ぎゅっと抱きしめた。

肩越しに、衛司が震えた息を吐く音が聞こえた。美織は腕を緩めて彼の顔を覗き込む。

「衛司くん……大丈夫？」

衛司は一瞬だけ、泣きそうに目を歪めた後、優しげに微笑んだ。

「愛してる」

ひとこと言葉を残し、衛司は律動を始めた。ぐちゅ……という濡《ぬ》れた音を立てながら、ゆっくりと抜き差しする。

「ん……ぁ……」

「痛くはない？」

気遣わしげに尋ねられ、美織は色づいた笑みを見せる。

「ん……大丈夫……気持ちいい……」

柔らかく穿たれている肉壁は二度による絶頂の余韻を残し、ひくひくと疼きながら蠕動していた。

「美織の中……すごく気持ちがいい。面白いくらい吸いついてくる。生き物みたいだ」

「あっ、ん……っ」

衛司は身体を起こし、美織の乳房をやんわりと揉みしだく。時折先端をきゅっと摘まんだり、弾いたりと、好きなように弄んだ。

「……痛かったら言って」

幾度か行き来し、美織の隘路に蜜が行き渡りなじんだのを見計らった衛司が、抽送の速度を上げる。

途端、ぶわりと全身を甘い痺れが走る。

「あぁっ、ぁ、あ……っ」

「……美織も、してほしいことがあったら、言っていいんだからな」

それは遠回しに「言え」と言っているのだと、翻弄されている頭の片隅で理解している。けれど自分の中に堅く秘めている淫らな感情を、表に出すのはなかなかに恥ずかしい。

「っ、んっ、……もっと、強くして……いいよ……」

ごくごく小さな声で、呟くように絞り出した。今の美織にはこれが精一杯だ。それがかえってよかったのか、衛司が悩ましい呼気を吐く。

「は……、美織はほんと……可愛い」

目を細くしてうっとりと囁かれた言葉は、彼女の身体を大きく震わせた。

その刹那、衛司がじゅぷん、と自身を強く突き入れた。

「はぁっ！　んっ、あぁんっ」

蜜口からは新しい愛液があふれ、衛司に突き貫かれるたびに、ぱちゅん、ずちゅん、と粘度の高い音を生む。それは内腿を伝い落ち、ベッドスプレッドを濡らしていった。

「あんっ、あっ、え……じくん……っ、わ、たし、もう……っ」

「達くか……?」

「んっ、あぁっ、んぅ、い、ちゃ……っ」

強く深く貫かれ、子宮口を突かれると、あまりの気持ちよさで下半身が溶け落ちそうになる。

美織の身体はもはや、彼が送り込んでくる熱情を余すところなく吸い尽くすだけの器となっている。

「……好きなだけ達っていいから」

そう言い残した衛司は、美織のふくらはぎを掲げ摑んで力強く穿つ。隘路を行き来する熱く硬い漲りを、きゅうきゅうと締め上げ、彼女は今にも上りつめようとしていた。

「あぁん！　あっ、や、い、く……ぅ！　んんっ!!」

言うが早いか、美織の肉体はすべての快感を抱き込んで絶頂に飛び込んだ。

「……っ、ぅ……っく」

美織の胎内の収縮を受けて、衛司も唸りながら薄膜越しに精を放った。

「ぁ……っ」

余韻に浸る間もなく、ずるりと雄芯を抜かれる。くったりと裸身をマットレスに沈ませた美織は、なんとも言えない濃厚な色香を放っていた。

衛司は避妊具を器用に始末すると、もう一度箱に手を伸ばした。その様子を見て、美織は目をぱちぱちと瞬かせる。

「え、いじくん……？」

「……もう一度、いい？」

色気のある笑みで囁かれて、どうして断ることができるだろうか。

何度もつながり、全身を余さず愛され、気持ちも満たされた後、美織はベッドから抜け出してシャワーを浴びた。

廊下に出ると、辺りはもう夜の様相を見せていてびっくりした。寝室も真っ暗だったので、どうやら時間の感覚が狂っているみたいだ。

戻ってくると衛司は眠っていたが、彼女が隣に潜り込むと条件反射のように抱きしめてきた。

ポジションを微調整して見上げると、愛しい彼が穏やかな寝息を立てている。寝顔を見つめていると、身の内からじわじわと幸せな気持ちが湧いてくる。

（こんなに幸せでいいのかな……）

美織はすり……と、衛司の胸に頬を寄せたのだった。

第7章　悪意に晒《さら》されて

衛司のマンションに泊まった週末から二日経った火曜日の夜のことだった。美織が自宅へ向かうために駅から出ると、後ろから声をかけられた。

「ねぇ、ちょっと」

振り返ると、見覚えのある顔が憮然とした表情で近づいてきた。

「あ、あなたは……確か司馬、さん。先日は結構なものをいただき、ありがとうございました」

衛司の見合い相手だった司馬英里子が、桜浜駅前で会った時と同じ男性を引き連れている。美織は改めて、以前受け取ったお詫びのお礼を述べて頭を下げた。

「はぁ？　何それ。……っていうか、めんどくさい前置きは好きじゃないから単刀直入に言うわね。衛司さんと別れて」

「……は？」

「衛司さんは、英里子と結婚するんだから。あんた邪魔なの」

そうするのが当然、と言いたげにあごをツンと上げ、英里子が言い放つ。

（こんなところでそんなこと言い出さなくても……）

帰宅ラッシュ時の駅出口付近だ。はっきり言って邪魔をしているのはそっちでは……と、心でぼやきつつも、美織はさりげなく道の端へ移動し、往来を妨げないように英里子を誘導する。

そして困惑に表情を強張らせながらも、目の前のお嬢様に負けてはいけないという思いをなんとか身の内から引っ張り出す。

「でも、お見合いは衛司さんが断った、って言ってました」

よもや反論されるとは露《つゆ》ほども思っていなかったのか、英里子は目を見開いた。

「そんなの関係ないんだからっ。英里子は絶っ対、衛司さんと結婚するんだもん！」

彼女が予想外に焦りを見せてくるので、美織はかえって冷静になれた。

「もし衛司さんが別れてほしいと言ってきたら、その時は潔く別れます。でも、そうでないのなら別れません」

美織の断言に、英里子はますます声を荒らげた。

「い、いいから別れなさいよっ。あんたみたいな庶民より、英里子の方が五百倍、衛司さんに相応しいんだからっ。可愛いし、お金だって持ってるし！」

「落ち着いてください。そんなに大声で言わなくても聞こえてますから」

周囲を行き交う人々が、彼女たちに注目し始めた。それが恥ずかしくなり、美織は自分が声のトーンを落としつつ、英里子をなだめる。それがよほど気に食わないのか、彼女はますます肩を怒らせた。

「もういい！　あんたがそういうつもりなら、こっちにも考えがあるんだからっ！　覚えてなさいよ！　……行くわよ、朝川《あさかわ》！」

英里子は興奮をまとったまま、勢いよくきびすを返し、そのまま駅の中を突っ切って反対側の出口へ向かった。朝川と呼ばれた男は慌てたように美織に深々と頭を下げ「お待ちください、英里子様……！」と、声を上げながら英里子の後を追っていったのだった。

彼らの姿が見えなくなった後、美織ははぁ、とため息をついた。

（なんか……拍子抜けというか）

今の一連の流れが、美織が頭の中で描いていた『ライバルお嬢様からの牽制』と、いささか違っていたからだ。

もっと落ち着き払った居丈高ぶりで、手切れ金の小切手でも突きつけられるのかと思っていた。

あんな風に子供のケンカのような突っかかり方で来られるとは、かなり予想外だった。

確かに英里子の最後の捨て台詞は漫画チックではあったが。

「……漫画の読みすぎかな」

（現実で『覚えてなさいよ！』って言う人、初めて見た）

美織は彼女に悪いと思いながらも、込み上げてくる笑いを堪えるのに必死になりながら、家路を急いだ。

それから英里子からはなんの妨害もなく――二人の交際は、再会の頃からは想像もできないほど穏やかに進んでいった。衛司は美織をまるで宝物のように大切にしてくれたし、美織もまた見違えるほど素直に彼の気持ちに応えた。

会社では二人の関係を匂わすことは一切しないどころか、あの日以来、近づきもしない。だから美織たちがつきあっていることを知っている人間は菜摘、佐津紀、岡村の三人しかいなかったし、彼らは秘密を決して漏らさず、会社での会話にも細心の注意を払ってくれている。

ただ、美織の雰囲気が変わったのが周囲にも伝わっているのか「梅原さん、なんだか幸せそうだけど、彼氏できたの？」と同僚に尋ねられたこともあった。そんな時は菜摘が率先して「やっぱそう見える？　この子ね、春にあった同窓会で再会した同級生とつきあってるんだよ～。再会ラブって萌えるよねぇ～」なんてごまかしてくれる。

毎週金曜日――食堂で出くわした時だけは、ほんの一瞬だけ視線を絡ませる。週末には会えているわけだし、それだけでも十分だった。

衛司がデートのたびにバラを贈ってくれるのも相変わらずで、結局ほとんどセーブされることなくそれは続き。

先日の美織の誕生日に、それは累計で百本となった。百本目のバラをくれた時、衛司自ら花言葉を伝えてくれたのだ。

「百パーセントの愛、という意味だよ」

その言葉を聞いて美織は、全身がとろけそうになるほど身体を震わせた。花束と一緒に、バースデープレゼントと言って指輪も贈ってくれた。誕生石の内の一つ、アレキサンドライト——五大宝石の最後の一つともうたわれるそれは、見る角度によって色合いが変わり、とても美しかった。

「会社ではこれを俺だと思って、いつもつけておいてくれると嬉しい」

彼はそう告げ、指輪を右手の薬指にそっとはめてくれた。

衛司はいつも大きく深い愛情で、繭のように彼女を包み込んでくれる。その中で美織は甘い幸せに浸っていたのだが——。

事態が急変したのは、二人が初めて結ばれた日から三週間が過ぎた頃、梅雨まっただ中の六月末のことだった。

＊＊＊

ＫＩＴ総務部で盗難が起こったのは、週明けのことだった。盗まれたのは、総務課に所属している受付嬢、江口結那の財布とスマートフォン。あの結那が被害に遭ったとのことで大騒動になっていた。

彼女があまりにも怯えて泣きじゃくっているからか、

「ストーカーの仕業じゃない？」

だの、

「会社の男たちの八割を敵に回した」

だのとあちこちで囁かれ、あっという間に噂が大きくなったのだ。

もちろん、美織の部署でも話題になっている。

「社内で盗難があって、ここまで大事になったのって初めてじゃない？」

「まぁ、被害者が江口さんだしね」

「それにしても犯人、誰なのかな……江口さん、可哀想」

いつもの場所で昼食を取りながら、佐津紀と菜摘と美織も盗難事件について話をしていた。

「更衣室で盗まれたなら、犯人は女じゃないかしら」

「女だとしたら、ストーカーの可能性は低いんじゃないかなぁ。そうなるとお金目当てということになりますけど。でもそれだと江口さんだけを狙い撃ちするのはおかしいし、もしかして、お金じゃなくて、彼氏を取られた女の怨恨の線ですかねー」

「菜摘、探偵みたい。でも、早く戻ってくるといいね」

その日はあちこちでことあるごとに盗難のことが話題に上がった。

警察に届け出た方がいいという助言もあったようだが、結那の希望もありもう一度探してみるので明日以降ということになったらしい。

会社の中も探そうと、有志——というより結那のファンが何人も立候補し、めぼしい場所を探し始めたようで、そこここで捜索する男性社員が見受けられた。

終業後にも繰り広げられているその光景を苦笑いで眺めながら、美織は帰宅準備をするべく、女子更衣室に向かった。

ドアをノックして中に入ると、四、五人の女性社員が一人の女性を囲んでいた。どうやら落ち込んでいる結那を同僚が慰めているようだ。

邪魔をしてはいけないと、美織は黙って自分のロッカーを開いた。

「え？」

その刹那、中から何かが落ちる音がした。カーペット敷きなので鈍い音ではあったが、それでも更衣室内には響いたのか、そこにいた全員が一斉に美織の方へ視線を向けた。

「な、何……？」

床を見ると、そこには見覚えのない財布とスマートフォンが落ちていた。

「――あ、私の……！」

固まっていた女性たちの中の一人が、落下物を指差した。

「え？　これ、江口さんの……ですか？」

美織は思わず横にずれた。結那が駆け寄り、落ちていた財布とスマートフォンを拾い上げる。

「どうして……？」

結那は手にしたそれらと美織との間に、目線を何度も往復させた。

「わ、分かりません。私にも何がなんだか……」

「あなたが盗んだんじゃないんですか？　梅原さん」

結那を慰めていた女性社員の一人が訝しげに尋ねてくる。美織はあたふたして何度もかぶりを振った。

「違います！　私じゃないです！」

「じゃあどうして梅原さんのロッカーから見つかったんですか？　おかしくないですか？」

「私もどういうことか分からなくて……江口さん、私、本当に身に覚えがないんです」

「往生際が悪くない？　正直に謝ったらどうなのよ」

「そうよ、実際に梅原さんのロッカーから出てきたんだから」

結那の取り巻きなのか、一緒にいた女性社員たちが口を揃えて美織を責め出した。

「そんなこと言われても、私は盗んでません。何かの間違いだと思います！」

身に覚えがない罪で犯人と疑われてはたまらない。美織は懸命に無実を訴える。

「みなさん、もうやめてください！　お金も取られてないみたいだし、見つかれば私はそれでいいんです」

可愛らしい瞳をうるうると潤ませながら、結那が女性社員たちと美織の間に割って入る。さながら「私のために争わないで！」とでも言いたげである。

「江口さん、私、本当にあなたのロッカーにもバッグにも触ったことないの。それだけ信じてもらえると嬉しいです」

美織が告げると、結那は涙目でこくん、とうなずいた。

「わ、かりました。会社には、もう見つかったので大丈夫です、って言っておきますから」

ぺこりと頭を下げた彼女は、バッグの中に財布とスマートフォンをしまい、更衣室を後にする。一緒にいた女性たちも、不満げではあるが、彼女の後に続いた。

一人になった美織は、大きくため息をつく。

「……一体、どういうこと？」

美織が結那に関するものに触れたことがないというのは事実だ。それどころか会話したことすら、仕事関係以外ではない。だから彼女には何の感情も持ってはいないのだ。

いや、衛司に気があるという話を菜摘から聞いているのだ。何も思わないというのは嘘だ。本音は、あまり衛司には近づいてほしくないと思ってはいる。

けれど彼女を恨む気持ちなどこれっぽっちもないことは確かで、財布やスマートフォンを盗む理由なんてあるはずがない。

何がなんだか分からない美織は、首を傾げながら更衣室を出て、そのまま社屋を後にした。

帰宅してから、念のため菜摘には電話で話しておいた。

『――美織、それは完全に美織を狙ってやってるよ』

「私を……？」

『私のカンだけど……江口さん、美織と若様のことを知ってるんじゃないかなぁ』

「え……」

『それでなんらかの形で美織を陥れて、別れさせるか会社にいられないようにするかを、狙ってるのかも知れない』

「でも江口さん、お財布とスマホは見つかったからもういいって言ってたよ。会社にもそう言っておく、って」

『うーん……でも、その言葉を額面どおりに受け取ってもいいものかしら。……いずれにしても、気をつけておくに越したことはないよ。佐津紀さんと岡村さんには私からこのことを話しておくから。美織も若様に今日の内に話しておいた方がいいわ』

「うん……分かった」

『何かあったら、私や佐津紀さんに言うんだよ？　岡村さん使ってもいいし！』

「うん、ありがとう、菜摘」

電話を切った後、衛司に電話をしようかと思ったが、菜摘と話していたらすっかり遅い時間になってしまったので、ざっくりと説明したメッセージだけを送っておいた。

『教えてくれてありがとう。大変だったな。その件は俺の方でも調べてみるから、あまり心配しなくていい』

そうリプライが来たので、少しだけ安心できた。

「衛司くんが信じてくれてるんだもん。大丈夫」

美織は誰にともなく呟いた。

翌日、いつもどおりに出社し、部署に向かうためにエレベーターに乗ると、背後から話し声が聞こえた。

「受付の江口さん、財布盗まれたんだって？」

「そうそう、どうも人事部の女が盗んだらしいよ」

「同じ会社に泥棒がいるとか、怖っ」

（え……？）

美織は一瞬、自分の耳を疑った。その後、その女性たちはすぐに話を切り替えてしまったけれど、彼女の心に波を立てるのには十分だった。

見ず知らずの社員が目の前で自分の噂話をしているのだから、一瞬、背筋に寒気が走った。

昨日の結那との会話で誤解はとけたのではないかと楽観視していたのだが、甘かったのだろうか。

（まさか……ね）

それでもまだ、平和的に解決できると信じていた。

だが、エレベーターを降り部署に近づくにつれ、自分に向けられる視線が厳しいものになっているのは、気のせいではなさそうだ。

他部署の社員がこちらを見てひそひそと話をしているのが見えた。冷たい視線が棘のように刺さり、皮膚がピリピリと不安感を覚える。

「――めはらさんが……んだって……」

「――そー……く来られるよね……」

小声でなされているはずの噂話の中に自分の名前を聞き取ってしまい、心臓が痛くなる。

部署に着いた途端、菜摘が駆け寄ってきた。

「美織、やっぱりやられたわ。思ってたよりも影響力あったみたい、あの女」

「おはよう、菜摘……どういうこと？」

「あの女、昨日の内に自分の取り巻き使って噂を広めさせたみたい。しかも『梅原さんのロッカーから財布とスマホが見つかりましたので、もう大丈夫です』って、それしか言ってないらしいからタチが悪いわ」

言葉が足りないことは嘘とは言わない――以前観たドラマでこんな台詞があった気がする。

「そんな……」

「私も岡村さんも、知り合いには事情説明してるけど、拡散速度に追いつかないのよ」

どうやら菜摘の懸念が的中したようだ。彼女は額に手を当ててため息混じりに言う。

「――なんだかえらいことになってるなぁ。梅原さん、大丈夫？」

並河がやれやれといった様子で近づいてくる。彼は菜摘から事情を聞いているようで、美織を信じてくれているのが分かる。

「お騒がせしてすみません、本当に私も、何がなんだか分からなくて……」

「江口さん相手か……ちょっとやっかいだな」

「どういうことですか？」

並河がぼそりと呟いたひとことが、少々ひっかかる。男性社員に人気があるというだけで、管理職からそんな言葉が出るのが不思議だった。

「いや──……ここだけの話だけど、以前も大宮事業所で江口さん絡みでいろいろあってね」

彼は言葉を濁してはいたが、どうやらこういうことらしい。

数年前、とある女性社員が美織のように嵌《は》められ、結果的に依願退職になった事件があったらしい。その時も周囲を巻き込んでの大騒ぎになったそうだ。

結那自身は決してその社員を責めることなく、上手く周囲を操って動かしてしまうので、彼女が仕向けたのだと証明するのは困難だったらしい。

後に分かったことだが、その女性は社内の人気男性社員とつきあっていたので、略奪を目論んだ結那が彼女を陥れたのではないかと、秘かに噂になったらしい。

そういう経緯もあり、結那はかなり敵も多いようだが、それ以上に男性社員たちの圧倒的な支持を得ているので、相当分厚い防護壁を周囲に巡らせているも同然なのだ。

その事件の後、何故か彼女は本社に異動になったので、その騒動を知る者は本社にはあまりいない。

「僕は君の人となりをそれなりに知っているから、そういうことをする人間じゃないと分かっているけれど、そうじゃない輩《やから》からは疑われていると思うから、十分に気をつけた方がいい。僕も部内や上には説明しておくよ」

「ありがとうございます、よろしくお願いします」

美織は深々と頭を下げた。

その後、並河や菜摘たちのフォローのお陰で、部署内ではそれほど騒ぎにはならず、かえって同情してくれた社員もいた。だからいつもとさほど変わらずに仕事に打ち込めた。

しかし一歩部署外に出てしまえば、そういうわけにはいかなかった。

「早く辞めろよ、泥棒」

廊下を歩いていれば、若い男性社員からすれ違いざまに罵《ののし》られる。

「結那ちゃんを泣かせるなんて、絶対許さないからな」

別な社員からは思いきり睨まれた。数人の男性からは遠巻きにクスクスと笑われる。中にはわざとぶつかって、美織を転ばせる者まで現れた。

菜摘と佐津紀は彼女の身を心配してくれて、部署外に出る用事があれば、一緒に行動してくれた。彼女が貶《おとし》められれば庇《かば》ってくれて。

「なんなの？　あれ。うちの会社の男ってあんなんばっかかなの!?」

「あんなあざとい女に操られて、恥ずかしくないのかしら」

美織の代わりに二人が怒ってくれていた。

（全男性社員を敵に回してしまったみたい……）

心臓が痛くて仕方がないし、怖くて泣きたくなったけれど、仕事中なのでなんとか我慢した。

しかし午後を過ぎた辺りから、罵詈雑言は男性だけでなく女性からも飛んでくるようになったのだ。

社内ＳＮＳのチャットツールから、

「身のほど知らず！」

「ストーカーなんてサイテー」

「結那ちゃんに勝とうなんて百万年早いのよ」

などと、明らかに窃盗絡みとは思えない内容でメッセージが飛んでくる。美織はわけが分からず混乱していた。

「もうほんと、何が起こってるの……？」

昼休み、いつもの場所で昼食を取りながら、美織が深いため息をついた。食事が喉を通るはずもなく、お茶を口にするのでせいいっぱいだ。

「――美織、分かったわ」

スマートフォンを確認していた菜摘が切り出した。結那と同じ部署には、菜摘の大学時代の友人がいる。幸いと言うべきか、その女性社員は結那とはそりが合わないようで、彼女の味方というわけではないらしい。

なので今回も仕入れた情報を、菜摘にバンバン流してくれているそうだ。

「何か分かった？　菜摘ちゃん」

「どうやらあの女、美織が若様にストーカーしてるって言いふらしてるみたい。おまけに、『梅原さんから、私の海堂さんにつきまとうな、って脅されてて』とも言ってるらしいわ。第一弾では男性を敵に回し、第二弾で女性の敵を増やしてる。小出しで燃料を注いで火を絶やさないという手口。汚い！　やることが汚いわ」

「え、何それ……」

美織は呆然《ぼうぜん》とする。当然ながらストーカーも脅迫も身に覚えがない。

「それを『今まで誰にも言えなかったんだけど……』って、ずっと我慢してましたという体で言うから、みんな同情して信じちゃってるみたいよ。……あの女、会社辞めて女優になった方がいいんじゃない？」

どうやって知ったのかは分からないが、やはり結那は美織と衛司のことを知っているのだ。

「そんな……」

現状がことごとく菜摘の危惧したとおりになっていくので、美織は場違いな感情と分かってはいても、少しだけ感動していた。

（私、今なら『名探偵・菜摘の事件簿』が書けそうな気がする……って、そんなこと言ってる場合じゃないけど）

「ねぇねぇ美織ちゃん、この噂、海堂さんは知ってるの？」

「分かりません。私、会社では一切連絡を取らないことにしているので、今どこで何をしてるのかも知らないんです」

「そんなこと言ってる場合じゃないでしょ？　このままじゃ大宮の二の舞だよ？　今すぐ連絡取りな！」

「そうよ！　何かあってからじゃ遅いんだから！」

菜摘と佐津紀が、本人よりも怒りを露わにしてくれている。美織を信じて味方になってくれているのが嬉しい。

「大丈夫、とりあえず今日の夜に電話してみる。いくらなんでも今日明日で退職、ってことにはならないだろうし」

美織はそう言ったものの、心はだいぶ弱っていた。

（衛司くんの声が聞きたい……それに、会いたいな……）

そう思う気持ちを、なんとか押し込めた。

午後の仕事が始まってから、人事課は業務外の対応で忙殺されていた。他部署から抗議の電話が殺到したのだ。

『ストーカーをするような女が人事課にいるなんて、怖くて情報を預けられない』

だの、

『窃盗犯は早く懲戒解雇にしろ』

だの、

『そんな女を雇った人事部を解体しろ』

とまで言ってくる者もいたらしい。

「真面目に仕事をしていれば、他人の悪口を言う暇はないはずなのに。そういう暇人が退職する方が会社のためだと俺は思うけどな」

岡村が苦笑いをする。

「皆さん、本当にすみません。私のせいでご迷惑をおかけして」

「美織のせいじゃないわよ。そもそもこの事態、異常だわ。過去にも盗難事件はあったらしいけど、内々に処理されたって言うじゃない。こんなに大騒ぎになること自体がおかしいのよ。江口結那、恐るべしよ」

「ありがとう、菜摘」

美織はそう言って席を立ち上がる。トイレに行こうとすると、佐津紀が一緒に行くと言ってくれた。

その時、他の課員から声がかかる。

「瀬戸さん、総務課から急ぎの電話です」

佐津紀は「あー……」と戸惑いの声を上げて、電話を持つ課員と美織の間で視線を往復させた。

「あ、私なら大丈夫ですから、すぐ出てください、佐津紀さん」

「ごめん、美織ちゃん。すぐ帰って来るんだよ？」

佐津紀が申し訳なさげに電話に出るのを横目に、美織はトイレへ向かう。

幸い中には誰もいなかったので、早く席に帰ろうと、速やかに用を済ませた。しかし個室から出たところで、扉が開き女性が三人入ってくる。

菜摘が『要注意人物』として結那とともに名前を挙げた、島原有紗《ありさ》とその取り巻きだ。

「あー……泥棒がいるわ。みんな気をつけて、何か盗まれるかも知れないわよ」

有紗が嘲笑《ちょうしょう》とともに言い放つ。

「盗んでません」

美織は事務的に返し、洗面台の蛇口ハンドルを捻ろうとした。が、できなかった。

バン！　と音が鳴る。

有紗がハンドルを手で強く押さえたのだ。

「泥棒にストーカーだなんて、根っからの犯罪者気質なのね。怖～い」

「すみません、窃盗もストーカーも、身に覚えがないので」

「やだ、これだけ大事になってるのにまだ認めないの？　みっともなーい」

有紗の取り巻き二人がキャハキャハと笑う。

(大騒ぎになっただけで有罪なら、世の中冤罪《えんざい》だらけだよ……)

美織は呆れてしまったが、あえて口に出して拗《こじ》らせるようなことはしない。それでも面倒くさいと思う気持ちが態度に出ていたのだろう、女性たちはそんな美織にカチンと来たのか、声を荒らげた。

「ねぇ！　あんた、自分が海堂さんに釣り合ってるとか思ってるの？　……どれだけ自分に自信があるのよ、鏡見たことあるの？　ほら、すぐ目の前にあるんだから見てみなさいよ。恥ずかしくなるから」

「有紗や結那ちゃんが羨ましくて、悔し紛れに財布とスマホを盗んだんだろうけど、やることがせこいし、最低なのよ！」

「早く会社辞めてくれないかな？　あんたみたいな女見てると、虫唾が走るんだよね」

最後に罵ってきた有紗は、結那には若干及ばないものの、十分に美人だ。衛司の隣に並んでも遜色ないだろう。

そのきつめの美貌を鋭く歪め、彼女はハンドルから一旦手を離し、捻って水を出した。

「……手を洗うんでしょう？　どうぞ」

手の平で水道を指し示した有紗は、不自然なほどにっこり笑った。

なんだか嫌な感じだが、早く手を洗いたかった美織は、三人の視線を浴びながら手を濡らして備えつけのハンドソープを手に載せて泡立てた。

「人事課なんだから、退職もすぐできそうじゃない？　早く辞めちゃった方がいいと思うよー。お財布盗まれた結那ちゃんのファンたちが相当怒ってるみたいだし、暴動起きちゃうかも」

「そうだよねぇ。夜道とか気をつけた方がいいよぉ」

美織の後ろで、取り巻き二人が次から次へと罵倒と脅しの言葉を繰り返す。

次の瞬間――。

「きゃあっ」

「あっ、ごめんなさーい」

美織が手を洗っている水流に、有紗が手を差し入れて弄った。垂直に落ちていた水が向きを変え、美織にかかる。

もろに浴びてしまい、髪から胸にかけてがびしょびしょだ。

「やだ、ほんとにごめんなさーい。お水出し過ぎたから絞ろうと思って、間違えちゃったぁ」

かかった水はじわじわと美織の服に染みてブラジャーにまで達し、お腹の上を流れていく。

髪と顎の先からも、水がポタポタと落ちて床を濡らした。

「大丈夫～？　ごめんね～」

「風邪ひいちゃうから、拭かなきゃ！　ほら、これで拭いて！」

取り巻きの一人が、美織の顔に布を押しつけた。見てみれば、それは雑巾だった。新品だったのが救いだ。

「あはははは」

三人は下卑た声音と笑いを残しながら、化粧室から出て行った。と同時に、勢いよく扉が開き、菜摘が飛び込んできた。

「美織っ、大丈夫？　戻って来るのが遅いからもしかして……と思って！　……やっぱり！」

彼女は軽く舌打ちをした後、自分のハンカチで美織を拭こうとして……一旦、手を止めた。

「——ちょっと待って美織、つらいだろうけど、そのままでいて。……証拠の動画撮るから」

勘のいい菜摘は、こんなことになるかも知れないと、会社の備品のデジカメを持ち出してくれていた。社内で支給されている携帯電話はスマートフォンもガラケーもすべて、機密保護のためカメラ機能を切られているので撮影ができないからだ。

彼女はデジカメをてきぱきと操り、美織の惨状を写真と動画に収めた。

「ありがと、菜摘」

「いくらなんでも酷すぎるわ、これ」

二人のハンカチを使っても、水分は拭いきれない。美織は湿った髪を手ぐしで後ろに流し、ポケットに入れてあったヘアゴムでまとめた。

「うん、酷いね……とりあえず、床を掃除しよ。菜摘も手伝って」

美織は掃除用具入れからモップを二本取り出し、一本を菜摘に渡した。

「美織、着替えはあるの？」

「一応、汗かいた時用に着替え置いてあるけど……」

「じゃあ、ついてくから着替えに行こ」

二人は床掃除をした後、連れ立って更衣室へ行った。

「……」

ロッカーを開いた美織は絶句する。扉を握ったまま動かない彼女の横から、菜摘が中を覗き込んだ。

「ひっど！　何これ酷い!!」

中に吊されていた美織の予備の服までもが水浸しになっていたのだ。それどころか、美織の私物のバッグと靴にも水がなみなみと注がれていて、水はロッカーの外にまで漏れ出していた。

菜摘は憤慨しながらも動画で撮影している。美織はくちびるを噛みしめた。

（泣いたらあの人たちの思うつぼだもの、泣かないいんだから）

「美織、私の服貸す？　下着は？　濡れてる？　ダメそうなら私、モールで買って来るよ」

「うん……お願い。服も適当に買ってきてもらっていい？」

下半身は多少水が飛んではいたが、なんとか耐えうるレベルだ。けれど上半身は下着までびしょ濡れだ。できれば服だけでなくブラジャーも替えたいが……。

「ここも安全じゃないから、医務室行こう。そこで待ってて。課長に言って服と下着買って来るから。とりあえず佐津紀さん呼ぶ」

菜摘は携帯電話で並河に事情を説明してくれ、佐津紀を呼び出した。

「美織ちゃん、ごめんね。やっぱり一人にしなければよかった」

医務室のベンチに二人で座ると、佐津紀が泣きそうな表情で謝ってきた。菜摘は美織を彼女に託し、駅からほど近いショッピングモールに行っている。

「佐津紀さんのせいじゃないですから」

「それにしても酷すぎるよ……無実の罪でこんな目に遭うなんて……」

「私自身には何もされてませんから」

「何呑気《のんき》なこと言ってるの！　もうすでに十分被害を被ってるわよ！　こんなのすぐエスカレートして、美織ちゃんの身体に害が及ぶこともあるんだから！　警察に被害届出してもいいくらいよ！」

佐津紀が美織のために激昂《げきこう》してくれているのを見て、嬉しくてホッとしてしまった。

「私のために怒ってくれて、ありがとうございます、佐津紀さん。佐津紀さんと菜摘と岡村さんが信じてくれてるから、私、耐えていられるんですよ」

本当に、佐津紀たちがいてくれなければ、半日すら乗り切れなかったかも知れない。それくらい、多くの悪意が一気に向けられているのを感じている。

本音を言えば、怖くて泣きそうで、逃げ出したい。でもそうしてしまえば、悪意を持った人間に餌を与えるようなものだ。

美織は、それだけはしたくなかった。

「……あと、海堂さんも、でしょ？」

「うん……ですね。海堂さんも調べてくれる、って言ってたんで、多分、大丈夫です」

美織の心を底から支えているのは、もちろん衛司の存在だ。彼が信じてくれていると思うと、不思議と力が湧いてくる。

（大丈夫、まだ耐えられる）

美織はうん、とうなずいた。

＊＊＊

それからしばらく医務室にいた美織は、佐津紀に伴われて人事課へ戻った。菜摘が買って来てくれた着替え一式を身につけている。

並河が心配そうに声をかけてくれた。

「梅原さん、大丈夫だった？　総務には一応、電話で苦情を入れておいたよ。酷いことされたね、まったく」

「ありがとうございます」

「それで……総務部長と人事部長と執行役員が、話を聞きたいって言ってる。この後四時半から第二会議室で、ってことだけど……行ける？　ダメそうなら日を改めるって連絡するけど」

（つ、ついに来た……）

近い内に管理職から事情聴取をされる予感はしていた。役員まで同席するとは思わなかったけれど。時計を見ると、もう四時過ぎだ。心の準備をする時間はほとんどない――。

「大丈夫です、行けます」

「一人じゃ無理なら、僕も同席するけど」

「大丈夫だと思います、多分」

自分は何も悪いことはしていない、それだけを胸に美織は臨むつもりでいた。

「大丈夫じゃないですよ、私も一緒に行きます」

菜摘が鼻息荒く口を挟んでくるが、岡村に止められる。

「高槻が行ったら、役員怒らせそうだからやめとけ。……梅原、ちょっと」

彼が美織に手招きをする。耳元から少し離れたところで、ごくごく小声で、あることをアドバイスされた。

「――はい、そうします。ありがとうございます」

美織は身だしなみをチェックすると、筆記用具とスマートフォンを持って第二会議室へ向かった。

四時半少し前にドアをノックし入室すると、まだ誰もいなかった。長机が四台、四角く配置されていたので、ドアに近い末席に腰を下ろした。ほどなくして、ノック音とともに管理職が数人入って来たので、立ち上がって会釈をする。

「あぁ、座ってください」

総務部長の久行《ひさゆき》が着席を促した。美織は「失礼します」と小声で言い、腰を下ろした。

目の前には、久行と、人事部長の服部《はっとり》、それから執行役員の新田《にった》が並んで座っている。

「お時間取ってもらってすまなかったね、梅原さん」

「いえ……こちらこそ、ご迷惑をおかけして申し訳ありません」

服部の言葉に、美織は頭を下げた。

「早速始めようか。ここに呼ばれた理由は分かっていると思うけど、社内で噂されていることの真偽についてです。まずは総務課・江口さんが盗難に遭ったということで、犯人が梅原さんだと言われていますね。単刀直入に聞きますが、それは事実ですか？」

「いいえ、私は何もしていません。昨日、私のロッカーから江口さんのお財布やスマホが出て来たのは事実ですが、それは私がやったことではありません」

「まぁ、口ではなんとでも言えるからねぇ……」

美織の釈明に、新田が憮然とした表情で呟いた。

「もし、万が一にも私が犯人だとしたら、盗んだお財布とスマホは自分のバッグの奥にしまって、誰にも見つからないようにします。でも実際には、ロッカーを開けると同時に落ちるように置かれていました。……これは、誰かが私に罪をかぶせるために、あらかじめロッカーに仕込んだのではないかと思っています」

実はこれは菜摘の受け売りだ。昨夜の電話で、財布とスマートフォンが出て来た経緯を説明した時に、彼女が即座に推理を披露した。美織が彼女を『名探偵・菜摘』と呼称した所以はここにもある。

「つまり君は、誰かに嵌められたと言いたいんだね？」

久行が持参したＰＣに何かを打ち込みながら尋ねてくる。美織は力強くうなずいた。

「はい」

「君は他人のせいにするのか？」

新田が詰め寄ってくる。どうやらこの執行役員ははなから彼女の話を信じるつもりはないらしい。完全に梅原美織犯人の体で話を進めてくる。

「私の仕業ではない以上、誰か他の人がやった、ということになりますね」

「……」

納得できない、と言いたげな表情で、新田が黙り込む。彼とは対照的に、隣にいる服部は冷静な顔を崩さずに口を開く。

「ひとまず盗難の件は置いておくとして。もう一つの問題に行きます。江口さんは、あなたが広報部の海堂くんをストーキングしている、と申告しているんだけど、それについてはどうですか？」

「それも事実無根です。ストーキングなんてしてません」

「接触したこともないと？」

「……ないです」

（少なくとも自分から進んで接触したことはないし）

一瞬言い淀んでしまうが、無理矢理そう解釈し答えた。人事部で岡村へのお礼を託されたのも、会議室で二人きりになったのも、美織の本意ではなかったし、自分から話しかけたこともないのは確かだ。

この状況で「実は海堂さんと私はつきあっているんです」などと言おうものなら、完全に『頭のおかしいストーカー』として認定されてしまうだろう。

「じゃあ、何故江口さんはああ主張しているんだろうね？　火のないところになんとやら、と言うじゃないか」

新田が口角を意地悪く上げて問う。

「あの……当の海堂さんは、なんとおっしゃってるんですか？　私にストーキングされていると？」

「海堂くんは提携メディアへ打ち合わせに行っていて、まだ事情を聞けていないんだよ。一応連絡は入れて、今こっちに向かっているそうだから帰社次第、聞いてみるつもりだよ」

服部がそう答えた。

「それで……海堂くんが帰社するまでの間に、江口さんが直接君と話がしたいと言っているんだが、入ってもらってもいいかい？」

「あー……はい、お願いします」

美織の答えを受けて、新田がスマートフォンを取り出した。結那を呼び出すためだろう。

少しして、ドアをノックする音が聞こえた。

「失礼します……」

結那は目を潤ませながら、おずおずと入室する。服部から「そちらへ座ってください」と、美織の斜め前を示された彼女は、小さな歩幅でちまちまと歩き、ちょこん、と席についた。

「それで、江口さんは何を話したいのかな」

久行が水を向けると、結那は瞳の潤いをさらに増して、今にも涙がこぼれそうな視線を美織に送った。

「……私、梅原さんと少しだけ二人でお話したいです」

そう言った後、彼女はきゅるんとした可愛らしい眼差しを管理職へ向けた。すると新田がコホン、と咳払いをし、

「そういうことであれば、我々は少しの間、席を外そうか」

と、立ち上がった。服部は美織に尋ねる。

「梅原さんはそれでいいかい？」

「大丈夫です」

それならばと、服部と久行も立ち上がり、新田の後に続いて退室した。

（……どうなるんだろう、この後）

美織の心臓が逸る。結那は一体、自分に何を言うつもりなのか、いろいろ考えすぎて頭

がこんがらがってしまう。

「あの、江口さん……私、本当にあなたのお財布とか盗んでいないし、海堂さんのストーカーでもないの」

「……嘘つき」

地を這《は》うような低い声音に、美織は目を見開く。そこにいたのは、みんなが知っている可愛らしくて彼女にしたい女性社員ナンバーワンの江口結那ではなかった。

さっきまで浮かべていた涙はどこへやら、きついまなざしで美織を射抜き、氷のようなオーラを発した女王様が、あごをツンと上げてふんぞり返っているではないか。

（目が据わってる……衛司くんも真っ青な豹変ぶりだ……）

美織の口元はひくひくと痙攣する。

「海堂さんのストーカーをしてるくせに、身のほど知らず」

「だから……ストーカーなんてしてないから」

「隠しても無駄。あたし、知ってるんだから」

「知ってると言われても、身に覚えがないんですけど……」

何を言っても信じてもらえそうにない。美織は下を向いてため息を吐き出した。一方、結那は彼女に対する攻撃を続ける。

「すぐにでも会社辞めて消えてくれない？　そうじゃないとあたし、盗難と脅迫の被害届を警察に出すから」

　指先で髪をくるくると巻き取りながら、結那はにこりともせずに言う。

「私が盗んだわけじゃないし、あなたを脅迫なんてしてもいないのに？」

「盗んでいなくても、実際あんたのロッカーから財布とスマホは見つかってるし、その場面を目撃した証人もいる。あんたとあたし、みんなはどちらを信じるのかなぁ」

「盗んでいなくても、ってことは、私が犯人じゃないって知ってるのよね？　……やっぱり、江口さんの自作自演なの？」

「……だったら何？」

　目を細めて冷たく問う結那に、美織はつとめて冷静を装い、彼女の意図を聞き出そうと集中する。本心は怖くてたまらない。今にも身体が震えそうだ。

「やっぱりあなたの仕業なの？　私に罪を着せた目的は何？　……私はストーカーなんかじゃない。何を根拠にそんなことを言うの？」

「嘘、あんたストーカーなんでしょ？　証拠があるんだから」

　そう言って結那は、スマートフォンを出し、何やら操作をして美織に突き出した。

「え……これ……」

　それは、美織が衛司とデートをしている時の写真だった。確かちょっとしたことでからかわれ、照れて突っかかった場面なのだと思うが、見方によっては彼の元に押しかけて困らせているように見えなくもない。

「相手にされないからって、図々しいのよ。休日に押しかけるなんて」

「これ、どうやって撮ったの……？」

「どうだっていいでしょ。そこに写ってるのが何よりの証拠よ、このストーカー」

（どうしよう……）

この状況をどう説明したらいいものだろうか。盗難については完全に潔白なので、先ほどのように淡々と事実を述べて否定すればいい。しかし衛司のことに関しては、実際に交際しているだけに、釈明が難しい。

（衛司くん、早く来て……）

彼が帰社して、ストーカー疑惑だけでも否定してくれればいいのだけれど――。

次の瞬間、美織の目に飛び込んできたのは、底知れない悪意を孕んだ結那の笑みだった。

「あたし、あんたみたいな調子に乗った身のほど知らずが、死ぬほど嫌い。……だから潰すことにした。無実の罪だろうがなんだろうが、あたしが言えば動いてくれる人は大勢いるし、あんたなんて、ひとたまりもないからね」

低く静かな声音が、美織の背筋に寒気を走らせる。

（何この人……怖い……）

彼女の全身が総毛立った。何が怖いと言えば、結那の変わりようだ。あれだけ社内の男性陣を軒並み魅了している可愛らしい江口結那が、ドスの利いた声と刃のように鋭く尖った視線で恫喝《どうかつ》してくるのだから。

大宮事業所の時もこの手で女性社員を辞めさせたのかと、美織は妙に納得してしまった。

結那はさらに目を細める。

「――これから、会社でのいじめはもっと苛烈になっていく予定。どんなことされちゃうのかなぁ。……お酒にドラッグ仕込まれてどこかに連れ込まれても助けてあげられないかな、その前に退職した方がいいんじゃないかなぁ。ね？　う・め・は・ら・さん」

その笑みは、可愛らしいのに底冷えするような冷たさをまとっていて、美織の体感温度を下げるには十分だった。怖気《おぞけ》がゾクリと彼女を襲う。

（ほんとに怖い……どうしよう）

他人に対して、こんなにも恐怖を感じたことなど今までなかった。不安でたまらなくて、今すぐ衛司の胸に飛び込みたくなってしまう。

その時、ちょうど部屋をノックする音が聞こえた。

「は、はい」

返事をすると、カチャリと音を立ててドアが開く。顔を出したのは、新田だ。

「いいかな？　たった今、海堂くんが帰って来たんでね。話し合いに参加してもらおうかと思ってるんだが」

結那はすでに会社モードの顔になっており、目を潤ませてしゅん、とした表情でこくん、とうなずいた。

「わ、かりました……」

いかにも今まで美織から責められていました、という体を装っているのだろう。その姿で管理職の同情を誘っているのは明らかだ。あまりの演技派ぶりに、美織は苦笑するしかない。

新田と久行と服部が再び入室した。三人に続いて衛司も入って来た。

（衛司くん……）

彼はスーツ姿で涼しい表情のまま、美織の右隣に腰を下ろした。今のところ彼女に対し
てなんの反応もしてはいないが、いるだけで美織を安心させてくれた。

「それじゃあ、海堂くんも来てくれたことだし、改めて伺おうか」

服部が衛司を見据えて切り出した。

「――海堂くん、ここにいる梅原さんが君をストーキングしていると、江口さんから申告
があったんだが、真偽はどうなんだい？　本当にストーキングされていたのかな？」

そこにいる全員の視線が、衛司に集まる。彼は少しの沈黙の後、細く長いため息をつ
き、そして口を開いた。

「――確かに、残念ながらストーカー行為はありました」

「えっ」

美織は思わず声を上げた。

（え、衛司くん……⁉）

なんてことを言い出すのだと、美織の心臓が跳ね上がる。

場がどよめき、結那がうつむきながらもニヤリと笑っているのが、美織から見えた。

「ほら、江口さんが言ったとお――」

「但し」

新田がそれ見たことかと得意げに放った台詞を、衛司が低く通る声で遮った。不穏な空気を一掃する鋭い一太刀で、室内が一瞬にして沈黙に包まれる。

「――但し、被害者と加害者が逆、ですが」

静かに放たれた衛司の言葉に、今度は一同が同様に首を傾げた。

「どういうことだい？　海堂くん」

「私こそがストーカーなんですよ、梅原美織さんの」

「は？」

衛司はあごを上げ、悪びれる様子もなく次の句を口にする。

「何せ、調査会社に彼女の身辺を調べさせ、人事課の岡村宏幸を抱き込んで彼女の情報を得て、親のコネを使って彼女と同じ会社に無理矢理出向し、彼女を自宅の前で待ち伏せして――そして、彼女にGPSを組み込んだ指輪を贈っていますから」

そう言って衛司は、美織の右手を掲げ、彼女の薬指にはまっている指輪を一同に見せた。

（えっ、GPS？）

そんな話は聞いていないと、美織は衛司を凝視する。すると彼はこちらを向いてフッと安心させるような笑みをこぼした。

「――これをストーカーと呼ばずして、なんと呼ぶんでしょうね？」

衛司は管理職に向かって不敵に笑い、高らかに言い放った。

「き、君、梅原さんに近づくために、うちに出向したのかい？　確か横領の調査で派遣されたんじゃ……」

「あぁ、横領の調査はついいでです。親の力を使って人事を操作する馬鹿息子で申し訳ないです」

平然と本当のことを暴露する衛司に、美織は呆れてものが言えないでいる。

（え、衛司くん……私を庇うために言ってくれてるんだろうけど……ぶっちゃけすぎじゃない……？　言っていることは全部ほんとのことではあるけども……）

「――しかし、こちらでもそれなりに結果は出しているつもりですので、悪くない人事異動だったのでは？」

美織が岡村に聞いたところによると、衛司がＫＩＴの社外広報担当になってからというもの、メディアからの取材要請が倍増したそうだ。ＢtoＢ企業としては異例のことで、各社の取材担当者からも男女問わず気に入られているというのだから、彼の人を惹きつける才能は仕事でも発揮されているのだろう。

「う、嘘ですそんなの！　……だって、私聞いたんです、海堂さんがストーカー被害に遭ってるって」

先ほどの余裕に満ちあふれていた、結那の態度が一変する。焦りを孕んだ口調で、衛司の言葉を否定しにかかる。

「嘘も何も。私自身がそれを否定しているんですよ？　誰から聞いたのか知りませんが、得体の知れない人間と本人の証言、どちらが信憑性があるんでしょうね？」

「と、とにかく、ストーカー事件は起きていなかった、ということでいいんだね……？」

苦笑いを浮かべた服部に、衛司は目を見開いて問う。

「いいんですか？　私自身がストーカーなのですが、なんのおとがめもなしですか？」

堂々と犯罪行為を告白する衛司に、管理職は皆、顔を引きつらせている。

「あーいや、それに関しては梅原さんから被害報告があれば対処するが……中告するかい？　梅原さん」

久行と服部に同情するような視線を向けられ、美織はぶるぶるとかぶりを振る。

「ということは、二人はつきあっている、という認識でいいのかな？」

「ええ、つきあっています」

久行の問いに、躊躇うことなくイエスと答えてしまう衛司。

「……っ」

（あーあ……言っちゃった。でもこの場合はしょうがないか……）

できれば交際を秘密にしたまま、事態を収束させたかった。けれどそうも言っていられない展開になってしまったので、やむを得ないだろう。

宣言した当の本人はどこか嬉しそうな顔をしている。

（衛司くん……そんなにオープンにしたかったの？）

美織は少し複雑な気持ちになった。

「それならそうと、どうしてさっき『交際している』と言わなかったんだね？　梅原さん」

新田が苦々しい表情で尋ねる。

「あの……私はつい先ほどまでストーカーの嫌疑をかけられていたんですよ？　そんな状況で『つきあっています』と答えて、あぁそうですかと信じてくださいましたか？」

「……」

美織の反論に、新田はぐうの音も出ない様子だ。

「ともかく、ストーカーの件はこれで終わりにしよう。残るは盗難のことだが……」

久行が仕切り直し、と言わんばかりにテーブルをトントン、と指先で叩いた。

「その件ですが、私から少々よろしいでしょうか？」

衛司が手を上げる。

「何だい？」

「極力最少人数で話し合いたいのですが、かまいませんか？」

「どういうことだろうか」

「これは個人のプライバシーにかなり踏み込む話になりますので、まずは私と梅原さん、江口さんの三人だけで話がしたいです。……しかし、会社としてはそういうわけにはいかない。ですからそうですね……この場合、管理事業部を統括する執行役員の新田事業部長にご同席いただくのが、理に適っているのではと思いますが。報告書は後ほど私が責任を持って作成し、新田部長経由で提出いたします」

「そういうことなら……どうですか？　新田部長」

「私はかまいませんが」

「では、我々はしばらく席を外させてもらいます。何かあれば私に連絡を」

久行がPCを持って立ち上がると、服部もそれに続いた。

二人が再び会議室を出てパタリとドアが閉まると、衛司は結那に向き直る。

「――さて、江口さん。あなたは以前、大宮事業所でも今回と同じような事件を起こしていますね？」

「じ、事件だなんて……私……」

うるうると瞳を潤ませる結那を見て、美織は完全に白けていた。菜摘が言うように、彼女は女優になるべきだと思った。

「あぁ、今さらそんな小芝居しなくてもいいですから。調べはついています。あなたが今回、梅原さんに対してしたのと同じような手口で、一人の女性を退職に追い込んだ件はもう分かっていますから」

結那が潤んだ目を見張った後、小さく舌打ちをしたのを美織は聞き逃さなかった。

「ここからが本題です。あなたはその事件の後、一部で流れた不名誉な噂を払拭するかのように、本社の総務課に異動していますね。なんの実績もない一介の受付嬢が本社に移動なんて、普通ありえないことです。……まぁ、親のコネで出向している私が言えた義理でもないですが」

　衛司が自嘲した後、一瞬だけ目を鋭く細めた。その視線の先には――。

「そして、その異動の際に口添えしたのが――新田事業部長、あなたですね」

「な、何を……」

「本社の執行役員が支社の事務畑の人事異動に口を出すというのがまた異例だと思ったんですが……こういうことだったんですね」

　うろたえ始めた新田を尻目に、衛司がスーツのポケットから写真を数枚取り出し、新田と結那の前に一枚ずつ丁寧に置いていく。

「っ、こ、これは……！」

　彼らは揃って目を剝く。

　そこには、結那と新田が腕を組んで繁華街を歩いている姿が写っていた。その内の一枚では、キスまでしているのだから、ただならぬ関係なのは明白だ。

「これはいただけないな、『パパ活』するにも人を選ばないと。いくら事業所は違うとは言え、同じ会社の役員なんて危険すぎますよ……江口さん」

（ぱ、パパ活……）

　自分にとってはあまりにも非現実的な言葉を耳にし、美織は気が遠くなりそうだった。

「――まぁ、そのお陰で本社勤務になったのだから、同じ会社でよかったのかな」

「き、君はこれを見せて何がしたいんだ？　私たちを脅迫するつもりかね？　卑怯《ひきょう》だとは思わないか？」

　新田は相変わらず居丈高な態度でいるが、そこには明らかに動揺が見え隠れしていた。

そんな彼に、衛司がピシリと言う。

「……なんの罪もない女性社員を、卑怯な手で退職に追い込もうとしているあなた方には言われたくない」

「わ、私、卑怯な手なんて使っていません！　卑怯なのは梅原さんです！　……私、脅迫されたんですから」

　その大きな瞳から涙をこぼす結那。衛司は呆れ顔でその姿を眺めていたが、すぐに美織に視線を移した。

「──梅原さん、ここに入ってからの会話はすべて録音しているね？」

「は、はい」

　美織はスマートフォンを掲げる。会議室に入った直後に、ボイスレコーダーアプリを立ち上げて録音ボタンを押したのだ。だから管理職が入室した時からの会話はすべて記録されている──もちろん、結那が美織を恫喝《どうかつ》している様子もだ。

　会議室に向かう前、岡村にこう告げられた。

『梅原、スマホの録音機能を使って、入室からの音声はすべて拾っておけって……海堂からの伝言』

　美織は言われたとおり、彼らのすべての言葉をスマートフォンに収めていた。また、なんとしても自分が無実だと証明したくて、結那から言葉を引き出そうと頑張った。

もちろん、今も録音は続けられている。

「おそらく江口さんは梅原さんと二人きりで話したいと言い出すんじゃないかと、私は踏んでいました。だから、梅原さんには会議室の会話を一言も漏らさず録音するよう頼んでいたんですよ。そこには、盗難事件は彼女に罪を着せるための江口さんの自作自演だったという自白も録音されているはずです。……そうだね？」

衛司が美織を促す。彼女は一旦録音を止め、今までの音声を再生する。

スマートフォンのアプリには、先ほど結那が放った言葉の数々が、とてもクリアに記録されていた。それを聞いた彼女は、ぎりりとくちびるを噛む。

「……っ」

「――『器物損壊罪』は三年以下の懲役又は三十万円以下の罰金もしくは科料、『名誉毀損罪』は三年以下の懲役もしくは禁錮または五十万円以下の罰金、『虚偽告訴罪』は三ヶ月以上、十年以下の懲役」

「な、何……？」

「あなたが梅原さんに対して行った、もしくは行おうとしている犯罪ですよ。これ以上彼女を傷つけるようなら、法的手段を執ります。海堂インフォテックの顧問弁護士に依頼して、徹底的にやりますからそのつもりで」

「海堂くん、その音声は黙って録音されたものだ。証拠能力はないんじゃないかね？」

「あまりにも酷い手口で録音されたものでなければ、原則的には適用されるようですよ。……ただ、仮に適用されず法的に罰せられることはなくても、大宮事業所の件も合わせれば懲戒解雇の材料にはなり得ますね。退職させられた女性にも証言をもらう予定ですし。……それから、この件に関して不当に江口さんに便宜を図り、そのせいで少しでも梅原さんの不利益になるようなことがあれば、新田事業部長、あなたにも火の粉が飛ぶのをお忘れなく。……この会社のためにも、役員が続けて二人も懲戒処分されるような事態にはしたくありませんから」

これは暗に『パパ活』のことをバラされたくなければ、公正な采配を見せろという衛司の遠回しな圧力だ。反論してきた新田も、これには押し黙ってしまう。

衛司たち内偵チームによる横領調査で役員が一人懲戒処分になっていたことも、彼を黙らせた一因だろう。

「……」

「さて梅原さん、どうする？　懲戒解雇にするか？　それとも告訴するか？」

衛司が美織に水を向ける。彼女はゆるゆるとかぶりを振った。

「私、別に江口さんに退職してほしいとは思ってません。……私が望むのは、まず、江口さんには二度と私に仕事以外で関わらないこと、それから私の完全なる潔白を記した書面をＫＩＴ社長発令で全社に向けて出していただき、私の名誉を回復することです」

「その書面は、私と梅原さんで検閲・校正することも条件に加えよう」

美織の提案に、衛司がつけ加える。

「……それから、濡れた服のクリーニング代と、着替え購入代、水浸しになったロッカーの私物の弁償もお願いします」

「慰謝料はいいのか？」

「そんなものは要りません。私は自分の無実が証明されて、以前の生活が戻ってきてくればそれでいいです」

「――だそうです、新田事業部長。この件をどのようにソフトランディングさせるか、腕の見せどころですね」

衛司が満面の笑みで新田に言い放った。

「分かった。この件は任せてもらおう。……久行部長たちを呼ぶ」

諦めたようにそう言い、新田が席を立つ。しかし、衛司が彼を呼び止めた。

「お待ちください。……何かお忘れでは？」

「何をだね？」

「梅原さんに対する謝罪、ですよ」

「何故私が」

「あなた方二人とも、ですよ。無実の罪を彼女に押しつけ、社内で社員に攻撃させて精神を疲弊させ、身の危険を感じさせた。それは江口さんの罪ですが、彼女がこんな暴挙に出ることができたのは、あなたという後ろ盾がいてこそです、新田事業部長。そもそもあなたが彼女を不当に異動させなければ、今回の事件は起こらなかったんですよ。正直、私個人は梅原さんが提示した生易しい条件に納得はしていない。しかし彼女がそうしたいというならそれを尊重します。対外的にはほぼ無傷になるよう配慮してくれた彼女に、せめてこの場では真摯に謝罪したらどうなんですか？」

「え……海堂さん……」

容赦なく難詰する衛司を、美織が止めようと腕を掴む。

「……そうだな。……梅原さん、申し訳ない」

「……」

完全に観念している様子の新田は素直に謝罪を口にした。一方結那は憮然としながら黙したままだ。謝るつもりは毛頭ない、と言いたげな態度の彼女に、衛司がにっこりと笑う。

「私はね、大切な人に対しては決して『おまえ』という言葉を使わないんですよ。だから、梅原さんに対しても一度もそう呼びかけたことはない。……そうだね？」

「は、はい」

美織の答えに満足した衛司が立ち上がり、結那の元へ行く。そして長机をバン！　と大きな音を立てて叩いた。結那は「ひっ」と小さく声を上げる。

「――おまえは、一体なんの権利があって美織を陥れた？　答えろ」

冷たく刻薄な声風《こわぶり》だった。

「っ、だ、って、」

さすがの結那も気圧されたのか、口が重くなっている様子だ。彼女のまなじりに滲んだ涙が、本物なのか芝居なのか、美織には分からない。

「――こ、こんな普通の子、海堂さんにふさわしくないから……っ、身のほど知らず、って……っ」

（うぅ……痛いとこ突くなぁ……）

美織は口元を引きつらせる。衛司はさらに目を鋭く細め、もう一度長机を叩く。

「俺の質問の内容、理解しているのか？　『おまえになんの権利があるんだ』と聞いているんだが？」

「……っ」

「俺にふさわしい女の定義を、何故おまえが決める？　おまえは俺のなんなんだ？　……万が一にも自分が理想的だと思っているのなら、それはとんだ勘違いだ。おまえはな、美織の横になんて並べないよ。その資格もない」

衛司は冷たすぎる視線を結那に突き刺す。その温度たるや、氷点下二七三・一五度、まさに絶対零度と言っていい冷酷さだ。

以前、階段で告白された時に見せた表情など遥かに超えた冷たさで、美織も、そして新田さえも、身体をすくませている。

「――俺にとって美織は、唯一無二の存在だ。大切で大切で……他の誰かじゃ、代わりになんてなれるはずもない。ましてや、おまえみたいなポッと出の女が美織の隣に並び立とうとするなんて、厚かましいにもほどがあるんだよ。それなのに痛い勘違いをして、俺の美織を傷つけて悦に入って……独りよがりの自慰は楽しかったか？　外道」

「え、衛司くん……！」

美織は「もうやめて」という意思を乗せ、首を横に振る。

アメリカ時代のエイジは言うまでもなく、現在の衛司からも、こんな猛然とした姿は想像できない。それくらい、今の彼は見たこともないほどの怒りを全身に滾《たぎ》らせている。自分のために怒ってくれるのは嬉しいが、これ以上、粗暴な言葉遣いで自分自身を傷つけてほしくはなかった。

「今後、指一本たりとも美織に触れることも、誰か他の人間を使って彼女を陥れるようなこともしないと誓え。もしもそれを破るようなことがあれば、俺はおまえを絶対に許さない。海堂家と京条家……場合によっては神代家さえ、海堂衛司の使えるものをすべて使って、全力でおまえを潰すからそのつもりでいるといい」

新田と結那には、この言葉が持つ意味や重みを理解できないだろう。しかし美織には痛いほど分かった。

長年衛司を苦しめてきた『神代家』――本当なら名前を口にするのも躊躇われるはずだ。なのに、美織を助けるためならそれすら利用すると彼は言う。

衛司の覚悟と愛情は、間違いなく彼女に届いていた。

（衛司くん……）

「か、海堂くん、その辺で勘弁してやってくれないか。私が、責任を持ってそのことは守らせるから」

「——そうですか。では新田事業部長にお任せしますので、よろしくお願いします。私は、梅原さんさえ守れればそれでいいので」

衛司は絶対零度のオーラを一転させ、今日一番の晴れ晴れとした笑顔で言った。

結局、結那は最後まで美織に謝罪をすることはないまま、会議室を退室した。久行と服部には美織が無罪であることと、彼女が出した条件は新田が責任を持って敢行することをひとまず報告した。

そして彼らが退室した後、二人きりになった美織と衛司の間に、静寂《しじま》が横たわる。その静けさを破ったのは、衛司のため息だった。

「——ごめん美織、もっと早く助けてあげられなくて。……今日一日、相当辛い目に遭ったと岡村から聞いた。……よく頑張ったな」

衛司が美織を慰める言葉を紡いだその数瞬後——。

「っ、うぅ……っ」

美織の双眸から、ついに大きな涙の粒がこぼれ落ちた。ずっと我慢していたものが、ここへ来ていろいろな気持ちと一緒にあふれ出す。

二人の交際は秘密なのだから、会社では絶対に衛司に接触してはいけない——これまで、頑ななまでに自分に課してきた制約を、美織はついに破ってしまう。

「え……じく……っ」

衛司の胸に飛び込み、しゃくり上げて泣いた。

「美織」

彼女の身体をしっかりと受け止め、衛司はその頭を優しい手つきで撫でる。

「こ、怖、かった……っ。み、みんなが、私を、せ、めてきて……っ、怖く、て……逃げ出し、た、かった……っ」

「……でも逃げなかった。それに、泣かずに頑張ったんだよな。俺は美織を尊敬するし、そんな君の恋人になれたことを誇りに思う」

菜摘たちが味方になってくれていたとは言え、非難の視線に晒されていた時は、全世界が自分の敵になってしまったんじゃないかとさえ思ってしまった。

足がすくみそうになるのを必死に堪え、一歩一歩を踏みしめるようにして歩いた。

手が震えるのをなんとか抑えて、キーボードを打った。

助けてと叫びたくなるのを我慢して、電話の応対をした。

だから、会議室に衛司が入って来た時は、自分を救いに来てくれた騎士に見えた。彼の姿を目にするだけでこんなにも安心できて、ピンと張り詰めていた気持ちがわずかに和らいだ。

肩を震わせて泣く美織の背中は、汗でじっとり湿っていた。冷房がしっかり効いている社屋で、普段それほど汗かきではない彼女がこれほどの汗をかいている。それだけ今日の出来事は、彼女の心を深く大きく穿孔するストレスとなったのだ。

衛司は今度はその背中をゆっくりと撫でてくれた。

「っ、ぅ、え、じ……く……っ」

「──でもな美織、本当につらかったら逃げることも覚えた方がいい。でないと取り返しのつかないことになりかねない。……ほら、俺みたいに気を失うのも一つの手だ」

彼がおどけた口調で自分を揶揄している。それを聞いて美織は衛司から身体を剝がし、泣きはらした顔で彼を見上げた。

「ありがとう……えい、じ、くん」

「……俺は、美織からお礼を言われる資格なんてないんだ。この間、俺は君のことを守ると言ったくせに、結局は守りきれなかった。本当にすまなかった、許してほしい」

「ううん！　衛司くんは、私のこと、助けてくれたよ……」

自分を責める衛司に、美織は涙に濡れた瞳で訴える。責める気持ちなど、彼女の中には微塵もないと伝えたかった。

衛司はスーツのポケットからハンカチを出し、美織の涙を拭う。そして彼女にそれを渡した時、会議室の扉をノックする音が聞こえた。

「──梅原、海堂、いるか？」

カチャリと静かにドアを開ける音が聞こえるのと同時に、岡村が顔を覗かせた。

「──うおっ、海堂、梅原泣かせたのかよ」

「今日の状況を知ってて、俺が泣かせたと思うのか？」

岡村の驚きの言葉に、衛司が鼻で笑う。

「……というのは冗談だけど。梅原、今日は海堂に送ってもらえよ？　一応、この後すぐ、社内ＳＮＳで一斉配信があるけど、まだ梅原にちょっかい出す馬鹿がいるかも知れないからな」

「一斉……配信？」

「梅原は無実ですよー、詳しい経緯は明日説明出すけど、これ以上梅原を攻撃しないように頼むねー、っていうのをとりあえず全社員に対してＳＮＳ配信するらしい。でないと安心して帰れないだろ？　梅原」

「それ、新田事業部長の発案か？」

「そそ、そうみたい」

「……あの人もやる時はやるな」

衛司がクスリと笑いながら呟いた。

「岡村さん、いろいろとありがとうございました。菜摘にもすごく助けられちゃいました」

ようやく涙が止まった美織が、鼻声で告げる。

「いいいい、困った時はお互いさまだ。……後で海堂から高級フレンチでもおごってもらうから気にするな」

「最高級フレンチでもてなすから期待していい」

岡村が衛司を見てニヤリと笑うと、衛司もまた同様に笑いながら返したのだった。

ほどなく、岡村が言ったとおり社内SNSから一斉配信が届いた。席に戻って確認したその内容はこうだ。


とある従業員に関して、盗難とストーキングの疑いがあるとの噂が流れたが、それは事実無根で完全に冤罪であること。

詳しい経緯は明日文書で配信予定であること。

該当従業員は嘘偽りなく無実であるので、くれぐれも嫌がらせなどを行わないよう強く要請するものである。


「とりあえずは一安心だな、美織」

美織のそばに張りついていた衛司は、呟くように言った。

「うん……ありがとう」

人事部の皆に慰められた美織は、同時に、衛司がそばにいるのは何故だと突っ込まれ、つきあっていることを白状するはめになってしまった。

何人もの同僚に交際の経緯などを聞かれた後、ようやく美織は帰路に就くことができた。もちろん衛司も一緒だ。どうしても心配だからと、彼は美織を自分のマンションへと連れて帰った。

美織のバッグとその中身、そして靴が水浸しだったのを見て、衛司は一瞬表情をなくしたが、新しいバッグと靴をプレゼントすることを思いついてからは、上機嫌だった。

美織は衛司が買う必要はないと一度は辞退したものの「俺が買いたいんだ」と、あまりにも嬉しそうに言うので、ありがたく受けることにした。

バッグの中身は、乾けば大半はなんとかなりそうだった。濡れたスカートは乾かしてからクリーニングに出した。明日の出勤着は衛司の部屋に置かせてもらっている着替えでこと足りるだろう。

夕飯は帰る途中にあるデリカテッセンで買った惣菜と弁当を食べ、ゆっくりと風呂に浸かり、そして最後には衛司のベッドで抱きしめてもらった。

「――今日はこのままゆっくり寝るといい」

衛司は美織の頭にキスを落として、穏やかに囁いた。

「……ねぇ衛司くん。江口さん、私が衛司くんをストーカーしていたって、本気で思ってたみたいなの。こじつけとか嘘じゃなくて。衛司くんと私がデートしてる時の写真まで持ってたんだよ？　どうやって入手したんだろう……」

美織を詰問していた結那は、無実の罪を着せるようとしているのではなく、本当に彼女をストーカーだと思い込んでいたように見えた。写真という証拠があったせいもあるだろう。

彼女にそういったことを吹き込みそうな人間に、まったく心当たりはなかった。だからどうしても不思議で、衛司に聞いてみたのだ。

「あぁ……それは週末まで待ってくれるか？」

「週末？　何かあるの？」

美織が衛司を見上げると、彼は満面の笑みで言った。

「最終決戦だ」


翌日の午後、社長発令の文書が社内ＳＮＳを通じて一斉配信された。執行役員の新田が叩き台を作り、美織と衛司が校正したものだ。それはＡ４サイズ二枚にも渡って書かれていたが、要約するとこうだ。

・窃取されたと思われていた財布とスマートフォンは、実は結那自身がロッカーを間違えて入れてしまった。それに気づかず盗まれたと騒いでしまったため、たまたまそのロッカーの持ち主である美織が窃盗犯と間違えられるはめに。
・後に結那は自分が間違えていたことを思い出したものの、騒ぎが大きくなりすぎて怖くなり、言い出せずにいた。
・結那の供述に加え、美織が犯人ではないという証拠も発見されたため、彼女は本件に関して完全なる無実であることが証明された。美織と結那の間ではすでに和解が成立している。
・証拠はプライバシーの観点から公開不可ではあるが、今回の冤罪の証拠として社内で厳重に保管してあることは、担当執行役員により確認済みである。
・ストーキング事案に関しては、実際には美織がストーカーの被害者であった事実が歪曲して伝わってしまったと思われる。なお、本件に関してもすでに解決済みである。
・今回、冤罪によって美織が被った実害（私物の破損等）に関しては、海堂インフォテックが補償をするが、本日以降、本件にまつわる中傷等により美織に被害をもたらした者に関しては、加害者自身に賠償させ、また加害者本人は懲戒の対象になりうるものとする。

美織や結那の名前は甲乙と置き換えられていたものの、こういったことが記載されていた。

実際には結那は間違えていたわけではなく、故意に財布とスマートフォンを美織のロッカーに隠した。それに無実の証拠である録音は美織と衛司で確保してあり、会社に保管してあるどころか、新田以外の管理職はその存在を知らない。

しかしそう記載することで美織が潔白であることを強調できるし、一番平和的にことを解決できるであろうという、新田の計らいだった。

結那からは未だに謝罪の言葉はないが「二度と美織に仕事以外では不用意に近づかない」「美織に危害を加えるようなことをしない」旨が記載された念書には弁護士同席の下、

署名させた。

社長発令でこういった文書が出るのは異例なので、社内はしばらくざわついていた。

美織の元には、何通かの謝罪メッセージが送られてきた。いずれも昨日同じ方法で罵詈雑言を送ってきた社員だった。

中には未だに美織を中傷してくる狂信的な結那信者もいたのだが、菜摘や佐津紀が「あー、懲戒モノだー。報告しておきますね〜」とわざと大げさに言えば、百パーセント謝罪してきた。

トイレで美織を辱めた総務の三人は、いつぞやの勢いはどこへ？　というほどの酷い落ち込みようで日々を過ごしているらしい。

衛司は週明けの夜に、三人を呼び出した。大きな期待に胸を躍らせながら登場した彼女たちを待っていたのは、彼の優美な笑顔だった。

頬を赤らめた本人たちに、衛司はそれぞれに関する調査内容や写真を叩きつけた。それを見た彼女らの顔は、瞬く間に赤から青へと変化したらしい。

結那の時と同様、誰にも言っていないような黒歴史中の黒歴史を掘り起こされた上に、それを憧れの衛司自身からにっこり笑って手渡されたのだ。ショックは相当大きかったことだろう。

もちろんこれは衛司の独断で行われており、美織は与り知らないことだ。

そんな美織にとって、今回一番やっかいな変化をもたらしたことはと言えば――。

「梅原さん！　海堂さんとつきあってるんですって？」

「しかもストーカーされてたんだって⁉」

「海堂さんにならストーキングされたいよねぇ。いいなぁ～」

美織と衛司の噂があっという間に広まり、顔見知りの社員だけでなく、名前も知らないような女性社員たちまでもが、口々にこんなことを言いに来るようになったのだ。

というのも、衛司自身が二人の交際を吹聴して回っているからだ。しかも幸せオーラを最大限に放出しながら嬉々として言い触らすのだから、彼がストーカーだったというのもさもありなん、と周囲は妙に納得しているらしい。

美織に無用なやっかみが向くのを極力回避するためだと、彼は言う。

『攻撃は最大の防御だと言うだろう？』

衛司は岡村にそう言い放ったそうだ。

おまけに彼は菜摘や佐津紀を丸め込み、さらに広範囲に拡散する役回りを担わせている。

『も～、そういうことなら！　協力しますとも！　えぇ！』

彼女たちも大喜びで衛司からの要請を引き受けたらしい。

美織はたった二、三日で、社内で一躍有名人になってしまったのだ。会社で仕事以外の原因でこんなにも疲れた経験なんて、今までなかった。

（ほんと、勘弁してほしい……）

そんなこんなで慌ただしい日々は過ぎ、ようやく週末を迎えたのだった。

第8章　九九九本目のバラ

「衛司くん、『最終決戦』って、何？　ここで戦うの？」

美織は今、とあるレストランの個室にいた。初めて衛司と一緒に食事をした、例の和牛のロティを出すあの店だ。

週末、衛司がマンションまで迎えに来て、そのままここに連れて来られた。

「そう、ここが決戦の場。……とは言っても、大したことはない。ただちょっと、いろいろはっきりさせておきたいだけだ」

そう話している間に、ノックをする音が聞こえ、個室のドアが開いた。と同時に、二人の人物が姿を見せた。

「衛司さんっ。お食事に誘ってくれるなんて、嬉しい！」

英里子が弾んだ声とともに、部屋に入ってきた。後ろには、相変わらず朝川を連れている。

「こんにちは、司馬さん」

「……って、なんだ、その女も一緒なの」

美織が座っているのを目にした瞬間、英里子の顔があからさまに興醒めした表情に変わった。美織はぺこりと頭を下げる。

「こ、こんにちは……」

「どうぞお座りください。……あ、朝川さん、あなたも」

英里子の入室を確認した後、部屋を出ようとする朝川を衛司が引き留め、彼女の隣に座るよう促した。

「あ……」

当の朝川は戸惑いながら英里子を見て指示を仰ぐ。彼女が小さくうなずくと、彼は控えめな所作で腰を下ろした。

「衛司さん、珍しく英里子のことをお招きくださったけど、何かいいお話でもあります？　ふふふ、英里子、楽しみにして来たんですよぉ〜」

ニコニコしながら、英里子が衛司の方へ身を乗り出す。衛司も負けずに、にこりと笑う。

「ええ、とてもいいお話かと」

「わぁ、何かなぁ。……もしかして、英里子と結婚してくれるとか？」

「――ええ、そのとおりです」

「え？」

（は……？）

美織は首が折れるかと思うほどの勢いで、隣にいる衛司を見た。

「あなたの熱いアプローチに負けました。ですから司馬さん、あなたと結婚しようと思います」

衛司は平然と言い放った。

その様子に、美織のみならず、英里子までもがポカーンと口を開いた。

「え？　あ……ほ、ほんとに？　ほんとに英里子と結婚、してくれるんですか？」

「はい。その代わり、結婚にあたりいくつか条件があります」

「条件……？」

「まず、ここにいる梅原美織を愛人にします。もし彼女との間に子供ができれば、私とあなたの子として育てますので」

「は……？」

（衛司くん、どうしちゃったの……？）

何がなんだか分からず、美織は眉根を寄せる。

「何故なら、結婚しても私はあなたを抱くことは決してないからです」

「え……」

「勃たない相手との結婚などどう考えても不毛でしかないが、あなたがどうしても私と結婚したいとおっしゃるのなら、仕方がないでしょう？」

「……」

衛司が鼻で笑って放った台詞を受け、英里子の表情が徐々に変わっていくのが、美織にもよく見て取れた。それは衛司にも分かっているだろうが、彼はかまわずに続けた。

「それと、これが一番の条件です」

衛司はそう前置きをして、少し間を空けた。わざとらしく一呼吸を終えた彼は、英里子の隣に視線を移す。

「――私と結婚するのであれば、この男を今すぐ解雇して私たちの目の前から消えてもらってください」

衛司は、朝川を指差した。

「え……ど、して……」

英里子がさっきまでのテンションはいずこへ、といった様子で、言葉を詰まらせた。一方衛司は、目を細めて含みのある笑みを見せる。

「元々気に入らなかったんですよ、金魚のフンみたいなこの男が。ですから、これを機に切ってもらえたら」

英里子は呆けたように口が開きっぱなしになる。気まずい沈黙の中、美織は自分がここにいていいのだろうかともぞもぞし始めた。

衛司はさらに畳みかける。

「結婚したら運転手は私が用意します。そこにいる男よりも五百倍優秀な人間を連れてきますので安心してください」

（五百倍って……衛司くん、完全にケンカを売りにいってる……？）

英里子がよく口にする単語を織り交ぜている辺り、彼女や朝川を煽っているようにしか見えない。美織は衛司の意図が未だに読めなかった。

煽られている当の朝川は、表情筋を微動だにさせずに座ったままだ。その分、英里子が感情を露わにしている。明らかにそわそわと落ち着きがない様子で、うつむいたり衛司を見たりと忙しない。

「どうしました？　ほら、今すぐ解雇を言い渡したらどうです？　未来の夫がお願いしているんですから。『おまえはクビよ』――そうひとこと言い渡せば済む話です」

「……だ」

英里子が何かをつぶやき、うつむいて震え始めた。

「はい？　もう一度おっしゃっていただけますか？」

「――っ、やだぁ～！　朝川をクビになんかできないもん～！」

突然、英里子が大声を出して泣き出した。その姿はまるで小さな子供のようだった。

「どうしてそんな意地悪するの～っ、もう、やだぁ～！」

衛司ははぁ、とため息をつく。

「『どうしてそんな意地悪するの』だって？　あなたにそれを言う資格はない。ご自分が散々美織にしてきたことだろう？　美織は車に撥ねられそうになり、会社では攻撃され、命の危険に晒されたんだ。『意地悪』では済まされないことを、あなたはしたんですよ」

「衛司くん……」

英里子は未だしゃくり上げて泣いている。

「あなた方のつまらない遊びのせいで、美織がどんな思いをしたか、少しは思い知るといい」

「遊び？　遊びってどういうこと？　衛司くん。それにあなた方って……」

美織の問いに、衛司は「もう少し見ていれば分かる」と耳打ちする。

「司馬さん、泣けば許されると思ったら大間違いですよ。あなたが言わないのなら、私が彼に言いましょうか。今すぐここから出て行け、と」

彼は冷たい台詞を畳みかける。すると英里子はさらに大きな声を上げた。

「いや！　朝川と離れるなんて絶対いやだもん‼　うわぁあああん‼」

「え、衛司くん……あまりいじめないであげて……」

手のつけられない泣き喚きように、美織はハラハラしてしまう。おそらく、個室の外にも漏れ聞こえているだろう。衛司のことだから、こんなこともあろうかと店側にはあらかじめ伝えているのかも知れないけれど。その時――。

「海堂様、そろそろ許してやってはいただけませんでしょうか？」

沈黙を守ってきた朝川が、ようやくその口を開いた。

「は？　美織が受けた仕打ちに比べたら、この程度で許してだなんて、烏滸《おこ》がましいのによく言えるな？　図々しい」

「そのことに関しましては、私が後ほどお詫びをさせていただきますので、どうかもう、その辺で……」

頭を垂れたまま、朝川が請うてくる。そんな彼に同情する様子など微塵も見せない衛司はフン、と鼻で笑う。

「そもそも朝川、おまえがこの女を野放しにするからだろう？　飼い主なら飼い主らしく、愛玩動物は家の中で飼育してろ」

「え、ちょっと衛司くん。飼い主って？　『主《あるじ》』と言うなら司馬さんの方じゃないの……？」

美織の頭の中で情報が混線している。どうも要領を得ないので、早くはっきりさせたくて、思わず食い気味に質問を投げてしまった。

「雇用関係で言うなら、確かに司馬英里子が雇用主で、朝川が被雇用者だ。でもこの二人はそんな単純な関係じゃない」

「どういうこと……？」

「この女は、朝川が好きなんだよ。そして朝川は、自分に惚れている女を手の平で転がして喜ぶドSだ」

朝川家は先祖代々司馬家に仕えてきた執事・秘書の家系だ。

朝川元基《もとき》は、十歳で六歳年下の英里子の遊び相手となり、今では運転手兼ボディガードを務めているそうだ。

彼の父親は現役で英里子の父の秘書をしており、朝川もいずれは英里子の弟の秘書を、と言われている。

　しかし本人たっての希望で、英里子の世話をしているらしい。

　一方英里子は、幼い頃からずっと朝川のことが好きだったんだそうだ。しかし朝川は彼女の気持ちを知っていながら、他に女がいる匂いをぷんぷんさせては彼女にヤキモチを妬かせていたらしい。

　焦《じ》れた英里子は朝川の気を引くために、ありとあらゆる手を使ってはみたものの、やはり彼はそれに対する反応などおくびにも出さず、ただひたすら彼女の尻ぬぐいに徹してきたというのだ。

「主が自分の気を引こうと右往左往する様を、表面ではスルーしておきながら、陰では舌なめずりして楽しんでいるんだから、どうしようもない鬼畜だよ、この男は」

「先ほどから黙って拝聴していれば、散々な言われようですね」

　とことんディスられているにもかかわらず、朝川は笑みすら浮かべているのだから、どんな感性の持ち主なのだと、美織は口元を引きつらせた。が、それからすぐに気づいて声を上げた。

「あ、もしかして、私に商品券を送ってくれたのも朝川さん……？」

「そうだろうな」

「梅原様、その節は、主が大変申し訳ないことをいたしました」

　以前、駅で英里子に会った時にお詫びの品についてお礼を伝えたところ、とぼけられてしまったのを美織は思い出した。しかしあれはとぼけていたのではなく、本当に知らなかったのだ。英里子の与り知らぬところで朝川が動いていたから。

（だから、衛司くんと別れて、と言っていたのもどこか本気な感じではなかったんだ……）

すべては朝川に見せつけるための行動だったのかと、美織は合点がいった。英里子に別れを迫られた時よりも、会社で結那に嵌められた時の方がよほど怖かった。自分に向けられた悪意の質がまったく違っていたのだ。

「自分がおいたをすることで朝川に諫められる。それが快感だったんだろうし、その都度二人の絆が深まっていくようで嬉しかったんだろう。ドMとドSでお似合いだな」

「そ、そうなんだ……」

「この女は俺と結婚するつもりなんて、はなからなかったんだよ。そもそも、本気で結婚するために俺と美織を別れさせたいのなら、普通は俺に気がある女を刺客になんてしないだろう？　ミイラ取りがミイラになるのは目に見えてる」

「あ……やっぱり、私たちのことを江口さんに教えたのは、司馬さんだったんだね？」

先日までは思いもしていなかったが、この数日間、どうやって結那が自分たちのことを知ったのか考えていた。

美織に悪意を向けそうな人物は、英里子くらいしか思い浮かばなかったのだが、彼女と結那が知り合いだという結論には、当然辿り着くはずもなく。

今の今まで悶々と考え込んでいたのだった。

「そう。おそらく『ＫＩＴの梅原美織という女が、海堂衛司のことをストーキングしているから、気をつけた方がいい』とでも言ったんだろう。俺たちの仲をいたずらに引っかき回したいだけだったんだから、むしろ江口結那が俺に気があるというのは好都合だったはずだ」

結那は本気で衛司を狙っている――以前、菜摘がそう忠告してくれたのを美織は思い出した。

「なるほど……だから江口さんは私がストーカーだって信じてたんだね」

「――結局のところ、俺たちはこの馬鹿たちの恋の駆け引きに利用されていただけだったんだ。今回の件、美織はこの女がラスボスだと思っていただろうけど、真のラスボスは朝川なんだよ。……まったく、悪趣味にもほどがある」

やれやれといった様子の衛司に、美織は何度もうなずく。

「あ、でも、衛司くんはこの人たちについて、どうしてそんなに詳しいの？」

「俺は以前、朝川をスカウトしたことがあるんだよ。海堂家の執事にならないか、って」

何年か前に司馬家と交流の機会があった時に、衛司は朝川の優秀さに気づいたらしい。隙がありそうでない彼の所作を見て、文句のない仕事をするだろうと踏んでのスカウトだったそうだ。

「や、やだ！　行かないで！　行っちゃやだぁ朝川ぁ！」

「行きませんから。朝川は英里子様にずっとお仕えしますから、離れたりなんてしません」

朝川にしがみついて泣く英里子を、朝川が穏やかになだめる。

「――とまぁ、こんな調子であっさり断られたわけだ。その時の表情《かお》でな、大体のことは察した。それでこの二人について調べてみたらいろいろ分かって。なかなか面白かったんで、今まで何をされても放置していたんだけどな」

まさか美織にまで嫌がらせをするなんて思わなかった――と、衛司が彼女に謝罪をした。

「――でも迷惑料代わりなのか、英里子お嬢様が何かやらかすたびに、この男がいろいろと情報をくれるようになったんだ」

「へぇ……」

美織は改めて英里子と朝川を観察する。今まであまりまじまじと見たことはなかったが、朝川はきれいな顔をしている。どこかアメリカ時代の衛司を彷彿とさせるような、控えめで儚げな美貌を湛えている。はっきりとした目鼻立ちの英里子とはある意味対照的だ。

こうして見ると、英里子の彼に対する気持ちは美織にも手に取るように分かったが、朝川は朝川で、彼女を見つめる瞳にはなんとなく甘ったるいものが混じっているように見える。

（そっか、この二人、相思相愛なんだ……そっかそっか）

どこかいびつな環境で育まれた愛情だが、二人の間にはそれが間違いなく存在しているのだろう。

美織はふと思いついたことを、心に留めた。

「今回の江口結那のことも、俺に情報をくれたのは朝川だよ。英里子お嬢様が、美織について江口に何かを吹き込んでいるから用心しろと忠告してくれた。例のパパ活の写真を提供してくれたのもこの男なんだ」

「そうなの？」

「でなきゃ、いくら俺でも一晩であんな写真を用意できないだろう？」

「確かに……」

衛司に言われて、初めてそのことに気づく。

「英里子様がご迷惑をおかけしたせめてものお詫びにと思い、提供させていただいたまでです」

朝川曰く、英里子と結那はとある企業のパーティで知り合ったそうだ。結那は新田とは別のパパを探して出席していたらしい。

その後の一週間弱で、朝川は結那のあらゆる情報をまとめ上げてファイリングしていたというのだから、彼の有能ぶりと英里子を取り巻く環境の管理の徹底ぶりがうかがえる。

もちろん、総務の三人娘の情報も彼の提供によるものだった。

「朝川が事前に情報をくれたから、俺はあらかじめGPSを組み込んだ指輪を美織に渡せたんだ。何かあればすぐに駆けつけられるように。……まぁ、それも大して役には立たなかったけどな」

「ほんとにこれにＧＰＳが……？」

美織は薬指にはまっている指輪をしげしげと眺めた。それほど大きな石でもないのに、一体どこにそんな機能が……と、矯《た》めつ眇《すが》めつ見てしまう。

「まさかあの女が、会社であそこまで影響力を持っていたとは思わなかった。完全に俺の計算ミスだった」

「いいえ、私がもっと早く手を回すべきでした。本当に申し訳ありませんでした、梅原様」

朝川が立ち上がり、美織に向かって深々と頭を下げた。衛司はハッと乾いた笑いを漏らして言う。

「本当に申し訳ない気持ちがあるのなら、金輪際、おまえたちの戯れに俺たちを巻き込まないでもらいたいね」

「肝に銘じます」

「あの……！」

衛司と朝川の会話を遮るように、美織が声を上げた。

「どうした？　美織」

「私、今回のことは絶対に許したくないです」

少しばかり声を荒らげて、彼女が英里子と朝川を見る。さっき思いついたことを言うなら、このタイミングしかない。

「梅原様のお気持ち、お察しいたします。私のできることでしたら、なんでもいたしますので、どうか――」

「あ、今、なんでも、ッておっしゃいましたよね？　じゃあ早速言わせてもらいます。朝川さん、自分のことを好きな女の子の気持ちを弄ぶのはやめてください。っていうか、あなたたち両想いなんですから、遠回りしないでもう素直におつきあいしてください。……これが、私からの慰謝料代わりの要求です」

　朝川の言葉尻を捉えて目をキラリと輝かせた美織は、彼を見据えてきっぱりと言い放った。

「え？　え？　両想いって……？」

　英里子が涙まみれの瞳を大きく見開き、朝川を見つめる。どうやらこのお嬢様は、自分が朝川から恋愛相手として好かれているとは露ほども思っていなかったようだ。ぱちぱちと目を瞬かせたかと思うと、ポッと頬を染めた。

　一方、朝川はばつの悪そうな表情で、英里子の視線を受けとめている。

　そこにわずかながら真っ当な恋が芽ぐみ始めたのを、美織は感じ取った。

「美織、ずいぶんあっさりとバラしたな、朝川の気持ちを」

　衛司がクスクスと笑う。

「あんな目に遭わされたんだもん、これくらいの意趣返しは……ね？」

　美織は衛司を見上げて笑った。英里子と朝川――立場などいろいろな障害があるのかも知れないけれど、上手くいってくれればいいなと、心から思いながら。

「今日一日でずいぶん仲良くなったな、美織」

ルームウェア姿の衛司が濡れた髪を拭きながら、スマートフォンを弄る美織に向かって言った。

「だって英里子ちゃん、根はいい子だし。それに、素直になったらすっごくすっごく可愛くて、私が朝川さんだったら甘やかしが止まらないかも知れない……」

美織が頬を緩ませると、衛司が首を傾げる。

「そうか？　俺は美織の方がずっと可愛いと思う」

彼が当然とばかりに告げてくるので、気恥ずかしくてたまらない。

「あ、ありがと……」

火照った頬を手で押さえ、美織は衛司を見上げた。

あれから英里子は憑き物が落ちたかのように、しおらしい態度になった。

『美織さん、ごめんなさい。それで……ありがとう』

頬を赤らめ、はにかみながらそう告げられた時、思わず「か、可愛い……」と口走ってしまったほどだ。

その後、四人はそのまま一緒にランチを取り、歓談した。美織と衛司は、朝川にこれ以上英里子を弄ばないように何度も釘を刺し、英里子には朝川が意地悪をしてきたら美織に相談するよう、連絡先を交換した。

美織のメッセージアプリのＩＤが登録されたスマートフォンを、英里子が目を輝かせながら眺めていて、そんな姿を美織はニコニコしながら見つめていた。

別れる頃には、お互いを『美織ちゃん』『英里子ちゃん』と呼ぶ仲になっていたのだから、衛司も朝川もそれには驚いていた。

衛司のマンションに帰って来て、二人で夕飯を作って食べた後、彼がシャワーをしている間にスマートフォンを確認すると、英里子からメッセージが入っていた。

可愛らしい文面に顔を綻ばせながら、美織は返信を打ち込んでいたところだった。

『朝川が信じられないくらい優しいんだけど、美織ちゃん、どうしよう……』

そんなメッセージが照れた顔文字とともに送られてきたのだから、美織が悶絶しそうになるのも仕方がない。

「まぁ、向こうが仲良くやってくれれば、俺たちに害が及ぶこともないから。平和に過ごせそうでよかったな、美織」

「うん」

「それはそうと、美織も風呂に行ってくるといい」

「あ、そうだね。行ってくる」

部屋の壁にかけられた時計を見ると、もう夜の八時を回っている。美織はスマートフォンをテーブルに置き、着替えを持って浴室へ向かった。

「え……何これ……」

風呂から上がり、美織がリビングのドアを開いた瞬間、むせかえるほどの甘い香りが鼻腔を支配した。

まるで花屋かバラ園かと見紛うほど、多くのバラが飾られていたのだ。色も種類も様々だ。

「もちろん、いつものバラのプレゼント。美織の部屋にはもう置き場がないと言うから、ここにな」

「いつの間に……」

「もちろん、業者に頼んだんだ。新島にも手伝ってもらったけどな」

美織が浴室に入ったと同時に、一斉に運び込んだのだろう。

一生懸命バラを配置している衛司の姿を想像したら、なんだか微笑ましくなった。やることが豪快だなぁ……と、驚いたけれど、自分のために忙しなく動いてくれたのだと思うと嬉しくて。

一番そばにあったピンクのバラを手に取り、香りを吸い込んだ。

「いい香り……私がお風呂に入ってる間に、こんなに持ち込んで飾るの、大変だったでしょう？　ありがとう、すごくきれい」

「ここだけじゃない。……美織、こっち」

衛司が美織の手を引き、寝室へと導く。扉を開くと、そこにもやっぱりバラが飾ってあり、ベッドの上には花びらまで散らしてあった。

彼は美織と一緒にベッドに上がると、向かい合う形で座った。

「今、この部屋にあるバラと、今まで贈ってきたものを合わせると、七五〇本になる。……美織、俺はこれからもバラを贈っていきたい。もちろん、君のペースに合わせて少しずつにする。それで……それが九九九本になったら、俺と結婚してほしい」

「え……」

ポカンと口を開いたままの美織を見て、衛司はクスリと笑う。

「――この間は『美織のことはもう二度と忘れない』と言ったけれど、たとえこの先、万が一にも忘れることがあったとしても……何度忘れても、変わらず美織を愛するよ。バラ九九九本の花言葉と一緒だ。――『何度生まれ変わってもあなたを愛する』。だから、一生俺のそばにいてほしい」

「……あ、え、っと……私でいいの？　私たち、再会してまだ一ヶ月と少ししか経ってないんだよ？」

あまりに突然のプロポーズに、美織の声が上擦る。頭の中はほぼ真っ白な状態だ。

「言ったろ？　十一年前から、いずれ美織とは結婚すると思っていたって。それに今回、あんな酷い目に遭わされたのに、江口結那を許してやり、司馬英里子とは仲良くなって……そんな器が大きくて優しい美織となら、幸せな家庭が築けると確信した」

「でも私……何も持ってないよ？　英里子ちゃんみたいなお金持ちでもないし、江口さんみたいに美人でもないし」

美織も衛司とずっと一緒にいたいと思う。けれど、彼の家柄や立場を考えると、プロポーズを一も二もなく受け入れるのには勇気がいる。弱気になってしまうのも仕方がない。

「何を言ってるんだ？　美織は可愛いよ。少なくとも俺にとっては、その二人よりもずっときれいだ」

「衛司くん……」

「それに、金なら俺が持っているから心配しなくていい」

こともなげ、といった表情で衛司が言い放つと、美織は力の抜けた声音で返す。

「衛司くんはもう、そういうことを言う……」

「だから美織、安心して俺のところに……おいで」

マシュマロのように甘くて柔らかい声音ととろけそうな笑みで両手を広げた衛司が――まるであの頃のエイジのように見えて、美織は一瞬泣きそうになる。

アメリカのフードコートでの誕生日パーティで、写真を撮る時に美織に言ってくれた「おいで」と、今の「おいで」が美織の中でシンクロする。

でもそのすぐ後、彼女の目に映ったのはやっぱり海堂衛司で――それが嬉しくて幸せだと、確かに思った。

（どっちも私の大事な衛司くん……！）

美織は衛司の胸に思い切り飛び込んだ。

「うん！」

「おっと」

あまりにも勢いよくいったせいか、美織は衛司を巻き込んでベッドに沈んだ。上質なマットレスのスプリングは二人の肢体を難なく受けとめる。

「あ、ごめんなさい……！」

「はは、大胆だな、美織」

身体を必要以上に密着させ、絡ませ、今にも官能の色に染まりそうな雰囲気を醸しているその体勢は、正に押し倒しているといえるだろう。

慌てて起き上がろうとする彼女を、衛司が抱きしめて離さない。ちゅ、ちゅ、と顔中にキスの雨を降らせた。

「衛司くん……大好き」

くちづけを受けながら美織が囁くと、衛司は嬉しそうに顔を綻ばす。

「俺もだ」

美織は今度は自分からキスをした。何度も何度もくちびるを合わせて、それから衛司の言うとおり、大胆に舌を絡ませる。

「ん……」

美織を抱きしめていた衛司の手が、今は彼女の肢体の上をゆるゆると辿っている。柔らかで、それでいていやらしいスキンシップが美織を震わせた。

「ぁ……、んっ……」

「美織、愛してるよ」

はちみつのように甘くとろりとした声を美織の耳に吹き込むと、衛司は彼女のルームウェアに手をかけた。

「え、衛司くん……ちょっと、待って」

「ん？」

迷いと恥じらいを孕んだ美織の声に耳を傾けつつも、彼は服を脱がせる手を止めない。

「あの……私も、衛司くんに、何かしたい……」

今までずっとしてもらうばかりだった。初心者の自分にできることなんてたかが知れているけれど、それでも、彼のためにしたい気持ちがふくらんで仕方がない。

「そう……なら、上に乗る？」

言うが早いか、衛司は身体を入れ替え、裸にした美織を自分の上に乗せた。何一つまとっていない秘裂に、ちょうど彼の雄芯が当たった。それはすでに十分な硬度を保っていて、布越しでも美織を意識させた。

「ちょ……っ、ゃ、衛司くん……っ、あんっ」

美織が慌てて腰を浮かせていると、衛司がそこに手を差し入れてきた。クチ……と、とろみのある音がかすかに聞こえる。

「あぁ、もう濡れてきてる。……もう少し濡らそうな」

衛司が美織の蜜を呼ぶ音が徐々に大きくなっていく。呼応するように、彼女の甘い声も大きくなった。

「あぁ……っ、んっ、あっ」

倒れないために衛司の胸についていた手が、彼の服をぎゅっと握った。

彼女の腰は衛司がくれる愛撫を逃さず受け取ろうと、無意識に感じる場所へと導きながら揺れている——美織の身体が、しっかり快楽にならされた証拠だ。

「相変わらず美織は濡れやすいな。……もう入れてもよさそう」

美織の花芯をゆるゆると擦りながら、衛司は器用に自分のルームパンツと下着を剝ぎ、いつの間にかそばに置いてあった避妊具を屹立にまとわせた。

「ゃ……え、じく……っ」

「ほら美織、出番だ」

「ん……」

とろとろにとろけた肉襞に、衛司が熱い肉塊を擦りつける。けれど中には来てくれない。膣口付近を押しては引き、引いては押しているだけだ。そのたびに、ぬちゅ……と濡れた音が響き、自分で入れろと命令されている気になる。

美織は腹を括り、腰を下ろす。けれど、なかなか上手く入ってくれなくて。もどかしくなり、ついには屹立に手を添えた。

初めて手で触れた衛司の雄は、皮膜越しではあっても、硬度と温度をしっかりと美織に伝えてきた。熱くて、指先が溶けてしまいそうだ。

今度こそ、と、彼女は自分の蜜口にあてがい、ゆっくりと腰を沈めていった。じゅぷ……と音を立て、楔が埋まっていく。

「あ……はぁ……」

肉壁を押し広げて入ってきたそれは、美織の自重も手伝って最奥まで浸食し、子宮口を容赦なく押し上げてきた。苦しくて、でも狂おしいほどの甘みを滲ませて、美織の膣内《なか》を満たした。

「まずは好きなように動くといい。……ただ、あまり激しく動かれると俺が達ってしまうから、お手柔らかにな」

ユーモラスに笑いながら、衛司は美織の腰周りを撫でる。彼女はこくん、とうなずき、腰を浮かせた。入れたばかりの屹立が抜けていく。

そして先ほどと同じように、腰を沈め、再び彼を迎え入れる。

慣れているわけでも巧みなわけでもない。ひたすらぎこちない腰つきだ。何せ騎乗位は初めてで、どう動いたらいいのかすらよく分かっていない。

でも今の自分にできるのはこれくらいだ。衛司だって、初心者の美織に鮮やかな奉仕なんて期待していないはず。

だけどやっぱり、少しずつでもいいから上手になって、衛司を悦ばせたいと思う。

「あっ、ぁ……」

同じ動作を幾度か繰り返した後、ようやくコツを掴みかけて動きがなめらかになってきた。けれど、内部《なか》と浅瀬を擦られる感覚で、思わず声が漏れる。

(私が気持ちよくなってどうするの……?)

自嘲してみるも、さっき衛司がくれた愛撫のせいで身体にはたやすく火が点いてしまう。気持ちがよくて、つながっている部分から愛液がとろりとあふれた。二人の下腹部はすでにぬるぬるで、粘着質な音を生んでいる。

「うぅ、ん、あっ、あ……っ」

美織が動くたびに、あらゆるところが揺れる。

白い胸のふくらみはふるふると。

情欲に濡れた瞳は溶けてゆらゆらと。

二人の重みを預かるベッドはキシキシと。

「美織、上手くなってきた……気持ちいいよ」

「んっ、ん……っ」

「今度は……前後に動いてみるといい」

「ぜ、んご……?」

「こう……スイングするように」

衛司が美織の腰を掴み、前後にゆっくりと揺さぶってきた。

「あんっ、ゃ……え、じくん、だめ……っ」

ぶわりと、全身が総毛立った。どこがどうなっているのか自分ではよく分からないけれど、とにかく美織の膣壁のいいところを擦られているのは確かだ。

もっとほしくて、衛司に教えられた動きを浚《さら》って繰り返す。

「……うん、すごくいい。……美織、才能あるんじゃないか？」

「あっ、あん！　気持ちぃ……っ」

「じゃあ、もっと気持ちよくしようか」

そう呟くと、衛司はぐい、と下から突き上げた。途端、美織の肢体が弓なりになる。

「あぁんっ！　やっ、衛司くんっ、い、じわる……！」

「意地悪……？　気持ちよくしてるのに、責められるとは思わなかった」

クスクスと笑う衛司は、とても楽しそうだ。

「だ、って……っ、急にする、から……！」

「じゃあ、もっともっと気持ちよくなろう。……予告したからな」

再び強く突き上げると同時に、衛司は指先で花芯をきゅっと擦った。

「はぁっ、あんっ、だ、めぇ……っ、いっ、ちゃ……ぅ、っ‼」

「は……前にも言ったけど……好きなだけ達っていいから。……美織の感じている姿は……とてもきれいで、いやらしくて、見ているだけで俺も気持ちがいいし、それに……幸せだ」

彼のこんなに穏やかな調子の言葉でさえ、今の美織には官能的に響く。衛司の下腹部に擦れる秘裂と花芯が、彼女をますます昂ぶらせた。

じくじくと疼く身体を懸命に揺らしながら、次々に生み出される快感を吸収していく。それは内部《なか》で火花のように弾け、脳を麻痺させた。

血液は熱く滾って全身を巡り、神経を焼き尽くしそうだ。

濡れた瞳からこぼれる濃厚な色香が、衛司へと注がれる。

「え、じくん……っ、好きぃ」

「俺もだ。……愛してる、美織」

「あぁっ、んんっ……、あぁぁっ！」

ひときわ高い声がほとばしる。同時に、膣口がきゅうっと中の楔を引き絞った。

自ら動いて絶頂をたぐり寄せた美織は、息を弾ませて、衛司の裸の胸に倒れ込んだ。温かい胸板の奥から、彼の力強い鼓動が美織の耳に心地よく入ってくる。

うっとりと快楽の余韻に浸っていると、衛司が軽く腰を跳ね上げた。

「んっ、あんっ」

急激に現実に引き戻され、美織は思わず甘い声を上げてしまう。

「美織、まだだ」

「え？」

弾かれたように顔を上げると、衛司が苦笑いを見せる。

「ほら」

もう一度突き上げられてみれば、確かに内壁を占める屹立は硬度をまったく失ってはいなかった。

どうやら彼はまだ達していないようだ。

「あ……」

「騎乗位でも達けるなんて、美織は本当に優秀だな。感じやすくて可愛くて……だからご褒美に、めいっぱい気持ちよくする」

衛司は一旦美織の中から抜け出すと、体勢を逆転させた。トップスを脱ぎ捨て、彼女の脚を大きく開かせた。

ひくひくと蠕動している肉襞には、たっぷりの蜜が滴っている。衛司はそこにさっきまで埋まっていた雄芯を、再び突き入れた。じゅぷん、と淫らな音とともに、美織は甘ったるい悲鳴を上げた。

「あぁんっ！　だ、め……っ、また、いっ、ちゃ……っ」

「……だめじゃない。何度だって、気持ちよくなっていい」

少しだけ掠れた衛司の声が、言い聞かせるように告げてくる。あまりに優しい声音なので、美織の身体が幸せに震える。

まなじりで涙がぷっくりとふくれ、こめかみを伝ってシーツに流れ落ちた。

「え、じくん……わ、たし……幸せ……っ、んっ」

「っ、俺もだ……美織……っ」

衛司の乱れた声音が真摯に返す言葉に、美織は新しい涙をこぼす。

ぐぐっと突き上げられ、身体が大きく揺さぶられ、上がる声も震えている。

「あっ、あぁっ、あ……んっ」

両の胸のふくらみがちぐはぐに揺れる。

衛司の瞳の奥では劣情が燃え盛り、美織の身軀にも火を点す。

「っ！　……美織、そんなに締めつけるな。……食いちぎられそうだ」

そんな風に言ってはいるものの、彼はそのタイトな感触を十二分に楽しんでいるようだ。実際、表情は悦びに満ちてとろけている。

「えい、じくんも、気持ちいい……？」

「……ものすごく」

縋るように尋ねれば、衛司は耳元で囁いてきた。

律動は激しくなり、合わせて美織も昂ぶる。髪を振り乱し、あごを逸らし、喉の奥からすすり泣くような声を出して喘ぐ。

「ひ……っ、あぁ……っ、は、ぅん」

美織はぼうっとしながらも、衛司の背中に両腕を回してぎゅっとしがみついた。

「美織……っ、好きだ……っ、一緒に、幸せになろう……」

「うん……うん……っ、なる……、衛司くん……っ」

深く強く擦り上げられ、粘膜が焼けつきそうだ。隘路が絶頂を目前に震え始める。

「──だめぇっ……も、い、く……っ」

美織がそう発するのと、内壁が幾度目かの頂を臨んだのは、ほぼ一緒で……彼女が意識を手放すのと、衛司が薄膜越しに精を注いだのも、また一緒だった。

「──絶対に幸せにするからな、美織」

遠くなる意識の中、衛司がそう囁くのが聞こえた気がした。

＊＊＊

「ん、こんなもんかな」

美織は部屋の姿見で、自分の全身を確認する。真正面を眺めた後、身体をひねって後ろ姿も確認する。メイクと服のバランスをチェックするのも忘れない。

あれから一年と少し経った。美織と衛司の交際は順調だ。彼は相変わらずＫＩＴにいて、バリバリ仕事をこなしている。美織の生活もすっかり元どおりだ。未だに嫉妬の視線を受ける時もあるけれど、もう慣れっこになってしまった。

結那もまだＫＩＴにいるが、以前に比べるとずいぶんおとなしくなったようだ。美織には仕事以外で接触してくることはない。

英里子と朝川は相変わらず主従関係を維持しているが、以前とは違い甘い空気をまとっているので、どうやらこちらも交際は順調のようだ。

そして今日は結婚式である――岡村と菜摘の。

美織と衛司はそれぞれ新婦と新郎の友人として招待されている。おまけに二人とも受付を頼まれた。

『これくらいやってくれてもバチは当たらないよな。今まで散々海堂の力になってやったんだから』

岡村が笑って言っていた。美織は美織で、菜摘には世話になりっぱなしなので、少しでも手伝えればと喜んで引き受けたのだ。

受付業務の打ち合わせがあるので、少し早めに家を出なければならない。だから式場で着替えるかどうかを悩んでいたのだが、車で迎えに行くのでドレスを着たまま向かえばいいと、衛司が言ってくれた。

彼の言葉に甘え、今こうして自分の部屋で着替えているというわけだ。

とは言っても、ワンピースドレスなので、それほど張り切る必要もなくすんなりと身につけてしまえたのだが。

「うん、準備ＯＫ」

ヘアメイクも、アクセサリーもバッグも、もちろんご祝儀も準備は万端。後は式場に向かうだけだ。

「衛司くん、今日は新島さんに運転してもらうんだよね。結婚式だからお酒飲むしね」

実は衛司は一年前から、車の運転の練習を始めた。新島を助手席に伴い、母の実家である京条家の敷地内に敷かれた私道から始め、あっという間に昔のカンを取り戻した。

そして今では以前と変わらない運転ができるようになったのだ。

時々美織を助手席に乗せてドライブをするのが、楽しみで仕方がないという。

この一年間、少なくとも美織と一緒にいる時は具合を悪くして倒れることもなかった。

『俺がトラウマを克服できたのは、美織と新島のおかげだ』

衛司は嬉しそうに言った。

運転を再開したことで新島が失業しないよう、京条家か海堂家の運転手になるか、それとも一般企業で働きたいか、衛司は本人に希望を聞いた。

すると新島はこう言ったのだ。

『私のわがままかも知れませんが、できれば衛司さんから呼ばれた時にいつでも動けるような、自由の利く環境で働きたいです』

それを聞いた衛司は「そこまで俺に恩義を感じる必要はないんだけどな」と苦笑いをしながらも、彼の希望をかなえるべく手を回した。

今のままKHDに籍を置き、普段は海堂本家で執事兼運転手を務める。そして衛司から要請があれば彼のための運転手としても働く、という契約を結び直したそうだ。

真面目な新島は本家でもきちんと仕事をし、皆に気に入られているらしい。

そして今日は彼が衛司を車に乗せて、ここまでやって来るのだろう。

『今度こそ、バラの花と一緒に登場するから待っていてくれ』

十一年前と同じ、家まで迎えに来てくれると言うその台詞に、一瞬でも不安を抱かなかったと言えば嘘になる。けれどそれを補って尚余りあるほどの愛情を、この一年間、衛司は惜しみなく注いでくれたから。

『うん、バラと一緒に来てくれるの、待ってるから』

美織もあの時と同じ言葉で応えたのだった。

この一年間で、衛司がくれたバラの本数は九九〇本になった。彼は宣言どおり少しずつ、途切れることなく花を贈ってくれた。そのこと一つ取っても、彼の愛情深さと誠実さが美織の身に染みてくる。

きっと九九九本になるのもそう遠くはないだろう……そんな予感を胸に秘めて迎えた週末だ。

すべての準備を終えたタイミングで、チャイムが鳴った。

「衛司くんだ……！」

美織の顔がぱぁっと明るくなる。

インターフォンで確認するとやはり衛司だ。彼女は最後にもう一度自分の姿をチェックして、玄関へ向かった。

ドアの向こうではきっと、衛司がフォーマルスーツで立っている。その手にはバラの花

束を持っているだろう。

美織は逸る気持ちを抑えて解錠し、ドアを開いた。

「衛司くん、おはよう――」

明るい声で出迎えた美織の目に飛び込んできたのは、愛しい人のほの甘い笑顔と――九本の真っ赤なバラの花束だった。

赤いバラ――『あなたを愛しています』

番外編　私の可愛い衛司くん

「美織、俺のデザートも食べないか？」

イタリア料理店で昼食のパスタを食べ終えた衛司が、口元を拭った後に皿を差し出した。プチケーキがいくつか載った盛り合わせだ。

「え……衛司くん、食べないの？」

「俺はいい。美織が食べているところを見ていたい」

「あー……じゃあ、いただくね。ありがとう」

おずおずと皿を受け取った美織は、はたと気づいた。

（あ……そっか）

ケーキは三種類が盛られており、生クリームが添えられている。

衛司は昔、甘いものが苦手だった。今では食べられると彼は言うが、実は生クリームだけは今でも食べられない。ケーキを食べて生クリームだけ残すのも悪いと思い、美織に皿ごと渡したのだろう。

店を気遣っているようで、実は自分の苦手をしれっと忌避しているのがもう――。

（可愛い）

美織はにやけそうになるのを堪えた。

衛司とつきあい初めて五ヶ月ほどが経った。彼は会社では相変わらず『一分の隙もなくて完璧すぎる男』と呼ばれ、周囲を魅了している。

しかし美織の前では可愛らしいふるまいを見せ、彼女を和ませることもしばしばだ。今も彼のちょっとした行動がツボに入り、胸を高鳴らせていた。

食事を終えレストランを出た途端、彼のスマートフォンが鳴った。ディスプレイを見た衛司はわずかに眉をひそめる。

「あぁ……母だ。美織、ちょっと待ってて」

衛司は美織から少し離れたところで電話を受けた。

「――はい。……今、美織と『オルゾ』でランチを食べてた。……いや、まだいる。……は？　いや、ちょっと――」

途中から慌て始めた衛司が、美織から離れて通話しだした。電話の向こうに向かって何か説得しているような雰囲気が伝わってくる。

（なんか……この光景……）

どこかで見たことあるような……と首を傾げると、電話を終えた衛司が戻ってきて困った表情を見せた。

「何かあったの？　衛司くん」

「母が今……すぐ近くのカフェにいて、どうしても美織に会いたいと言ってきたんだ。……ったく、どうして近くにいる時に限って電話してくるんだ」

（やっぱり、デジャビュー……っ）

　このシチュエーションは、確か衛司と再会したばかりの時にも経験した。彼もそれを思い出したのだろう。あの時は会わないまま終わったのだが。

　衛司の両親は二人でカフェを巡るのが趣味で、行きつけはあちこちにあるそうだ。今いるところも、ローテーションの内の一軒だという。

　まさかまた近くで食事をしているなんて……

「えぇっ、い、今から⁉　ちょっと……いろいろ困る……」

　服装だってほぼ普段着だしメイクだって最低限で、とてもではないけれど恋人の母親に会うには軽装が過ぎる。

「まぁ、そうだよな。一応断ってはおいたけど、あー……やっぱり……」

　衛司の気まずげな視線が、美織を通り越して道路の反対側へ向けられた。

「衛司〜！」

　振り返ると、スラリと背の高い女性――衛司の母が、手を振りながら小走りで道路を横切ってきた。それを見て、衛司がことさら渋い表情になる。

「ごめん、美織。……こうなると思ってた」

（う、うっそ……っ。心の準備はー？）

衛司とは結婚の約束をしているのだ。いつかは衛司の両親へ挨拶に行くのは分かっていた。それに、以前から一緒に食事をと、彼を通して誘いも受けていた。今までなかなか叶えられずにいたのだが。

とはいえ、心構えもない状況で母親と顔を合わせて、一体何を話したらいいのか……。

「――はぁ……間に合ってよかったわ。もう衛司ったら意地悪なんだから！　今日は逃がさないわよ！」

わずかに息を弾ませながら、その女性は美織たちの前で立ち止まる。

「会うなら今度改めてと言ったろ？　美織が怯えたらどうしてくれるんだ」

「そんなこと言って、いつまでたっても会わせてくれないじゃないの、衛司は。……あぁ、この子ね！」

衛司の母は、眼鏡の奥の切れ長の瞳を美織に向け、じっと見つめてきた。彼と親子だけあって、とても美しい女性だ。スラリとした長身に、秋のスマートカジュアルコーデがよく似合っている。

（と、とりあえず挨拶……）

「は、初めまして！　梅原美織と申します！」

「衛司の母の悦子《えつこ》です。いきなりでごめんなさいね、どうしてもあなたに会いたかったの」

悦子が美織の手をぎゅっと握り、上下に揺らす。彼女が発する鮮烈なエネルギーを感じ、少し気圧されてしまう。

「は、はい……」

「とりあえず、私がいたカフェに戻らない？　すぐそこだから。夫を置いてきちゃったの！」

悦子が元来た方向を指差した。

「美織、すまない。少しだけつきあってやってもらえるか？　本当にごめん」

珍しくあたふたして困惑顔になっている衛司がおかしくて、少しだけ緊張が解けた。

（衛司くん、可愛い）

なんて場違いなことを思い、ときめきを募らせてしまった美織だ。

悦子の後をついて行き一分ほど歩いたところにあったのは、シアトル系の今時な店ではなく、昔ながらの喫茶店だ
ベルがついている扉をカランカランと鳴らしながら開くと、奥の窓際に初老の男性が座っていた。上品で美形、イケオジと言われる人種だ。優雅にコーヒーを口にしているその男性に、悦子が手を振った。

「義彦《よしひこ》さん、連れて来ちゃった」

「やっぱり……君ならやりかねないと思ってたよ。無理矢理連れて来たんじゃないだろうね？　悦子」

「んー、半分無理矢理？」

渋い表情で悦子をたしなめる男性に、彼女はとぼけた笑みを見せた。

「若い子のデートを邪魔して、馬に蹴られても僕は責任持てないよ。……美織さん……だったかな。申し訳ない」

「あ、いえ……梅原美織と申します。衛司さんにはいつもお世話になっております」

「初めまして、衛司の継父《ちち》の海堂義彦です。妻がどうしてもあなたに話したいことがあるらしいんだ。申し訳ないけど、十分ほどつきあってもらえるかい？」

席を勧められ、四人がけのテーブルに二組が向かい合う形で座った。

「母さん、話ってなんだ？　美織に変なこと言ったりするなよ？」

早速、衛司が釘を刺した。悦子はわずかにばつが悪そうだ。

「別に姑根性出してあら探ししてやろうとか、そういうんじゃないのよ。衛司が結婚を考えてるほどの女の子なんだもの、そんな失礼なことしないわよ。ただ……十年前のこと、どうしても謝りたくて」

「謝る……？」

美織が首を傾げる。

「衛司があんなことになって、いきなり連絡が途絶えて不安にさせたこと、本当に申し訳ありませんでした。私が二人のことをちゃんと把握できていたら、美織ちゃんを悲しい目に遭わせなかったのにって。記憶を取り戻した衛司からあなたの話を聞いた時、本当に後悔したの」

悦子はテーブルにつける勢いで深々と頭を下げた。

「あ、あの、お母様が謝ることでは……」

「そもそも美織とつきあっていたことを黙っていたのは俺なんだから、俺が全部悪いんだ」

意外な展開に、美織は慌ててしまう。衛司としても予想外だったのだろう、間髪いれずに母親をフォローしている。

「ううん、私のせいよ。神代《かみしろ》の義父《ちち》をちゃんとブロックできずに守ってあげられてなかったから、衛司はおつきあいしていたことを言えなかったのよね。私の力不足のせいで、二人にはつらい思いをさせてしまったわ。本当にごめんなさいね」

「頭を上げてください。大丈夫です、衛司さんがそのことをちゃんと説明してくれて、もう分かってますから」

その辺のわだかまりは再会してすぐに解消している。そもそも悦子のせいじゃないのだから。謝る必要はまったくないと、美織は告げた。

悦子は「ありがとう」と笑い、人差し指をピン、と立てた。

「大体、神代家には義兄《あに》という跡取りがいたのよ？　それに義兄には二人も息子がいるし！　でも義父は何故か衛司に執着してきてね。……ま、私が衛司をこんなイケメンで有能な子に育ててしまったから、後継者にしたくなる気持ちは分からないでもないわ……ないけども！」

悦子が「くぅ～」と、芝居がかった奇声を上げる。当の衛司は半眼でそれを見て、鼻白んだ様子で吐き捨てる。

「美織の前で恥ずかしいことを言うな」

「冗談よ、冗談」

悦子がカラカラと明るく笑うが、衛司の変わりようを見れば祖父からの干渉がかなりきつかったことは分かる。

「……こう言っては不謹慎かもしれないけれど、義父が亡くなったことで、ようやく衛司が解放されて安心したの」

悦子が力の抜けた声でぽつりと呟いた。

泣きそうで、それでいて嬉しそうな彼女の表情を見て、美織の胸にも込み上げるものがあった。

隣にいた衛司も内心同じことを思ったのだろうか、しんみりした空気を振り払うように声を上げた。

「……母さん、用事は終わったろ？　もういいよな。行こう、美織」

彼は早くこの場を立ち去りたいとばかりに促してくるが、美織は「ちょっと待って」と、居住まいを正した。

「あの……ご両親は、衛司さんの結婚相手が私でもいいのでしょうか？　その、私の家は資産家でもないですし……」

衛司からの愛情はこれっぽっちも疑ってはいないし、美織だって彼への想いは揺るぎないと断言できる。

けれどやはり、京条家を初めとする名家三家に縁のある衛司と、ごく普通の家庭で育った美織とではあまりにも格差がありすぎる。いくら衛司が関係ないと言ってくれても、彼の両親がどう思うのか——美織は不安に思っていた。

「私が衛司の結婚相手に望むのは一つだけ。衛司自身を心から愛して支えてくれること。ほら、この子ってこう見えてメンタル弱いところがあるじゃない？　だからしっかりしてる人じゃないとねぇ……。まぁ結局、美織ちゃんしかいないのよ。……何しろ、衛司はアメリカの記憶を取り戻した時、開口一番、あなたの名前を口にしたんだもの。それがすべて」

ＫＨＤ本社ビルの前で倒れた後、目覚めて記憶を取り戻した衛司が真っ先に美織の名前を呼んだことは聞いたし、すごく嬉しかったのを覚えている。

「だから母さん、美織の前であまりかっこ悪いことを言わないでくれ」

悦子からの暴露に、衛司が照れながら反発しているのを見て、

（衛司くん、可愛い……）

と思ってしまったのは内緒だ。

衛司の部屋に戻った美織は、緊張が一気に解けて気が抜けた。リビングのソファに座り、ひと息つく。衛司は美織を抱き寄せて頭にキスを落とした。

「ごめんな、美織。心の準備もないまま会わせて」

「いいの。最初はドキドキしたけど……素敵なお母様だね、衛司くん。それに、お父様も」

「あんな親だけど、仲良くしてもらえたら嬉しい」

「ふふ、頑張るね」

カフェで別れる時、美織は悦子から名刺をもらった。裏には悦子の個人的な連絡先に『いつでも連絡を！』と書き添えてあった。その日の夜、美織は早速挨拶がてらメッセージを送った。

すると悦子からは、かなりの長文でリプライが返ってきた。

『衛司が美織ちゃんと結婚するって私に報告してきた時、「美織ちゃんの好きなところを十個、私に言ってみなさい」って返信したの。そしたら――』

『全部』

と、一言送られてきたそうだ。そしてその後――。

『可愛くて優しいのは前提として。しいて個別に挙げるなら、髪はいつもいい匂いがしてつやつやしているし、目は俺と一緒にいる時いつも潤んでいて蠱惑的だし、鼻はゲレンデに描くシュプールのようになめらかな曲線を描いている。くちびるはさくらんぼのように赤く熟れていていつも美味しそうだし、指は新雪を吸い込んだように白くほっそりとしていて俺が贈った指輪がよく似合っているし、フルートの調べのように春を呼ぶ声は、いつも俺の耳に心地よく響いて――』

十個どころか、原稿用紙を何枚も消費する勢いで美織のよさを全部訴えてきたそうだ。

メッセージアプリのディスプレイを何スクロールも埋め尽くすほどの賛辞に、美織の顔はこの上ない赤さに染まる。

『——というわけで、衛司は美織ちゃんにメロメロみたい。こんな息子だけど、末永くよろしくね』

「～～～～!!」

美織は嬉しいやら恥ずかしいやらで、ソファの上をごろんごろんと転がってしまった。

「……どうした？　美織」

衛司が心配そうに見つめてくるが、ちょっと今は顔を見られない。ソファに突っ伏したまま、足をバタバタさせた。

（ああもう、可愛い！）

美織は自分を落ち着かせるために何度か深呼吸をし、少しの間の後、顔を上げた。

「私……衛司くんのこと、絶対幸せにするからね」

美織は両のこぶしを握って、力強く口にした。それが衛司の愛情に対する彼女の答えだ。

（可愛い衛司くんが見られるよう、頑張る！）

「ありがとう、美織。二人で一緒に幸せになろうな」

美織の決意を知ってか知らずか、衛司はとろけそうな笑顔でキスをしてきたのだった。

あとがき

蜜夢文庫様では初めまして。沢渡奈々子と申します。このたびは拙著をお手に取っていただきまして、ありがとうございます。

この作品は第十三回らぶドロップス恋愛小説コンテストにてパブリッシンググリンク賞をいただきました。その後、電子書籍リリースを経てこうして文庫化していただける運びとなりました。担当様をはじめ刊行に携わっていただいた皆様、ありがとうございます。

ヒロインの美織は恋愛初心者で一途な女の子。ただでさえ遅かった初恋を引きずったまま大人になり、ある日突然、初恋相手に再会します。十年以上音信不通だったヒーローがなんの前触れもなく接触してきて、さらには昔と雰囲気が変わっています。そりゃあ混乱もしますよね。

一方、ヒーローの衛司は一見、完璧スパダリかというハイスペックぶりですが、トラウマ持ちの繊細な男性。いろいろあって昔とは変わっているものの、根っこの優しさは変わらず。そしてやっぱり一途。好きな女性の前では可愛いところも見せるのです。美織はそんな衛司が大好き。その様子は是非、書き下ろしの番外編をお読みくださいね。

今作、アメリカ生活や文化の描写が登場しますが、作者の在米経験（6年）が執筆の役に立ってくれました。作中では中西部としておりますが、イリノイかミシガンかオハイオ辺りをイメージして書いています。どの州も日系企業が多く、日本人にとっては比較的住みやすいのではと個人的には思ったのです。異論は認めます！

超絶美麗イラストは茉莉花様がご担当くださいました。最初キャララフをいただいた時、衛司のあまりの男前ぶりに、そして美織のあまりの可愛さに身悶えしました。挿絵も（この時点ではラフでの拝見ですが）とても美しくて素晴らしいです。あぁ、美織と衛司はこんなにキラキラした世界に生きているんだなぁと、感慨深い気持ちになりました。文字だけだったキャラクターに姿形、そして彩りとときめきを吹き込んでいただき、ひたすら感謝です。茉莉花様、本当にありがとうございました。

皆様にも是非、お話と挿絵のマリアージュを楽しんでいただければ、と。

そして、一言でもご感想をお聞かせくださると嬉しいです。

またいつかどこかで会えることを祈って……。

沢渡奈々子（Twitter：@chippedsharkfin）

優しい彼が
私限定で獰猛に！
人気茶葉店の店主×内気なOL

本書は、電子書籍レーベル「らぶドロップス」より発売された電子書籍『初恋の記憶はバラの香り　戻ってきた御曹司は溺愛キャラに変身してました！』を元に、加筆・修正したものです。

★著者・イラストレーターへのファンレターやプレゼントにつきまして★
著者・イラストレーターへのファンレターやプレゼントは、下記の住所にお送りください。いただいたお手紙やプレゼントは、できるだけ早く著作者にお送りしておりますが、状況によって時間が掛かる場合があります。生ものや賞味期限の短い食べ物をご送付いただきますと著者様にお届けできない場合がございますので、何卒ご理解ください。
送り先
〒160-0004　東京都新宿区四谷3-14-1　UUR四谷三丁目ビル２階
（株）パブリッシングリンク　蜜夢文庫 編集部
○○（著者・イラストレーターのお名前）様

初恋の記憶はバラの香り
戻ってきた御曹司に思い切り甘やかされています

２０２２年７月２９日　初版第一刷発行

著……沢渡奈々子
画……茉莉花
編集……株式会社パブリッシングリンク
ブックデザイン……しおざわりな
（ムシカゴグラフィクス）
本文ＤＴＰ……ＩＤＲ

発行人……後藤明信
発行……株式会社竹書房
〒102-0075　東京都千代田区三番町８－１
三番町東急ビル６Ｆ
email：info@takeshobo.co.jp
http://www.takeshobo.co.jp
印刷・製本……中央精版印刷株式会社